U0711271

林语堂 著

从异教徒到基督徒

From Pagan to Christianity

湖南文艺出版社
HUNAN LITERATURE AND ART PUBLISHING HOUSE

博集天卷
CS-BOOKY

先知
CLASSICS
体味经典的重量

目 录
Contents

绪　言_001

第一章　童年及少年时代/006

第二章　大旅行的开始/017

第三章　孔子的堂奥/039

　　一、孔子那个人 /047

　　二、沉默的革命 /053

　　三、子思：内在的道德律 /057

　　四、孟子：求其放心 /061

　　五、以家庭为社会单位 /064

　　六、统治阶级 /072

第四章　道山的高峰/077

　　一、老　子 /086

　　二、庄　子 /096

第五章　　澄清佛教的迷雾/112

　　　　　一、禅 /124

　　　　　二、罪与业 /130

第六章　　理性在宗教/136

　　　　　一、方法在宗教 /136

　　　　　二、现在的姿态 /141

　　　　　三、可理解的止境 /146

　　　　　四、知识所不及的剩余区域 /149

第七章　　物质主义的挑战/154

　　　　　一、死巷 /164

　　　　　二、虚无 /171

第八章　　大光的威严/175

附录一　　林语堂自传/191

　　　　　弁　言 /192

　　　　　第一章　少之时 /193

　　　　　第二章　乡村的基督教 /198

　　　　　第三章　在学校的生活 /201

　　　　　第四章　与西方文明的初次接触 /207

第五章　宗教 /209

第六章　游学之年 /211

第七章　由北平到汉口 /212

第八章　著作和读书 /214

第九章　无穷的追求 /216

附记 /219

附录二　**八十自叙/221**

第一章　一团矛盾 /222

第二章　童年 /227

第三章　与西洋的早期接触 /236

第四章　圣约翰大学 /240

第五章　我的婚姻 /244

第六章　哈佛大学 /248

第七章　法国勒克鲁佐 /252

第八章　耶拿镇和莱比锡大学 /255

第九章　论幽默 /258

第十章　三十年代 /261

第十一章　论美国 /266

第十二章　论年老

　　　　　——人生自然的节奏 /273

第十三章　精查清点 /276

绪　言

　　本书是个人探求宗教经验的记录，记载自身在信仰上的探险、疑难和迷惘，与其他哲学和宗教的磋研，以及对往圣先哲最珍贵的所言、所诲的省求。当然，这是一次令人兴奋的旅程，但愿我能叙述简明。我深信，这种对崇高真理的探求，每一个人都必须遵循他自己的途径，而且人各有道。哥伦布是否曾在美洲登陆并不重要，重要的是他确实曾去探险，且历经探险途中所有的兴奋、焦虑和快乐。如果麦哲伦选择另一条更长、更曲折的路绕过好望角抵达印度，也无关紧要。各人路径不同是必然的。虽然我很明白，目前去印度，搭乘喷气式飞机是又快速又便捷的方法。然而，为了更迅速、更正确地认识上帝并获得拯救而搭乘喷气式飞机，我怀疑这对你会有多大的益处。我确知很多基督徒从来没有进行过这种探索。他们早在摇篮时代就已找到基督，而且像亚伯拉罕的妻子一样，把神带到任何一个他们去的地方，即使最后进入坟墓，神也和他们在一起。宗教有时使人安逸而且近乎骄矜自满。这种宗教，好像家具或财产，你可以把它带走，而且无论所往何处，都可携它同行。在近代较粗俗的美式英语里，就有所谓人可以"得到宗教"或"出卖宗教"的话语。有许多教会是把宗教放入手提箱出卖，带着它周游各地，这是"得到宗教"的一种便捷方式。

然而，我怀疑这种宗教的价值。我"得到宗教"走的是一条险路，我认为它是唯一的路，没有其他的路是更妥帖的。因为宗教本身是个人自始至终面对的那个令人惊悸的天，纯属自身与上帝之间的事，它自个人内心生出，不能由他人"赐予"。宗教最好像田野间生长的花朵，盆栽和花房培育出来的，容易失色或枯萎。

因为这是自身的经验，故事中一切值得提及的，当然就以个人的亲身探讨，瞬间的怀疑、瞬间的领悟及所获得的启示为基础。虽然本书不是自传，但是有些地方必须提到个人的环境和背景，使故事的发展易于了解。这绝不是平凡无奇的发现，而是一次性灵上充满震惊与探险的旅程。其中常出现类似雅各在梦中与神搏斗的故事，因为追寻真理的过程极少是种愉快的体验，常有出现类似令哥伦布船上水手们惊恐的风景、海难及罗盘偏差，也常出现疑惑、踌躇、叛变及渴望返航的威胁。我曾航行在恐怖的地狱之火的雪拉恶礁及法利赛党、文士及有组织信仰该亚法派的旋涡。我是终于通过了，但费了不少力气。

本书不是为那些没有时间谈论宗教，且永远不可能加入追寻行列的人而写，因为本书不会引起他们的兴趣。本书也不是为那些完全满意于他所了解的，自觉已有可靠的寄托，那些永不会有任何疑虑且自足的基督徒而写。那些自信在天堂上已有座位的人，我与他们不起共鸣。我只对那些会问"在这次旅行中我们到哪里去"的人说话。旅客在航程中为求心安，认为必须先看测程仪，并且找出正确的经纬度，我是对这种人说话。

我觉得近代世界与当代的历史都好像是在做一种不知何往的冒险，因此如果我们肯问自己——"我们现在到哪里去"，就是得救的第一个征兆。我能想象出有一艘鬼船，一艘无人驾驶的潜艇，因核子反应释放的能量的驱使而全自动地航行。而这艘鬼船上面，时而有乘客争论，争论是谁在驾驶着这艘船、它将往哪儿开，因为显然它是无人驾驶的。有人发表意见说，那艘潜艇是自动行驶，而更富想象力的人就主张它是自有动力的，因机器各部分的偶然接合，不经过任何工程师的设计就自然成形。在这激烈的争辩中，我察觉有些挫折、困惑、不满的心态产生，于是有人喊："我什么地方也不要去，我只想留在这里。"我深信这是一幅近代世界的写真。没有任何证据能证明有人驾驶着这艘船，但有许多证据显示它是自动而无人驾驶的，富于想象的人就说这艘核能潜艇是自有的。这种想象使它的拥护者十分自满和骄傲，因为他们在冥想中认为，事物偶然的接合（螺旋钉与螺旋钉孔的巧合相配，主轴与主要推进器直径的全等）是庄严而伟大的概念，那些心智较低的人一定没有这种概念。可是船上大多数水手与乘客却被另一个更实际的问题所困扰：他们从哪里来，最后又会在哪里登陆？

我不为取悦任何人而写，相反，还可能使有些人不高兴，因为我所说的都是我个人直接的观点。在教友中容忍是一种难得的美德。世上所有宗教都差不多这样，特别是基督教，它已经硬化，被放入箱子，敷上防腐剂，不容许任何讨论。很奇怪，关于宗教，每个人都认为他所拥有的是独一无二的真理。在演说中要求通过美国联邦宪法的富兰克林说："我越老，越常怀疑我对别人的批评。"真的，许多人，许多教派，都认为自己拥有一切真理，而别人任何地方意见与他们不同，都是大错特错的。斯蒂尔——一个新教徒，在一篇献词里对教皇说，我们两个教会对他们信条的正确性所持的唯一不同意见是，罗马教会是无误的，而大英教会也永远没有错。虽然很多人认为自身的无误性差不多和其所属教派一样高，但很少有人表达得像一个法国妇人在和她姐妹的小争论中说的那般自然："除了我自己，我没遇见过一个经常对的人。"

可能许多人想给我们一种"装在箱子里的拯救"，许多人想保护我们免于异端的诱惑。忧虑我们是否得救，这当然是值得赞赏的。但另一方面，这种"装在箱子里的拯救"，却常为我们的信仰加上过重的负担。这就是所谓教条与灵性上的独断论，其中我最反对的就是灵性上的独断论。这种过度的保护及负担，压扁了很多年轻的心。

写到这里，我想到父亲说过的一个故事。我们住在南中国海边的漳州。有位牧师住在离漳州五六十英里的地方，每月照例要回城里两次。当时父亲十二三岁。祖母因为是基督徒，便奉献她儿子的劳力，免费为这位牧师搬运行李。父亲当时与寡母相依为命，常去卖甜食，雨天就改卖油炸豆。

漳州人喜欢在雨天吃油炸豆，因为豆被炸脆以后，味道很像美国的爆米花。父亲是个好挑夫，遵从祖母的吩咐去挑行李，牧师太太随行。父亲告诉我，这个女人把每一件东西都放在扁担两端的篮子里面，不只是衣服、铺盖，其实这些东西对一个十三岁的孩子已经够重了，可是那女人还加上一些瓶瓶罐罐，最后又添上一个三四磅重的瓦炉。而她却对我父亲说："你是一个好孩子，一个强壮的孩子，这点东西你不会在乎的，我知道你一定担得起。"其实她没有必要把那个瓦炉搬来搬去。我还记得看过父亲肩上的疤痕，当然它不是单单这些行程造成的，可是我常常想起那些装行李的篮子，那些瓶瓶罐罐以及那个不需要搬运的瓦炉。这使我想起各个宗教的祭司们常喜欢加重青年信徒的重担，还对他们说"你是一个好孩子，一个强壮的孩子，你可以担得起。你只要相信，你就会发现这是真的"，往往使那些年轻人的肩头长出脓包。

第一章　童年及少年时代

　　我生于十九世纪末。那一年是一八九五年，是中国和日本订立《马关条约》的那一年，条约规定割让台湾和承认朝鲜"独立"，就是甲午战争中国败给日本的第二年。中国惨败在日本手中，是因为清朝政府的寡后把准备建设近代海军的钱移去做现在北京市著名的景点颐和园的建造费。旧的颐和园已在一八六〇年为英法联军劫掠并焚毁，而这个无知又顽固的妇人和她的排外心理，促成了数年后义和团运动的爆发。曾听父亲说过义和团运动时那个寡后和皇帝逃走的情形，当时我五岁。查考年鉴，我发现订立《马关条约》那一年，同时也是德国物理学家伦琴发现X射线的那一年。

　　童年最早的记忆之一是从教堂的屋顶滑下来。那个教堂只有一座房子，并紧挨着一栋两层楼的牧师住宅，因此站在牧师住宅的阳台上，可以透过教堂后面的一个小窗望下去，看见教堂内部。在教堂的屋顶与牧师住宅的桷椽之间，只有一个很窄的空间，小孩可以爬上这边的屋顶，穿过那个狭窄的空间，从那边的屋顶滑下来。我记得自己曾是那个站在阳台上的小孩，惊讶于上帝的无所不在。我感到困惑，如果上帝真的无所不在，他是否就在我头顶上方几寸远的位置。我还记得曾为每日谢饭的观念而自辩，得到的结论是：这是对生活的一般感恩，我们对生活中的一切都该用同样的心情表示感谢，帝国的居民也该因为能生活在和平与秩序里而向皇帝表示感谢。

　　童年是新奇的时期，站在牧师住宅的阳台上就能发现许多新鲜的东西。眼前是南山的十个峰，后面是另一座高山的石壁。我们的乡村深入内陆，四周被高山环绕着，被当地人称为"湖"。由这儿到最近的港口——厦门，差不多有六十英里，当时，坐帆船大概要三天。坐帆船的旅行，是另一种永远铭记于心的经验。因为住在南方，从乡村到漳州的西河河谷这一段路真是美不可言，不像北方的黄土岗光秃秃的。可是正因为深入内陆，到了离乡村约六英里的地方，河上不能行帆船，我们只得换一艘小很多的轻舟。这种小舟，真正是由那些船夫举起来渡过急湍的。船夫卷起裤腿，跳入河中，把船扛在肩上。

　　童年的部分记忆和我所居住的这环山的村落有关，因为接近高山就如同接近上帝的伟大。我常常站着遥望那些山坡灰蓝色的变幻，以及白云在山顶上奇怪的、任意的漫游，感到迷惑和惊奇。它使人轻忽矮山及一切人为的、虚假的、渺小的东西。这些高山早就成为我及我信仰的一部分，因为它们使我感到富足，心里产生力量与独立感，没有人可以从我身上带走它们。这山还印证了《圣经》上的那句话——"这人的脚登山何等佳美",我开始相信,一个人如果不能体会到把脚趾放进湿草中的快感,他是无法真正认识上帝的。

我们家有六个兄弟、两个姐妹,而我们这些男孩经常要轮流到家里的水井汲水。学习打水很有趣。当吊桶到达井底时要晃动绳子,这样吊桶就会翻转过来装满水,我们不知道有抽水泵这种东西,因为那是煤油灯的时代。我们有两盏煤油灯,另外还有几盏点花生油的锡灯。肥皂直到我十几岁才进入我们的生活。母亲常用的一种是用大豆残渣做成的"豆饼",它只生出一点点泡沫。刚有肥皂的时候,它的形状像一根方木条,农夫常把它放在太阳下晒干,使它坚实一些,在洗濯的时候才不会用得太快。

父亲是当时前进的先锋。他是一个梦想家,敏锐、富有想象力、幽默,并且永不休止。他传授给他的孩子一切新的与近代的东西,培养他们对被称为"新学"的西方知识的强烈兴趣。母亲刚好相反,拥有一个被孺慕之情所包围的简单、无邪的灵魂,而我们兄弟姐妹常联合起来捉弄母亲。我们常编造一些荒诞不经的故事告诉她。她肯听,可是有点不大相信,直到我们爆出笑声,她才板起面孔,说:"你们又在戏弄笨娘了。"她为养育孩子,受了许多苦,不过好在我十岁的时候,我的姐姐们已经开始负担做饭、洗衣等家庭杂务。我们每天晚上上床前都要做家庭祷告,我们是在一个虔诚、相爱、和谐而有良好工作秩序的家庭中长大的。别人常以为我们兄弟会争吵,可是我们从来没有争吵过。

父亲是不随俗的。我们家的男孩不像别人家的孩子那样梳辫子,而是留一种童仆式的短发。姐姐常为我们编一种便帽,就是厦门对面鼓浪屿街上法国水手们所戴的那一种。父亲是一个十分好动的人,在月色皎洁的夏夜,他常会一时兴起,走到河岸桥头附近传道,他知道那些农夫喜欢聚集在那里乘凉。母亲告诉我,他有一次几乎因肺炎死去，因为在收割月满后外出传道时流了很多汗，回家时没有擦干。他常建教堂，被派到同安传道时在那儿曾建过一所。我十岁或十一岁的时候，看见他建在坂仔的新教堂，教堂是用晒干的泥砖建的，顶上盖了瓦，外面涂上了石灰。当屋顶的重量渐渐把四周的墙压开裂的时候，出现了一场大骚动。住在六十英里外小溪旁的华西斯（A.L.Warnshuis）牧师，听说这种情形，从美国订购了一些钢条来。这些钢条用一枚大钉固定在中间，那枚大钉可以把钢条旋转到所需要的适当长度。它们连接在支持屋顶的木条上，螺旋钉一扭紧，钢条把木条牵拉在一块儿，大家可以清楚地看见教堂的屋顶被提高了几英寸。这是伟大而值得纪念的一刻。

虽然父亲是牧师，却绝不表示他不是一个儒者。我记得曾帮他装裱大儒家朱熹的一副对联，用来张挂在新教堂的壁上。这副对联的字体大约有一方尺宽窄，父亲走了一趟漳州才取回这些墨迹的拓印本，因为朱熹做过漳州的知府。朱熹生于十二世纪，据猜测是因介绍女人缠足的方法而把"文化"带入我们这一省的。就我所见，他的努力不算成功，因为这省女人所缠的脚既不小，又不成样子。

我最先和西方接触是在一对传教士住在我们家访问的时候。他们留下了一听沙丁鱼罐头与衬衣领子的一粒纽扣，中间有一颗闪亮的镀金珠。我常觉得它很奇怪，不知道是做什么用的。他们走了以后，屋子里仍充满了牛油味，姐姐只好把窗子打开，让风把它吹走。我和英语书籍的第一次接触，是一本不知谁丢在我家的美国妇女杂志，可能是 *Ladies Home Journal*（《妇女家庭》杂志）。母亲常把它放在针线盒里，用里面的光滑画页夹住那些绣花线。我相信，没有一本美国的杂志能用得这么长久。在建造教堂的时候，华西斯曾寄给我们一组西方木匠用的工具，其中有一个旋转机，我对这些东西十分好奇，觉得它们做得相当好。

父亲和华西斯牧师成为好朋友、好伙伴，因为华西斯牧师发现父亲对一切西方的与新的东西有兴趣。他介绍一份油墨印的名为《教会消息》的基督教周报给我们。他寄给我们各种小册子与书籍，其中有基督教文学与上海基督教会所印行的有关西方世界及西方科学的书籍。西学就是这样来到我家的。我相信父亲曾读过一切关于西方的有用的东西，我记得有一天他讥笑着说："我读过所有关于飞机的东西，可是我从没见过一架，我不知道它是否可信。"这大约是莱特兄弟试验飞行的时候。我不知道他怎么得来的消息，可当他和我们兄弟谈到柏林大学和牛津大学是"世界上最好的"学校时，眼里射出亮光，似真似假地希望我们兄弟有一天能在那里攻读。我们家是一个绝对的梦想主义者的家庭。

十岁的时候，我和两个弟弟离家去厦门上学，父亲断言本地学校不够好。因为旅程要花很多天，而且要花钱，寒假时我没回家，这等于离开母亲一整年。但男孩就是男孩，很快我就学会不想家，并沉迷于学校里面的各种活动，这包括赤脚踢从哑铃上锯下来的木球。这是学校里孩子们的普遍运动，但没有任何事像回到母亲身边那么令人快乐。进入被群山包围的坂仔河谷，还有一英里就到家，我们三兄弟不能再忍受船慢慢地摇，就起程步行。我们曾计划怎样向母亲宣布我们回来了，是在门外大喊一声"我们回来了"还是再一次戏弄母亲，用老乞丐的声音要一点水，抑或蹑行入家，找到她，然后突然对她大叫。这个世界实在太小，约束不住孩子的心，这就是那些久住在中国的西方人所称的"中国人的顽皮性格"。

假期我们家就变成学校。我说过父亲是一位牧师并不表示他不是一个儒者。当我们男孩擦好地板，女孩子洗完了早餐的碗碟后，铃声一响，我们就爬上围着餐桌的位子，听父亲讲解儒家的经典《诗经》，其中包含许多首优美的情歌（记得有位害羞的年轻教师，当他不得不讲解孔子自选的那些情歌时，满面通红）。听课到十一点时，二姐望着墙上的日影，慢慢站起来，一脸不情愿地说："我要去烧午饭了。"有时晚上我们也集合读书，然后她又不得不停止阅读，起来说："我要去洗东西了。"

我之所以必须写到二姐，不只是因为她占了我童年生活的大部分，同时还可以显示，在我们家，大学教育的意义是什么。我记得二姐很疼我（一切弗洛伊德派的说法，都给我滚），因为我是一个头角峥嵘但有点不守规矩且喜恶作剧的孩子。当弟兄们安分而细心地研读功课时，我却到院子里玩。长大一些时，她告诉我，孩童时的我相当顽皮，而且常发脾气。有一次和她争吵过后，我钻入后花园里的一个泥洞，像猪一样在里面打滚，爬起来时对她说："好啦，现在你要替我洗干净了！"这一刻我看来一定又脏又可爱！

姐姐曾读过司各特、狄更斯、柯南道尔的小说，哈格德的《所罗门王的宝藏》，以及《天方夜谭》，这些书都早由同乡林纾译成中文。事实上林纾不识英语，完全是靠一位魏先生翻成福州话，这位伟大的作者再把整个故事用美丽的古文写出。林纾大大地出了名，他进而翻译莫泊桑的作品及小仲马的《茶花女》——这本书震动了中国社会，因为女主角是个得了肺痨的美人，十分像中国的罗曼史《红楼梦》中的林黛玉。中国的典型美人似乎不是患上了肺痨，就是憔悴得濒死的贵妇。甚至在古代，最著名的中国美人，不是患心绞痛，就是患某种精神病，而她最著名的姿势是忍受极端痛苦而把眉头皱起来的那一刻。姐姐和我，读过了霍姆兹及作者名字已记不得的法国某作家的侦探小说后，编辑了一个我们自己的长篇侦探故事来作弄母亲，使她开心。这个故事一天天编下去，充满令人毛骨悚然的逃亡和冒险。姐姐是天才，像黛博拉·寇儿一样，有伶俐而敏锐的表现力，因此当数年前我在银幕上首次见到寇儿的时候，我

心跳得很快，握着女儿的手惊叫："那就是我二姐的样子！"我太太
见过二姐，她很赞同我的看法。

姐姐在厦门高中毕业以后，想去福州女子大学继续学业。我听
到她在家庭祷告后提出要求，可是一切都是徒劳。她不想马上结婚，
她想去读大学。我说这个故事，原因在此，我父亲却不这么想。姐
姐恳求，美言劝诱，而且作种种承诺，可是父亲说"不行"。对我
而言，这很可怕。我并不怪父亲，事实上，他不是不希望有一个又
能干又受过高等教育的女儿，我还记得他读完上海某杂志上一位女
作家的一篇文章后说："真希望有一个这样的女孩当我的媳妇！"但
是像他这样的梦想家，看不清有什么方法可以办到。女子受大学教
育，是一种浪费，而我们的家庭委实无法供给。更何况这是一个甚
至连厦门富裕家庭的儿子也不会去福州或上海求学的时代。父亲听
说上海圣约翰大学是全中国学习英语最好的大学，我相信他主要是
从《教会消息》读到的。我听到父亲告诉一个朋友，当他卖掉我们
在漳州唯一的房子以让二哥可以在入大学的契约上签字的时候，眼
泪止不住滴在纸上。这就是一个牧师能力的极限。儿子，可以；女
儿，不可以；在这个时代，不可以。这不是学费的问题，因为我深
信二姐可以在一所基督教大学获得一个名额。这是旅费及零用钱的
问题，它可能每年要花费五十至六十银圆。这样，我二姐只好彷徨
又彷徨，在厦门教书，等待结婚。在这个时代，女孩一过二十岁，
便必须急于嫁人。我二姐有一个等了很久的求婚者，可是每次母亲
晚上找她谈这个问题时，二姐就把灯吹熄，避而不谈。她不能进大
学，那时候又已经二十一岁。

二哥即将毕业，可以赚钱供我读书时，大家提议我去圣约翰大
学攻读，但是直到最后一天才作出这个决定，因为父亲要狠下心向
一个好友兼他过去的学生借一百银圆。按照古代中国的规矩，老师

是终生的主，是儒家"君、亲、师"中的一位。这位学生现在已成富翁，父亲每次经过漳州，都住在他这个学生的家里。因为在他们之间还有一层更深的关系：这个富翁过去是一个聪明却贫穷的孩子，当他在父亲门下受业的时候，父亲送他一顶帽子，他对这件礼物终身不忘，等它破烂到不能戴的时候，他发誓一生不再戴其他的帽子，而他的确做到了。这就是古代中国所谓的"忠"——在中国小说或在舞台上所教的强烈的"忠"，无论武将与文臣，家仆、夫妇之间，都讲究忠。

父亲知道只要他开口，一定可以借到这笔款。到今天，我还不知道这笔钱偿还了没有。

这样，我便和二姐及家人一同乘帆船直下西河，她要去一个叫做"山村"的小村举行婚礼，而我是预定起程到上海读我大学的第一年。那一百银圆的借款问题，像一把达摩克利斯的剑悬在我头上，但我是开心的。那时我十六岁。婚礼过后，二姐从嫁衣的口袋里拿出四角钱给我。分手时她含泪说："和荣，你有机会去读大学，姐姐因为是女孩不能去。不要辜负自己的机会，下决心做个好人，一个有用的人，一个著名的人。"这就是我家庭模式的全部。

两年后，二姐死于瘟疫。但这些话常在我耳际回响。我之所以谈这些事，是因为它们对形成一个人的德行有很大的影响力。想成为一名基督徒，就是如二姐告诉我的，是想做一个好人，一个有用的人吗？在上帝的眼里，读书人对律法与先知的一切知识、学问都没有意义；对一个谦虚、单纯的人，却尽力找出他身上最好的东西；而对跌倒的，却能把他扶起来。这是耶稣基督的教义中最单纯而不夹缠的纲领。我现在仍能想象出自己是那个在烂泥中打滚来报复姐姐的孩子，而我相信他因此爱了我。耶稣最特别的地方，他的无与伦比之处，是让税吏、娼妓比当时那些饱学之士更亲近他。

圣约翰大学在那个时候已在国际上有一定的声望，因为它出了几位中国大使：颜惠庆（来自我的家乡厦门）、施肇基、顾维钧。它的确是学习英语最好的大学，而在学生们的心中，这也是圣约翰大学存在的缘由。虽然它是圣公会的，它针对大多数学生的秘密使命却是将他们培植为成功的买办，来做上海大亨们的助手。事实上学生英语的平均水准，并不超过一个买办所需的条件。校长卜舫济博士，一个真正伟大的人物，他对于自己职责的了解，我想和英国鲁比或伊顿公学的校长差不多。

他对学生父亲式的影响，是不容误解的。每一个清晨，早祷会后，他手拿一个黑色皮包，带着一个总务，巡视整个校园。我相信这是他每天九点坐进办公室前的晨规。他是一个一丝不苟的人，所以有人说他每年要读一部长篇小说来使自己每星期有一个小时的时间松弛一下。

至于图书馆，藏书不超过五六千本，其中三分之一是神学书籍。其实到哪一所大学都没关系，最重要的是大学里要有一个好的图书馆。学问的实质，像天国一样，在于本身，必须出自内心。我的心就好比一只猴子！唯一要做的事，就是把那只猴子带到森林里去，你不必告诉它在哪里可以找到果子，你甚至不必领它走向那些好果子。我在那个贫瘠的森林中漫游，读达尔文、赫克尔、拉马克及小说家温斯顿·丘吉尔的《杯盘之内》。此外，我学习打网球、踢足球，甚至和某些从夏威夷来的同学打棒球。我参加划船会及五英里竞走的径赛队。说句公道话，我在圣约翰大学的收获之一是练就了健美的胸肌；如果我进入公立的学校，就不可能了。

青春的心是跃跃欲试的，我张望着所能找到的，贪吃一切可食的，就像公园里的一只松鼠，无论它吃什么都能吸收而且得到滋补。那个好思想的心，一经入水，便航行在一望无涯且时有暴风雨的海上。人仰望群星而惊异，而心之船却在挣扎撞击，在波浪上前后左右摇动。我记得二年级时回家度暑假。父亲请我讲道（这种事我甚至在十多岁的时候就已做过多次，因为父亲不喜拘泥于传统习惯，而且想让爱饶舌的我出出风头）。我选择了一个讲题："把《圣经》当文学来读"。对那些农夫基督徒谈到《圣经》像文学，的确是毫无意义的，但这种观念当时在我意识的最前线，于是它就溜出来了。记得我曾说耶和华是一位部落之神，他帮助约书亚灭尽亚玛力人及迦南人，而且耶和华的观念是进化的，由部落所崇拜的偶像进而为万国万民的独一真神，没有一个民族是特别"被选"的。你应该想象得到礼拜天晚餐时我父亲的脸色！他可能看出，他已经做了一件错事。他凭得一个厦门人，英语很好，却是一个无神主义者。这是一个噩兆，"英语好，但是一个无神论者"。因此他很怕我也走上无神主义的道路。

我很喜欢那所大学，却不重视功课。考试那一星期，其他学生都在恶补，我却到苏州河钓鱼，脑子里从来没有想到考试会不及格。在中学与大学，我都常常是第二名，因为常有死读书的笨蛋把第一名拿了去。

在这里我必须提到中文课程，因为它在我后来的基督教信仰上造成了很大的反动。例如，上中文民法课时在书桌底下读休斯敦·张伯伦的《十九世纪的基础》。为什么会有民法一科，我始终无法了解。那位中国老师是一位老秀才，戴着一副大眼镜，体重至少有八十磅。秀才是从来没有学过授课或演讲的。那本民法教科书是一本用大字编印且只有一百多页的东西，可以坐下来一口气把它读完，我们却当它是整学期的教材。因为它被列入课程中，所以我们要被强迫挨过。每周那位民法"教授"读给我们听十至十五行，需时约十五分钟，那一小时内的其他时间，他就不言不动，在他的座位上缩成一团，可能是透过眼镜注视我们，而我们也在沉默中看着他。不幸的是，这是一种我无法通过的表演，内心的绝对的空虚是难以自抑的，而我也并不想像佛家禅宗那般入定。这是圣约翰大学中文课的典型，最糟糕的是即使连着几年中文课程考试不及格，仍可以得到一张圣约翰大学的文凭。事实上，学校并不重视对中国的研究，这种现象到一九三〇年以后才好转。

刚开始的时候，我对中国历史感兴趣，可是进入圣约翰大学，就突然中止了。一心不能侍二主，而我爱上了英语。我丢开毛笔，拿起了自来水笔，甚至我在莱比锡研究的时候，父亲仍常来信说他非常以我的书法为耻。中国书法是一种要用毕生之力才能写到完美的艺术，这必须完全忘其所学而亲身去做，而且必是大学之后的一部分教育内容。心的持续生长与成熟，大部分是仰赖把中学与大学的所学抛弃。以我的情形来说，这种抛弃的过程，是走一条曲线返回对中国学术的研究，而且随之把我的基督教信仰抛弃。

这时我学习当牧师，这是我自己的选择。我在圣约翰大学神学院注册，这是第一次被暴风袭击。训诂学对别人比对我适用，因为我要追寻伟大的思想与理想。不久，我成为伏尔泰的崇拜者，虽然在离开圣约翰大学以前，并没有对伏尔泰作直接的探讨。我的问题，有时会发现互相矛盾的答案，有时没有答案。一被袭击，我就逃走，再度被击，再次后退。一切神学的不真，对我的智力都是侮辱。我无法忠实地去履行。我兴趣全失，得的分数极低，这在我的求学生涯中是很少见的事。监督认为我不适合做牧师，他是对的。我离开了神学院。

第二章　大旅行的开始

毕业后，我到北京清华大学任教。住在北京就等于和真正的中国社会接触，可以看到古代中国的真相。北京清明的蓝色天空、辉煌的庙宇与宫殿，愉快而安分的人民，给人一种满足及生活舒适的感觉，朝代已换，但北京仍在那里。有卧佛睡在西山，玉泉山喷射出晶明的喷泉，而鼓楼使守夜者警醒。人何求于上帝？有了生命的恩赐，人在地上还能求什么？北京，连同它黄色屋顶的宫殿，褐赤色的庙墙，内蒙古的骆驼以及临近的长城、明冢，这就是中国，真正的中国。它是无神论的，有无神论者的快乐和满足。

在中国做一个基督徒有什么意义？我是在基督教的保护壳中长大的，圣约翰大学是那个壳的骨架。我遗憾地说，我们搬进自己的世界，在理智上和审美上与那个自满而光荣的异教社会（虽然充满邪恶、腐败及贫穷，但同时也有欢愉和满足）断绝关系。被培养成为一个基督徒，就等于成为一个进步的、有西方思想的、对新学表示赞同的人。总之，它意味着接受西方，对西方的显微镜及西方的外科手术尤其赞赏。它意味着对赞成女子受教育、反对立妾及缠足，保持鲜明而坚决的态度（基督教妇人首先要放脚，而我的母亲，自小是一个异教女孩，曾放了脚，改穿袜子）。它意味着赞同教育、普及民主观念，且以"能说英语"为主，较佳教养的态度。它同时意味着文字罗马拼音化，废除对中国字的知识，有时且废除一切对中国民间传说、文学及戏剧的知识，至少在厦门是如此。罗马拼音法是一种奇妙的东西，我们在厦门有一套七声的完整罗马拼音系统，它是对反对它的汉学家的嘲讽。我的母亲可借罗马拼音法把全部《圣经》读通，此外也曾借此自习汉字的圣诗，而且她用完全清楚的罗马拼音字写信给我。罗马拼音并非不能实行，但在心理上我们不愿意接受它。

而同时基督教教育也有其不利之处，这一点我们可以很快看出来。我们不只要和中国的哲学绝缘，同时也要和中国的民间传说绝缘。不懂中国哲学，中国人是可以忍受的，但不懂妖精鬼怪及中国的民间故事，却显然是可笑的。刚好我童年所接受的基督教育太完美了。那是因为我的教会是加尔文派，不准我去听那些漳州盲人游吟歌手用吉他伴奏所唱的古代美丽的故事。这些盲歌手，有时是男的，但多数时候是女的，他们晚上在街上经过时，手上拿着一副响板与一个灯笼，讲述中国古代的魔法故事与历史上的奇事。我的母亲是在异教家庭中长大的，告诉过我这一类的故事，但我从来没有从那些游吟歌手那儿听过这些故事。当我们这些男孩经过鼓浪屿广场上一个戏台时，我们以为该直向舞台观看而不是边走边看。现在，舞台是教育中国人（包括文盲和非文盲）知道他们的历史的普通媒介。中国的任何一位洗衣工人都比我更熟识三国时代的男女英雄。我甚至在童年就已经知道约书亚的角声吹倒了耶利哥城。当我知道喜良的妻子因发现喜良被征筑长城而死，哭倒了一大段长城时，我十分愤怒。我被骗去了民族遗产。这是清教徒教育对一个中国孩子所做的好事。我决心反抗，沉入我们民族意识的巨流。

我灵性的大旅行于是开始。我们经常留在基督教的世界里面生存、活动及安身立命，我们也是满足的，就像北京异教徒的满足一样。但身为中国基督徒，移进一个我所称为真正的中国世界里面，敞开了他的眼和他的心，他就会被羞耻感刺痛，面红耳赤，一直红到耳根。为什么我必须被剥夺？事情并不如我描写的这般简单。甚至那个缠脚及立妾的问题也不是如我所想象这般干脆和简单的。在我没听辜鸿铭为这二者有力地辩护以前，事实上我并不欣赏立妾及缠足的伦理学与审美学。在本书结束之前，我将会谈到许多关于辜鸿铭的事。

在这里我必须提及两件事：鸦片与祖先崇拜——其中之一导致中国人的一种深重的屈辱感及对西方的厌恶，另外一种使一个中国基督徒在某一方面有被剥夺国籍的感觉。中国基督徒不近鸦片，那些传教士当然谴责它。它的戏剧性和悲剧性成分，是传教士的同胞们把它带进中国而且用枪逼迫我们接受的。那位伟大无畏的中国官吏林则徐（我的著名同宗）在督办广东事务的时候，在广州各码头上销毁了许多箱鸦片，引发了鸦片战争。鸦片战争失败后，林则徐被充军新疆，死于戍所，而中国国门因此大大开放。一箱箱的鸦片，厚颜无耻地大量滚入。但问题是，传教士进入中国时正是中国人被鸦片恶臭熏醒的时候。再加上第三个因素——传教士与鸦片都在战舰的荫庇之下得益，使这一情形变得不但可叹，而且十分滑稽可笑。那些传教士十分反对那些商人，而那些商人极端反对那些传教士，大家都认为对方疯狂。一个中国人所能看得到的是，传教士曾关心、拯救我们的灵魂，所以当战舰把我们的身体轰成碎片的时候，我们当然是笃定可上天堂的，这样便互相抵消，两不相欠。

现在我回头谈祖先崇拜，它是中国人的一种基本习俗，中国基督徒被禁止参加，便等于自逐于中国社会之外，而使那所谓"吃洋教"的控告属实。这是一个根本而核心的问题，而且质问一个草率的教会能将它的教徒伤害到何等程度。祖先崇拜是在儒家被视为一种宗教时唯一可见的宗教形式，在孔子庙崇拜孔子常是学生考试得中者的事。但即便如此，中国基督徒没有理由不参加，且无论如何，没有理由自摒于本土文化之外。

祖先崇拜在孔子之前就已经存在，任何读过中国经典的人都应该知道。当孔子试图重建在他之前七世纪周朝创立的祖先崇拜的形式及规律时，他事实上是在做考古的工作。周朝的创立者距离孔子比乔塞距近代学者更远，比贝奥武夫史诗则近一点。祖先崇拜，在中国人看来，是对祖先的崇敬和与过去的联系，是源远流长的家族系统的具体表现，因此更是中国人生存的动机。它是一切要做好人、求光荣、求上进、求成功而应遵守的准则。事实上，中国人行为的动机是："你要做好，这样你的家人可因你而得荣耀；你要戒绝恶事，这样你就不至于玷辱祖宗。"这是他要做一个好儿子、一个好弟兄、一个好叔伯、一个好公民的理由。这是中国人要做一个中国人的理由。至于崇拜的形式，只有把想象力尽量扩张，才可以称它为如中国教会所谓的"拜偶像"。把它和在某些基督教大教堂供奉神像的陋习（特别是在意大利与法国）比较起来，这些写上了某一祖宗名字的四方木牌，看起来好像某些毫无想象力的理性主义者的作品。上面只有几个字，比基督教墓碑上的字还少。祖宗祠堂有一张祭桌，后面摆满了一堆这样的木牌。这些木牌，看起来好像一把把特大的尺，上面的记号是每一个男女祖宗之灵的座位。崇拜的时候，祭桌上点着了烛和香。至于跪在这些木牌前叩拜，实在就是基督教教会反对的主要一点，因为他们忘记了中国人的膝常比西方人的膝易屈得多，我们在某些郑重的场合中也常向在世的父母与祖父母跪拜。屈膝是一种顺服的表示。孔子说："践其位，行其礼，奏其乐，敬其所尊，爱其所亲。事死如事生，事亡如事存，孝之至也。"你把一个人洗擦干净，你将发现有一种洗擦不去的以祖宗为荣的骄傲。

现在，在厦门的非基督徒对我们是宽容的。在那里没有社会排斥。基督教社会在厦门及漳州和当地人亲密地相处，好像所有人都是一个教区的一分子一样，他们取得进步和成功，他们的孩子，不论男孩或女孩，求学都享有较大的便利。如果彼此有敌意，我想是因祭祖的问题而起的。我们没有被人囚禁，我们把自己囚禁起来而自绝于社会。在一个现代城市里，这倒没有什么关系，但在乡村中，这对一个中国基督教信徒而言可是最尴尬的个人问题。有些基督徒曾以最诚恳的态度来问我父亲，他们可否为社会节庆中的表演捐一点钱。这些基督徒真正想问的是他们是否要在他们的堂兄弟、叔伯及族里其他人的眼中把自己逐出社会。这是基督教教会所禁止的，但他们却在父母生前欢乐地庆祝母亲节、父亲节，而在父母死后做近乎偶像崇拜的事——用实际的相片来代替米尺般的木牌。中国有一句俗语，"饮水思源"。中国基督徒是只可以从自来水龙头饮水，而不被准许去想水的源头吗？

孩童时代，我年纪太小，不会感到任何敌意及中国基督徒已自绝于他们自己的社会的事实。在学校的日子里，我们愉快地求学，以致不能觉察到其他任何事情。但我记得，在我村中某些非基督徒的领袖对教会是有敌意的。这些偶发事件是琐屑而有趣的——并没有爆发为像被称为"义和团之乱"这样的暴行和仇恨。我父亲完成教堂建筑的第二年，一个考试落第而又失业的吸食鸦片的文士，意图集款在教堂所在的同一条街道上兴建一座佛庙，他这样做了。他是一个可怜人，不知是他的老婆拒绝替他洗衣服，抑或是他自己想看起来囚首垢面以表示他通灵，我记得最清楚的是他满口黑牙，穿一件污秽而只扣了一半纽扣的长衫，不论他想不想洗干净，总有意让人看见他永不洗濯的面容。我相信他是想保留以后在佛教的天堂中做海绵浴的乐趣，尽管有一道澄清的溪流刚好流经他的庙。但这个可怜人至少很机智，他是赖此为生的。我们的教堂有一口某个美国人捐赠的钟，我们为它在前门建了一个约五十尺高的钟楼。而这位失业的文士后来有了一面装设在他佛庙里的鼓，这种事是不常见的（佛庙里常用他无法提供的钟来计时）。当教堂礼拜日鸣钟时，他也注意去击他的鼓。如他所说："耶稣叮当佛隆隆。"我们孩子们决心不让他赢。我们轮流帮助拉绳，倾听鼓声何时停歇。我们继续这种竞赛，直至父亲以为我们疯了，来制止我们。一年后，我从学校回来，那面鼓不见了。那个长着黑牙齿的人大概已把它卖掉买鸦片了。于是我们胜了。

另一位中国领袖，因为他的年纪和他的胡子而较为可敬。他是整座河谷的绅士。我父亲和这位"金公公"保持着友好的关系，但金公公从来不来教堂，且阻止别人来教堂。那条河从山上流下来，在河曲建有一道桥。在河面的一旁，有许多商店的坂仔街就高踞在堤岸之上，经常受河水侵蚀的威胁，因为当洪水来的时候，它会受到漩流的全力冲击。在河的另一旁有一个多石的浅滩，这个地区的轮回市集，每五天在这里举行一次。在浅滩那一边的桥脚是金公公的家，在这种情势之下，他大可说那道桥是他的。桥是木做的，上面草率地用圆木条铺平，但没有铺厚横板。因为那些木条不是完全直的，人可透过那些间隙看见下面的河水，而那些缠脚女人必须小心行走，以免她们的鞋跟被桥面上的洞卡住。我知道那道桥是金公公收入的来源，因为他也吸鸦片，需要钱去买。若来了一场大洪水，那道桥不是被冲走就是需要修理。每次洪水过后，金公公便出去向乡民募集款项来修桥，而桥完全被冲走时，当然是一次意外的收获。现在秋水泛滥在我们村里相当常见，为金公公提供了源源不绝的金钱。还有，由于经常注意那道桥构造上的裂痕，知道桥本身接榫的脆弱，金公公可以断定这道桥对河水水平线的些微变动都很敏感，唯一要等待的是天公公和金公公的合作而已。我记得金公公是一个斯文而讲理的人，他对基督教有敌意的唯一理由是他开了一个赌局，而我父亲极力阻止基督徒赌博，因此他也不得不阻止那些赌徒成为基督徒。

对一个有知识的中国人来说，加入本国思想的传统主流，不做被剥夺国籍的中国人，是一种很自然的期望。我是在全国英语最好的大学毕业的——那又有什么了不起？我因为幼承父亲的庭训，儒家经典根底很好，而我曾把它铭记于心，每一个有学问的中国人都被期望铭记孔子在《论语》中所说的话，它是有学问的人会话的重要内容。但我的书法很糟，是中国缺乏教养的人最显著的标记。我的关于中国历史、中国诗、中国哲学及中国文学的知识，充满漏洞。现在我是在北京——中国文化的中心。我觉得好像剑桥大学一年级的一个英国学生和他的导师谈话一样。那个导师用烟喷他，并且喋喋不休地谈及斯温伯恩、济慈及霍斯曼。对于这些文学家，那个学生只是一个泛泛之交。一个有才智的小伙子经过这样的会谈之后的第一件事，是去图书馆读斯温伯恩、济慈及霍斯曼，这样他在第二次会谈时才不会显得那般土气和无知。这是我们所称的真正大学教育正常的程序，通过心与心的关联，甚至也可以说是通过传染来进行的。我带着羞愧，浸淫于中国文学与哲学的研究。广大的异教智慧的世界向我敞开，真正大学毕业后的教育程序——忘记过去所学的程序——开始。这种程序包括跳出基督教信仰的限制。

外表上，我是一个有成就的教师，我在清华大学做得不错。清华大学是用美国退还的赔款建立的。这所大学发展迅速，成为中国最现代及设备最好的大学之一，而它那时正开始建筑一座壮丽的图书馆。它有一位不平凡的中国籍校长与一批本土及美国的好教授，它坐落在北京郊外一个从前满洲王公的花园。但心智上我是笨拙的，而且不善适应。直到那个时候我仍有时被胡适博士视为清教徒。我是一个清教徒，我对一位非基督徒的诗人或学者报有和善、友爱的期望。我的体质不适于饮酒，酒可使我眼睑干涩、闭合。至于烟斗，我愿为这可靠的精神安慰者永远辩护。虽然我自称为异教徒，但像罗马酒神节这样的东西，那时仍非我的能力所能理解，现在仍是如此，在罗马将领的宴会中斜倚在卧榻上吃用金盘送上来的一串葡萄，我一直是一个旁观者。在对待女人方面，在清教徒教育中的训练则有某些益处。当礼拜天我的某些同事去嫖妓时，我却在清华大学主持一班主日学，而清华是一所非基督教大学。一位同僚教授称我为处男，直到结婚时我仍是如此。这就是我喜欢巴黎夜总会的脱衣舞的原因所在。没有一个人能像一个好的清教徒这般正当地欣赏脱衣舞。我永不会像大学里的富家子弟那般文雅和自信，虽然我在后来的日子里学习在男人与女人的社会中安详、自然，我仍学不会在一个家伙背上猛地一拍的动作。我想这是因为高山的精神永远不会离开我，而我本质上就是来自乡村的男孩，这是"异教徒"一词语源学的真意。直到现在我仍喜欢穿着袜子在我办公室的地毯上行走，并视之为生活中最奢侈的享受之一。我以为人的双脚，即因为上帝为了叫人行走而创造了它们，所以是完美的。对它们，不能再有什么改良，而穿鞋是人类退化的一种表现。托马斯·沃尔夫曾在《天使，望故乡》一书中亲切地写，天使脚趾跷起，因为他生来就是如此。有时，晚上在曼哈顿区的街上散步，我因妻子一个大声的哈欠，或突然的、故意拖长的尖叫声而对她表示愤怒。因为我虽然在曼哈顿水泥铺的行人道上行走，我的眼仍能看见山巅未受拘束的天空，我的耳朵仍能听到山泉甜蜜的笑声，而我并不害怕。

我常想，作为一个富家子弟，要文雅，要知道在什么时候闭嘴，要懂得静待升官，真不知道这其中的滋味是怎样的。因为在中国，作为学生，就要成为统治阶级的一员。我曾看见一位来自官宦家庭的同事，他的出身和前途无可怀疑地是官场。但我来自福建——不是来自上海或北京。我们在整部中国历史上出产诗人、学者及美人，但没有产高等官吏。[1]

在外交部的短暂时期，我发现这位同事已学会闭嘴，对任何人都彬彬有礼，态度自然。他在办公室，把时间都花在喝茶及看报纸上。我对自己说，这个人将来一定会成为一省的首长，结果果然不出我所料。我常想彻底弄清楚这种不说话的神秘与闭嘴魔术和升官主义的关系。而我所得的结论是，一个兵把他的血贡献给国家，但永不放弃他的荣誉；一个真正成功的官吏为他的国家放弃他的荣誉，但永不奉献他的血。一个兵的责任是只去做及去死；一个好政治家的责任是只去做而永不谈及它，他所做的只是爱他的国家。

短暂的神学研究曾动摇了我对教条的信仰。有一位教授想用如

---

[1] 上一代有三位伟大的中国作家来自福建：严复；亚当·斯密、孟德斯鸠及赫胥黎著作的翻译者林纾，也是司各特、狄更斯著作的翻译者，关于他，我在上文已曾提及；辜鸿铭（请看下文）。

果这里有 A 和 B，则二者之间必有一条关联线 C，来使我相信圣灵在神学上的必要性。这种经院派一法的傲慢和精神上的独断，伤害了我的良心。这些教条产自迂腐的心，在对待灵性方面的事情时像对待物质方面的事情一样，甚至把上帝的公正和人的公正相提并论。那些神学家充满自信地认为，他们的结论会被接受，成为最终的盖上了印并装入箱子保留至永恒。我当然予以反抗。这些教条中有许多是不相关的，且掩蔽了基督教的真理。按典章编成的次序而论，保罗比彼得知道得多，而第四世纪的教父比保罗知道得多。按他们真言的比较而论，耶稣知道得最少。

我已失去对信仰的确信，但仍固执地抓住对上帝父性的信仰。圣诞节在清华大学主领主日学班时，那颗大星怎样准确地把三位东方博士引领到马槽所在的那条街，我已经很难作出这种想象了。我只能在桑塔亚那①的感觉中欣赏天使们夜半歌声的象征美。圣诞老人是失去了魅力的神话，但仍是一个美丽的神话。虽然如此，但在我自己切断和基督教会的联系之前，还必须遭遇某些事。

在北京，我和两位具有一流才智的人接触，他们给了我难以磨灭的影响，对我未来的发展有不同的贡献。其一是代表一九一七年中国文艺复兴的胡适博士。文艺复兴，和其他较重要的事，严格说来就是反儒学。胡适博士，当时是哥伦比亚大学的研究生，在纽约放出第一炮，这一炮完全改变了我们这一代的中国思想与中国文学的趋势。这是文学革命，在中国文学史上是一个路标，提倡以白话取代文言文，以白话作为文学表现的正常媒介。同时，国立北京大学有一个信奉共产主义的教授陈独秀，编辑《向导》机关报。胡适

①　桑塔亚那（1863—1952），美国哲学家。他的哲学思想从怀疑论出发，主张怀疑一切，但是认为人们知觉中的"直接材料"（感性材料）和"本质"（抽象的概念或形式）这两样东西无可怀疑。

回国在北京大学任教，博得全国的喝彩。我和他在清华大学相会，是触电般的经验。对于这个运动的整体进步，我直觉地予以同情。同代的中国大学者，梁启超、蔡元培及林长民，都参加这个运动。然后保罗·门罗、约翰·杜威，在我出国留学之前，又来北京大学访问。（我一九二三年从德国回国在北京大学任教，毛泽东在那里当图书馆管理员——但没有人注意他，我也从来没有见过他。）

总之，文艺复兴是一种解放的力量，是中国知识分子与过去所做的一种全面的分裂。一方面军阀们在交战，另一方面中国知识分子被他们自身挑战及斗争的紧张情绪支配，北京是充满活力的林纾——那位我姐姐曾读过他的作品的伟大译者，同时也在北京大学，谴责白话为"引车卖浆之徒"的语言。哪里有斗争，哪里便有活力，便有思想及研究的推动，有为它而战或为它而反抗的主义。年轻的中国彻底地被震动。共产主义者陈独秀继续谴责儒家的整套系统，特别反对祭孔及寡妇守节。而胡适，一个典型的理性主义者，以科学考据为依准，其实较为温和，写文章像一位学者。陈独秀谴责迷信，如通灵人用它写出诗句的中国扶箕。当然，那个机关报能轻易地作反对缠足的努力，因为我们已经生活在民国时代，所以这种努力有点像马后炮。一个热心的学生写着："我们大家都要肩负起所有中国女人的小脚（的责任）。"——这对新的自由战士而言确是一种不寻常的任务。你想，事实上至少有五千万双中国女人的小脚要肩负，而这位青年可能有一双软弱的膝头。我不免被北京大学吸引，我出洋回国之后便在那里任教。在这思想大动乱中，我为自己的得救而埋头研读中国哲学与语言学——每一种我可以抓得到的东西。我漂浮在中国觉醒的怒潮里。

但是有一个人不加入呐喊的行列。他一八八五年从柏林大学、爱丁堡大学及牛津大学回国，他比我高一代，在他看来，我们这些民国时代的青年新贵是无知而鄙陋的，即使不被现在称为民主的近代群体崇拜所腐化，灵魂也已被玷污得鬼鬼祟祟。他说我们是"近代没有辫子的时髦中国人，回国的留学生"，"曾向英美的人民学习，不是循规蹈矩，而是'行为不端'的人"。他是一个怪物，但不令人讨厌，因为他是具备一流才智的人，而且最重要的是他有见识和深度，不是这个时代其他人所具备的。在中国没有一个人能像他这样用英语写作，他挑战性的观念、目空一切的风格，那种令人想起马修·阿诺德的泰然自若，有条理地展示他的观念和重复申说某些话的风格，再加上托马斯·卡莱尔的戏剧性的大言，以及海涅的隽秀。这个人就是辜鸿铭。辜鸿铭是厦门子弟，像是料理中国人文主义大餐前的一杯红葡萄酒。由于他把一切事情颠覆，所以在我信仰的方向上扮演着一个吹毛求疵者的角色。

我觉得最好是引用萨默塞特·毛姆对他的描写。毛姆没有提及辜鸿铭的名字，而在他那本《在中国屏风上》中用"那个哲学家"来代替。毛姆在扬子江上游的四川省①见过他，那时大约是一九二一年。下面是一篇生动的描写，极能显示这个人性格的要点。

> 这里住着一位有名的哲学家，我这次有点艰苦的旅行动机之一就是想见一见他。他是中国儒学的权威。据说他英语、德语都说得很流利。他曾多年做皇太后总督之一的秘书，但现已退休。每星期的几天里，他家大门都为那些寻求知识的人开放，宣讲孔子的教训。他有一班门徒，但人数不多，因为那些学生大都喜欢他简朴的住宅及朴实中的高贵。如果向他提及外国大学的建筑与许多野蛮人的实

① 实际上，两人见面的地点在重庆。当时，重庆属于四川省。

用科学，只会被他轻蔑地开除。从我对他的一切所闻看来，我断定他是一个有个性的人。

当我提出想和这位著名的绅士见面时，主人立刻安排，但是过了许多天还没有消息。我问起来，主人耸耸肩。

"我送了一张便条通知他来这里一趟。"他说，"我不知道他为什么到现在还没有来。他是一个脾气很大的老人。"

我不认为用这般傲慢的方式接近一位哲学家是适当的，所以他对这种呼召置之不理的做法并未使我感到惊讶。我寄一封信给他，用我所能想到的最有礼貌的词句问他可否让我去拜访他。就在两小时后，我接到他的复信，约定第二天早晨十时会面。

当这位哲学家走进客厅时，我立刻向他的赐会表示感谢。他指给我一张椅子，帮我倒茶。

"你想见我，我感到很荣幸。"他说，"你们国家的人只和苦力与买办打交道，他们以为中国人如果不是苦力，就一定是买办。"

我想冒险抗议，可是我还不了解他话语的真意。他背靠在椅子上，用一种嘲弄的表情望着我。

"他们以为只要自己点点头，我们就一定会去。"

我知道他仍然对我朋友草率的通知而感到不满。我不知道该怎样回答，喃喃地说了一些恭维话。

他是一个老人，身材很高，留一条灰色的细长辫子，长着一双明亮的大眼，眼睑下有很重的眼袋。他的牙已有残缺，而且变色。他骨瘦如柴，手优美而小巧，干枯得像鸟爪。曾有人告诉我他吸食鸦片。他穿着一件黑长衫，戴着一顶小黑帽，长衫和帽子都已破旧不堪了，穿一条深灰色的裤子，裤腿束在脚踝上。他在观望，并不十分知道应采取什么态度来待我，保持着一种戒备状态。……我从他的态度上感到他松弛了下来。他像一个全身端严起来等待人家来替他拍照的人，听见快门咔嚓一响，才恢复他的自然本性。他拿他的书给我看。

"我在柏林取得哲学博士学位，"他说，"后来又在牛津大学读了一段时间。如果你不介意的话，我要说，英国人对哲学没有很大的胃口。"

虽然他把话说得像有点歉意，但显然他还高兴说了一件大家多多少少不能同意的事。

"我们曾有过一些对思想界略具影响力的哲学家。"我提醒他。

"休谟和柏克莱？我在牛津时这两位哲学家在那儿任教，他们深恐得罪他们的神学同事。他们不会追求他们思想的逻辑结论，因为怕危及他们在大学圈子里的地位。"

"你曾研究过哲学在美国近代的发展吗？"我问。

"你是说实用主义？它是那些对不可思议的事深信不疑的人的最终避难所。我喜欢美国的石油甚过美国的哲学。"

接着还有更多类似的尖酸话语。我想毛姆的人物造型是真实的（我曾立誓不用批评家爱用的曲词套语，"有洞察力"），他说："他对西方哲学的研究，只能满足他所谓的'智慧只能在儒家经典中找得到'的那种想法。"

有一次我的朋友看见辜鸿铭在真光电影院，他的前面坐着一个秃头的苏格兰人。白人在中国到处都受到尊敬，辜鸿铭却以羞辱白人来表示中国人是优越的。他想点着一杆一尺长的中国烟斗，但火柴已经用完。当认出坐在自己前面的是一个苏格兰人时，他用他的烟斗及张开的尖细手指轻轻地敲击那个苏格兰人的光头，静静地说："请点着它！"那个苏格兰人吓坏了，不得不按中国式的礼貌来做。辜鸿铭被中国人熟悉，可能是因为他对立妾制度有巧妙的辩护。他说："你见过一个茶壶配四只茶杯，可是你看见过一只茶杯配四个茶壶吗？"在我们之中也曾传说，如果你想看辜鸿铭，不要去他的住宅，到八大胡同红灯区便可以看到他。这不是一个老浪子的姿态，而是一种对某些重要哲学主张的信念。他劝那些无知的西方人去逛八大胡同，如果他们想研究真正的中国文化，可以从那里的歌女身上证实中国女性本质的端庄、羞怯及优美。辜鸿铭并没有大错，因为那些歌女像日本的艺伎一样，还会脸红，而近代的大学女生已经不会了。

辜鸿铭曾任张之洞的"通译员"（张之洞是十九世纪末叶主张维新的伟大官吏之一，是使长江一带不受扰乱的一个重要角色）。我曾见过辜鸿铭，留着稀疏的头发，在中央公园独自散步。有人会以为他是一个走霉运的太监，或者根本没有注意到他。多么孤独骄傲的心啊！虽然如此，但我觉得不配去接近这位精通马修·阿诺德、罗斯金、爱默生、歌德及席勒思想的专家。尽管当陈友仁（后来在一九二六年担任国民政府的外交部长）和辜鸿铭一九一五年在《京报》（一份陈所编的英语日报）大开笔战的时候，我在圣约翰大学里对他颇为仰慕，辜仍是一个公认的保皇党，而陈却是一个革命党。两者都精于谩骂，而且无懈可击地运用英语。陈称辜是江湖术士及抄经文士，而辜却称陈是走狗和一知半解的印度绅士（一个失去国籍，半英国化的印度人），因为陈生于特立尼达岛，说中国话时像外国人。当我在德国读书的时候，第一次世界大战刚要结束，我发现辜鸿铭在德国的那段时间还很有名气。他那本小书

Verteidigung Chinas gegen Europa（如果我记得清楚，有一个德国人将他这本书译为《中国人的精神》），在文化界知者甚多。这本书写于一九一五年，大战爆发后不久，虽然他用很不含糊的话来谴责普鲁士的军国主义，但他把大战首先归咎于卑劣的英国帝国主义及伦敦的暴民崇拜。他说了一些同情德国人的话，说他们"热爱公义"，整洁而有秩序，有"德行"。他精通歌德与席勒的思想，而且是大腓特烈与俾斯麦王子的伟大仰慕者，所以虽然他在美国是完全寂寂无名，但他的话德国人很喜欢听。

辜鸿铭是一块硬肉，不是软弱的胃所能消化吸收的。对于西方人而言，他的作品尤其像长满硬毛的豪猪。但他有深度与卓识，这使人宽恕他的许多过失，因为真正有卓识的人是很少的。他了不起的功绩是翻译了儒家四书中的三部，不只是忠实的翻译，而且是一种创造性的翻译，一种深邃了然的哲学注入古代经典的光芒。他事实上扮演着东方观念与西方观念的电镀匠。他的关于孔子的言论，饰以歌德、席勒、罗斯金与朱贝尔的有启发性的妙语。有关儒家书籍的翻译，得力于他对原作的深刻了解。中国古代的经典从来没有好的译本。那些外国的汉学家译得很糟，中国人自己却忽略了这件事。把中文翻成英语是非常困难的。观念不同，思维方式不同，而更糟的是，中文文法的关系只用句子的构造来表达，没有词尾变化，且没有常用的连接词与冠词，有时更没有主词。因此中国哲学的"源头"，直到今天，仍被覆盖在似雾的黄昏中。结果，剑桥大学前任中文教授赫伯特·吉利斯说，孔子可能只是一个好吹牛、平凡、陈腐的三家村老学究。在哲学观念上，翻译的陷阱是很大的。"仁"的真意（benevolence？mercy？ humanity？ manhood？），"义"的真意（justice？right？ righteousness？），"礼"的真意（ritualism？ courtesy？

good form？ social order？），甚至还不被人了解。

谈到这里，请大家宽恕我介绍一段经过翻译的迂回累赘的话。它是采自詹姆士·莱兹的儒家经典的译本，已被编入麦克斯·缪勒所编辑的《东方圣书》中。莱兹作了一次对文字的盲目崇拜，一种真正的外国远古气氛比文意更像是显明忠实的标志。孟子所说的在中文刚好是十二个字，当军队列阵拿着利矛坚盾攻袭敌人城堡的时候，"天时不如地利，地利不如人和"。（The weather less important than terrain, and the terrain less important than the army morale.）如果有人宁愿逐字直译，那就可把它译为："Sky times not so good as ground situation, ground situation not so good as human harmony." 对任何一个中国孩子而言，"sky times" 是指天气而不能作别解，"ground situation" 是指地势，而 "human harmony" 是指士气。但按照莱兹所译，则孟子是说："Opportunities of time（vouchsafed by）Heaven are not equal to advantages of situation（afforded by）the Earth, and advantages of situation（afforded by）the Earth are not equal to（the union arising from）the accord of Men."（天所惠赐的时间上的机会不如地所提供的形势上的好处；而地所提供的形势上的好处不如人的团结一致。）辜鸿铭的翻译却永远站得住，因为它们来自对两种文字的精通，以及对于它们较深奥意义的了解，是意义与表达方法愉快的配合。辜鸿铭的翻译是真正的天启。

受过马修·阿诺德、卡莱尔、罗斯金、爱默生、歌德与席勒等人的陶冶，辜鸿铭自信在他之前没有人能像他这样了解儒家。他的中心观点是绕着雅与俗的问题转。雅，是意指孔子对君子寄予的理想；而俗，用罗斯金的话，简单地说就是"身体与灵魂的死硬化"及缺乏感觉。使他的治与乱的辩论成为有效，是由于白人帝国主义一方面用武力攫取中国的土地，另一方面它的使徒（当然包括某些基督教的传教士在内）又武断地说"中国是信邪教的"，他们具有开化中国文化的使命，这种情形在"拳民之乱"以后特别明显，用"门户开放"的名义公然抢夺中国土地而伴以他所谓"英国的陈词滥调"来谈及文化。当白人在《中国北方每日新闻》辱骂皇太后的时候，辜鸿铭大大地被激怒。他狂猛地抨击他所谓"伪善的英帝国主义"，攻击那些迎合伦敦人经商攫取钱财及"暴民崇拜"的天性，更抨击英皇帝"吃人的殖民政策"。他说他们集"竖子""小人"心性于一身，他们的灵魂十分需要拯救。这是充满了激情和报复心的国家主义，加之一种忠心拥护帝制、反对民主的偏见（卡莱尔的影响）。

辜鸿铭认为，"拳民之乱"是百姓之声。这些议论在他一九〇一年出版的《尊王篇》一书中表露出来。这时他正处于从迷惑中觉醒的心态。当然，"拳民之乱"是由传教士、鸦片及战舰等三个因素引起的，才是不争的事实。我们必须记得，因为杀害一个传教士，中国要偿付"威廉大帝"青岛港口及山东全省的铁路建筑权。白色帝国主义是不受约束的。当中国的统一受到威胁时，辜鸿铭只是用全力来批评及攻击英国暴民崇拜的宗教及该撤走的殖民政策。他著《近代传教与新近动乱之关系》一书，声音喊得震天响。《尊王篇》包含了一篇最长的文章——《中国问题的新近纪录》（初在横滨《日本每周邮报》发表）。这篇文章已证明对英、法、德、美等国的文化及其衰颓作了一次历史性的考验，他的声音是尖锐的，他的灵魂中没有和蔼，充满了烈酒般的讽刺意味。下面这段话，是他对在中国的英国人的轻微嘲弄。

自贝康思菲尔特爵士死后，英国贵族阶级再度变得无望，他们的领袖索尔斯柏利爵士，遇见了一位有伦敦人才智的伯明翰青年。这个伯明翰的伦敦人曾企图以模仿贝康思菲尔特爵士的帝国主义旗号来谄媚英国贵族，并想在高处挥舞这面旗子以取悦盎格鲁撒克逊族的自信心！真的，如果美好的英国老贵族的情景不是这般悲惨地急需金钱、理想和主意，一个小伯明翰的伦敦人用他盎格鲁撒克逊自信心的破布来领导，将会造成像苏格兰"一个具有兰恩血统的一文不名的少女"一样滑稽的情景。①

腓特烈之后，普鲁士就是德国。德国是欧洲的苏格兰，普鲁士人是住在平原的低地苏格兰人，缺乏想象力。普鲁士的气温冷酷得多，因此那些普鲁士人除了缺乏想象力外，还有一种可怕的食欲。俾斯麦王子说："我们家庭中每一个人都是大吃家。如果许多人都有像我们这样的食欲，国家将不可能存在，我会被逼得迁居。"……腓特烈没有想象力。但他除了天才之外，有法国人的教养，那种源自法国的心灵颤动及清醒。腓特烈之后，普鲁士的清教徒因为缺乏想象力而不能继续做全德国的保护人。而拿破仑必须回来在耶拿光荣复职。……爱默生曾以伟大的卓见，谈及拿破仑被送到圣赫勒拿不是由于战败，而是因为他身上那种粗鄙的味道，中产阶级的气质及伦敦人的派头。当拿破仑以散布革命自由观念者的身份出现时，欧洲所有的绅士都向他高声欢呼。可是等他们发现这个科西嘉岛的小资产阶

---

① 此文及下面一段引用文是采自一九〇一年在上海出版的《总督衙门来书》。辜鸿铭用敏捷的、印象主义的笔触，探索德国及法国知识分子的没落。

级不过是想建立一个帝国时，所有欧洲绅士都对他大倒胃口。然后普鲁士的清教徒穿着"Vorwärts"（前进军）的军服，加入欧洲绅士对这个科西嘉小资产阶级的追捕。……当"Vorwärts"把拿破仑逐出德国时，也想把法国革命伟大的自由观念也驱逐出去。为抗拒这一点，全德国的知识分子都起来和他作战。这就是"文化斗争"的开始。……法国革命真正伟大的自由观念是在政治上的"门户开放"及在宗教上的"开展"。但"Vorwärts"的低地苏格兰人自私的倾向使他们不喜欢"门户开放"，而普鲁士人想象力的缺乏，也妨碍他们了解宗教上"开展"的真正意义。

辜鸿铭继续娓娓而谈。他连跳带跑通过了欧洲近代史的种种背景，而到达值得注意的结论："今天世界的真正动乱不在中国——虽然中国忍受它的影响——而是在欧洲及美洲。"他向欧洲人大喊："注意，欧洲人！照顾你们神圣的文化珍宝吧！"

辜鸿铭并不攻击耶稣基督的教训，他尊敬真正的基督教，但他猛烈地攻击耶稣会与法国军队以及德国主教与德国军在"拳民之乱"时的主动合作。下面是他痛恨的一例：

基督教最初是一种力量，足以减轻德国低地苏格兰人的自私心及庞摩尔兰尼亚省大吃家可怕的食欲。但现在德国的基督教像一个老顽固。他们已经正式设立一个主教安沙尔，胶州的名人，国家社会党，以及那些歌颂德皇所说"我们怎样处置那五万投降的中国人呢？养他们吗？不成！"用在名为《将来》（*Zukunft*）的诗篇中写最后一章的政客们的基督教来代替它。因此，当我们遇见五万毛毛虫的时候，我们怎样做呢？用一个滚压机来压死它们。讨厌的工作！但没有办法。我们不知道耶稣会怎样说。如果他不是生在一个和平的世界，而是战争的时代，依照这个牧师的见解，耶稣也会变成食肉的动物。

下面是他谈及真基督徒和真基督教的话。他引用孔子的话说：

"人能弘道，非道弘人。"无论你是犹太人、中国人、德国人，是商人、传教士、兵士、外交家、苦力，若你能仁慈不自私，你就是一个基督徒，一个文化人。但如果自私、不仁，即使你是一统世界的帝王，你仍是一个伪善者，一个下流人，一个非利士人，一个邪教徒，一个亚玛力人，一个野蛮人，一头野兽。

辜鸿铭进而引用歌德在《虚伪与真实》中的观点——歌德认为基督教是进步的，基督教的文化在乎仁慈、体贴他人，以人道胜过不人道。他说：

我们将会知道，无论是欧洲人还是美国人，在处理中国的问题时，采用歌德的关于文化的概念，抑或采用想使耶稣基督成为食肉动物的德国政客的滚压机！

真正的基督徒是因为爱好圣洁及基督教里面一切可爱的东西而自然成为基督徒的。而那些因为害怕地狱之火而做基督徒的，是伪善的基督徒。那些只是为了进入天堂饮茶及与天使们共唱圣诗而做基督徒的，是下流的基督徒。现在的那些耶稣会教士是那些自己不大相信天堂、天使及地狱之火，但却想让别人相信这些东西的基督徒。

这些言辞十分激烈，很容易刺激一个青年读者的心。它是好文章，但同时具有一种特别刺激灵魂的力量，因为人们常会问："什么是基督教的本质？究竟什么是儒家？"这样他们就可以宽心和愉快地靠在椅子上，舒适地多读对不同国家的奇怪的批评。

美国人难以了解真正的中国人与中国文化，因为美国人通常宽容、单纯，但不够深刻。英国人不能了解真正的中国人与中国文化，因为英国人一般深刻、单纯，却不够宽容。德国人也不能了解真正的中国人与中国文化，因为德国人深刻、宽容，但不够单纯。至于法国人，在我看来是能了解并已经是最了解真正中国人与中国文化的。……因为法国人在灵性上曾达到一种卓越的程度，这是上文中我所提及的其他国家的人所没有的——那是一种想了解真正的中国人与中国文化所必须具有的灵慧，一种精细的灵性。

从我在上文所说可以看出，如果美国能学习中国文化，将会获得深度；英国人将会获得宽容；德国人将会获得单纯。而所有美国人、英国人、德国人，由于学习中国文化，研究中国的书籍及文字，将得到一种精细的灵性。我放肆地说，在我看来，他们通常都没有达到这样卓越的程度。

这是令人安慰而又真实的。对于中国宽宏或宽容这一点，我想提出异议，但他们的确单纯、精细，且有深度。但有人会被这样的文章所刺激，再去审视自己的国家，且在中国思想的茂密丛林中探索旅行，试着获得某种认知。

第三章　孔子的堂奥

辜鸿铭帮我解开缆绳，推我进入怀疑的大海。也许没有辜鸿铭，我也会回归中国的思想主流，因为没有一个富有研究精神的中国人能满足于长期对中国本身一知半解的认识，去认识祖国历史遗产的声音是一种从内心深处发出的渴求。在中国语言里面有某些东西，是虽然看不见却能有力地改变人们的思想方式的。思维方式、概念、意象、每句话的音调，在英语与中文中差异很大，说英语时，人们用英国的方式来思考；而用中文来说话时，就不免用中国的方式来思考。如果我在一个早上写两篇题目相同、见解相同的文章，一篇是用英语写，一篇用中文写，这两篇文章自会显现有别，因为思想的潮流随着不同的意象、引述及联想，会自动地导入不同的途径。人并不是因为思考而说话，而是因为说话，因为安排字句而思考，思想只是解释话语而已。当我们说另一种语言的时候，概念的本身就披上了不同的衣服与肤色，因为那些字眼会有不同的音色与联想。因此，我开始用中国式的思考来研究中文，因此使我本能地了解及接受某些真理与意象，在中文和英语两种如此不同的语言之间思考真是有点奇怪。我的英语嘲笑中文单音字是光滑的圆石，而我的中文承认英语思想具有较高的指向性与准确性，但仍笑它是可疑而抽象的杂碎。

我必须说，中国人对抽象的观念不感兴趣。中国的语言就像女人的闲聊，每一桩事情不是爬，就是走，不是嫁出去，就是娶回来。中国人的抽象观念，蹈循中国人务实的思想常规，常是两种真实性的混合，因此大小代表"面积"（那颗钻石大小如何），长短代表"长度"，而轻重代表"重量"。更令人不可理解的，代表"物"的常用字是"东西"（你在冰箱里有没有可吃的东西）。严格的哲学概念，"正""义""忠""利"，都是深奥的单音字，且常流于相似。以"是"与"非"为例，它把真与假、对与错两种相对的观念合并起来，区域的界线是消灭了。还有"心"与"头脑"分离成为二而一的东西。当一个中国人承认他们用心来思想（我在我的肚子里想，有时我在我的心里想）的时候，那个"心"字是同时指心肠与头脑，因此中国人在他们的思想中是感性的。《圣经》中"肠"（bowels）①字和它最为相近。克伦威尔在一六五〇年写给苏格兰教会会员大会的信中说："我以基督的'肠'（爱心）恳求你们考虑你们是否可能有错。"因此，中国人思想中的抽象概念相当少，或者根本没有，他们从来没有离开生活的范畴，没有沉溺在抽象推论里太久的

---

① "bowels"在《圣经》中有时作"肠"解；有时作"爱心"解。

危险。人，像一头鲸，必须升上海面来呼吸自由的空气，偶然瞥视一下云彩与天空。这种思想的一个结果是在中国哲学中没有理论性的术语，没有专门传达思想的暗号，没有"群众"知识与科学知识的分别。用一种普通人所能懂的语言来写关于哲学的文章，绝不会是一件丢面子的事。中国的学者并不以知识"大众化"为耻。据说柏拉图写了两本哲学书，一本是专业化的，一本是通俗化的，幸而后来那本专家本遗失，所以近代读者可以享受柏拉图对话录的明朗。如果西方的哲学家能用柏拉图简明的笔调来写英语，则哲学在普通人的思想中仍可获得一席之地（我猜如果他们写得清楚一点，会泄露出他们实在没有什么事情要说）。

有时我会问自己，中国曾产生过像康德这样的思想家吗？答案显然没有，而且中国不可能有。一个中国的康德，当他谈到"物"本身的那一刹那会讥笑自己：他的理性——他可能有一种有力的理性，直接地告诉他是可笑的。一切知识，在康德看来，是从知识得来的：是好的。一切理解是被一种先天的心的规律所决定的：是好的。一个盲人可能借用他手指的触觉，感觉到梨皮和香蕉皮组织的不同而得到关于梨与香蕉的知识。不错，但中国哲学家会觉得在梨皮与香蕉皮中必然有不同的性质是与触觉上的不同相一致的。这种知识不是"真"的吗？为什么你要知道香蕉的本身和梨子的本身呢？假定有一种与人不同形式的存在，结构不同，且被赋予不同的精神力量，例如，火星人，会用不同的官感、不同的方法去感觉香蕉皮与梨皮的不同。这种不同不仍是与香蕉本身和梨子本身的不同相一致吗？然而我们谈到香蕉和梨子的本身来代替对梨子皮的坚韧和香蕉皮的软滑的直接感觉与经验，有什么好处？梨皮的坚韧与香蕉皮的软滑，就足以告诉人它们是什么，这是直接的、正确的信息，且是最有用的。耳朵对不同的声波、眼睛对不同的光波的直接了解，也是一样的。这是"知识"的自然获得方式，这般微妙的发展，使一只鹿用它的嗅觉、听觉或视觉能老远就知道有一只老虎走来。这些感觉必须正确，且必须和真实环境相符合，所以必须是"真"的，否则那只鹿就不能生存。我们要记得，例如，外面世界变迁的画面——一辆在二百码以外的汽车向着一个人的方向驶来或驶去，记录在面积不过半寸的视网膜的影像之内，因此这辆汽车的影像本身大约只能有千分之一英寸大小，而这万分之一英寸的细微活动被直接记录下来且常常不会有差错。为什么康德却要谈到那辆车的本身呢？西方的哲学家会立刻回答："中国佬，你不了解康德所说的是什么。"中国人反唇相讥："我当然不懂。现在我可以吃我的香蕉吗？"这样，东方与西方一定各自耸耸肩膀走开。

我也曾问我自己，中国是否出现过像亚里士多德这样的思想家呢？答案显然是没有。中国也不可能出现。中国不讲究分析的能力、观念的及系统化逻辑的检测，对思想的途径和知识范围的差异也没有客观的兴趣。柏拉图与亚里士多德令人注意的地方在于他们的推理方式是现代的，而中国的推理方式与之完全不同。中古学究型的推理与认识论的寻求毕竟是从亚里士多德开始的。一个中国人乐于倾听亚里士多德的伦理学、政治学与诗学……而对他的植物学、天文学、气象学与生物学知识，虽然观念粗一点，但为他的渊博所惊叹与感动，都平心静气地观察，在物理学与生物学中，对生命的一切片段好奇的、客观的解剖（因为亚里士多德是一位医生）是惊人的。中国人有限的视野使他把所有鸡按科学分类，不是"硬的"，就是"软的"，至于它和别的鸟类如雉、珍珠鸡的可能关系，当做是没用的而丢开。孔子有一个学生叫做子夏，他有一种收集事实报道的嗜好，且对《诗经》所提及的鸟类、虫类有兴趣，孔子对他说，"女为君子儒，无为小人儒"，"记问之学，不足以为人师"。

中国人事实上沉溺于对全体的直觉认识，耶鲁大学教授诺斯拉普称之为"无差别的美学的连续"。诺斯拉普教授的意思是，中国人喜欢凭第一印象估量事物，而以此来保留对它们全体的好感。他们永远怀疑对不可分割的东西的分割，他们宁愿信赖直接的观感。弗莱蒂尔用爱默生的语气对思想所说的话，道出中国哲学家的真相：

> 他的见解就在这里，是事前未作准备的，无可争辩的，像航海家从云雾笼罩的深海中露出来的信号。……他的风俗、作品及思想，都表现出他是一个绝对的印象主义者。他永远不会用一种明确的、逻辑的或精心结撰的方式提出他的意见，而是用自然的且常是偶然发出的命令的方式。像"内容的次序""绪论""转调"这种东西，在他那里并不存在。他开始想申述某个观点时，我们以为他是在有系统地编织它，从各方面来说明它，且为它巩固防线以抵抗一切可能的攻击。谁知突然有外来的一张图画，或一则明喻、一句警句或一段摘要，感触他，充塞在他思想的环节中，主题从此围着一个新的轴心旋转。

伟大的旅行便这样开始，最初我毫无察觉。我的心像其他大学毕业生一样装备了近代思想的武器，必然会掠过那些思想的大陆，且发现它们奇怪、乏味、空虚（孔子的话初听起来常似有点空虚）。我四十岁生日时为自己写了一副对联："两脚踏东西文化，一心学古今文章。"我必须用更精确的逻辑思想的框架，来阐释中国人的良心与直觉知识，且把西方思想的建议放在中国直觉的评判下测验。

因此我必须停下来，分章描述在我终于接受基督教作为对人灵性问题的满意答复之前的沿途所见。我转回基督教，有些人曾对此表示惊讶，且觉得难以相信我会放弃接受现世与现实主义，而去换取较为可疑、较为形而上学的基督教"信仰"。我认为我应详述中国式的美和缺陷，指出他们在哪里已达到最高峰，在哪里答复不完满，从而将我的演进和转变作清楚的说明。我也应该说清楚天堂与地狱和这件事没有什么关系，我仍然如我曾在别的地方所说的那样，认为如果上帝有一半像我的母亲这样爱我，他将不会送我去地狱——不是五分钟，不是五天，而是永远地沦落在地狱里——这是一种甚至连世俗法庭也永不会觉得心安的判决。我不会相信这样的事情。我之所以回到基督教会，不如说是由于我的道德的一种直觉知识，由中国人最为擅长的"从深处发出的信号"的感应。我也必须说明经过的程序不是方便而容易的，我不轻易改变一直崇信的道理。我曾在甜美、幽静的思想草原上漫游，看见过美丽的山豆；我曾住在孔子人道主义的堂室，曾攀登道山的高峰且看见它的崇伟；我曾瞥见过佛教的迷雾悬挂在可怕的空虚之上。而也只有在经历这些之后，我才降在基督教信仰的瑞士少女峰，到达云上有阳光的世界。

我将只讨论儒家、道家这两支最重要且最有影响力的思想主流及东方第三大灵性势力——佛教。在中国古代哲学中，除儒家、道家之外，还有诡辩家、法家、论理学家、墨家（墨翟的门徒）及杨朱派（为我而活），此外还有一些小流派。我甚至不想谈到墨家，因为这一派在公元前三世纪及前二世纪已经绝迹，并没有在中国人的思想上留下永久的影响。但墨翟与他的门徒，因为问答方法和伦理学的发展而为人所注意。他的学说实在是一个可注意的以"上帝的父性"及人与人皆兄弟的教义为基础的苦行及舍己为人的宗教。据说墨家是"清苦派"的，这是说他们为帮助别人，劳苦到只剩一把骨头。墨翟同时坚决地主张一神，他称此神为天。在中国，天是上帝的通称。

在后面论及儒家、道家与佛教的三章中，我所要关心的是人的灵性问题，以及这些可敬的思想关于宇宙和人生哲学的见解。我最关心生活的理想与人类的品性。耶稣的教训是在一个独特的范畴里，具有一种奇特的美，阐述了一些在其他宗教中找不到的、人所公认的教训。但首先我想在这里说明白，我们不能只为方便地作一种黑暗与光明的对比，而去说基督教是"真"的，因此儒家是"假"的。我们不能因此用简单的句子摒弃佛教，称其为"拜偶像的邪教"，不能因此说耶稣谈及爱、谦虚的教训是对的，而老子谈及爱的力量的教训是错的。或许也就是因为这个理由，我必须在作比较之前进入这三个思想系统及这些生活的理想。

其次，我们必须指出，这些思想系统在一切观念上都很少互相排挤。甚至斯多噶学派与伊壁鸠鲁学派表面上互相排挤，但如果你细心观察就会发现，它们其实是相近的。而中国各家的教训，在中国人自己看来，尤其是如此，它们不是中国的怀疑论，而是中国人对无论在哪里找到的真和美都能接受的本领。伟大的中国人，像白居易（八世纪）与苏东坡（十一世纪），过的是儒家的生活，却作了渗透了道家见解的佛教诗。儒家的情形更是如此，我们不能说一个基督徒不能同时是儒生，因为儒家是"君子"与"好教养""有礼貌"的人的宗教，而这样就等于说一个好基督徒不相信人要做君子和有礼貌的人。道家过分强调基督教所主张的爱与温柔的教训，使许多人不敢接受。如果说佛教拯救的方式和基督教的不同，它的基本出发点——对罪的承认、深深地关切人类苦难的事实，却是和基督教很接近的。

这种文化融合的最好实例，可在苏东坡给他的侍妾朝云的诗中找到。苏东坡——中国最伟大的诗人之一，伟大的儒家学者，在六十岁的时候，过的是被流放的生活。他的妻已死，而他的少妾在一〇九四年自愿随他到戍所惠州。朝云当时已成为佛教徒，而苏赞美她在对神（佛）的服侍上，像一个维摩天女。其中一首诗里，苏东坡谈及她把从前的歌衫舞扇抛在一旁，而专心致志于佛经与丹炉（道教）。待找到不死之药时，她将和他说再见而到仙山去，不再像巫峡的神女那样和他结成生死姻缘（儒家）。这首诗之所以比其他的诗突出，就是因为这种情感的奇妙融合。佛教维摩天女的意象在诗中重现。按照佛教的传说，天女从天上散花，花瓣落在圣者的衣服及身上时将会滑落，但却附着在那些仍有世俗情欲的人身上。

> 白发苍颜，正是维摩境界。空方丈、散花何碍。朱唇箸点，更髻鬟生彩。这些个，千生万生只在。
> 好事心肠，著人情态。闲窗下、敛云凝黛。明朝端午，待学纫兰为佩。寻一首好诗，要书裙带。

次年夏天，朝云死了，她在咽下最后一口气前，念了一句佛偈，而按照她的意思，葬在一座佛寺的附近。那首苏东坡题在她墓旁白梅树上的诗，是我所读过的最纤美的。

> 玉骨那愁瘴雾，冰肌自有仙风。海仙时遣探芳丛，倒挂绿毛幺凤。
> 素面翻嫌粉涴，洗妆不褪唇红。高情已逐晓云空，不与梨花同梦。

这是真的人生及痛苦、死亡、孤独的问题：用伟大的人类心灵来表达灵性与肉体的关系。在这里，人的心灵遇到了人生的问题，遇到它的悲凄和美。而耶稣用简单明了的方法解决了这些人生问题。

一、孔子那个人

如果现在来谈儒家的哲学，这是在我之前已有数千位中国学者写过的课题，我只能写出我自己对它的悟解、评价和阐释。我没有接受什么见解，也没有认为什么见解是当然成立的，我喜欢剥去孔子及儒家某些早已被曲解的见解和信仰。我的天性近乎道家，甚于因信仰而造就的儒家。那些新儒家已透过佛教徒的眼来看孔子的教训，为什么我不可以透过道家的眼来看孔子的教训？儒家与道家被视为中国思想中对立的两极：孔子是一个实证主义者，而老子是一个神秘主义者；孔子最关切的是人，而老子最关切的是宇宙的神秘和性质；孔子视宇宙为人的一部分，而老子认为人是宇宙的一部分。但从近距离来看，问题仍不是这样干脆和简单的。我认为，孔子对上帝与上帝意旨的关心、对宇宙的灵性性质的看法，已被儒家通常的实证主义所蒙蔽。因为道家有意深入，而儒家一切都在表面上，至少是假做如此。道家的思想家较能欣赏孔子及其教义的某些方面，且帮助他避免只注意显著的德行与生活的实际问题。我想考察孔子对死、上帝、上帝的意旨及人的灵性等较大问题的态度。

孔子生于公元前五五一年，私生子。他的父亲是鲁国三大名将之一，从下面这个故事中可见其勋业之一斑。有一次，他带鲁国的兵去攻一座城。当他的军队已有一半进入了敌人的城门，而另一半仍在外面的时候，敌人突然把城门放下。孔子的父亲看出敌人有诈，一手将城门举起，让他的军队全部退出。

孔子的父亲六十岁以后才娶了一个少女，即孔子的母亲，她是三姐妹中最小的。儒家的清教徒曾想尽方法来解释这段历史，以说明孔子并不是私生子，但我认为不必这样做。非婚生的子女常是很聪明的，这是自然的。"一切孩子都是自然的"，如一个法国贵妇所说，但我以为私生的孩子比其他孩子更为自然。意思是，这个孩子常是服从男女互相吸引的自然律、热烈的罗曼史的结果。其他记录似乎也支持这个说法，史学家司马迁记载，孔子父亲死时，孔子尚幼，他的母亲不愿意告诉他父亲坟墓的所在（他的母亲想瞒着他）。等到孔子的母亲死后，孔子已长成时，他才从一个乡下老太婆的口中知道父亲是谁及他坟墓的所在，使他可以把父母合葬在一处。孔子被描写为九尺六寸高，古代的尺是长一指距，或八英寸，那么用现在的尺来量是高六尺四寸。无论如何，他的绰号叫做"长人"。

孔子童年为季氏牧牛羊，所以严格地说他是一个牧童，曾经学习做过许多粗鄙的事。但由于自修，他仍成为当时第一流的学者。五十多岁的时候，他被任为鲁国的中都宰，升迁为鲁司寇，且摄相事。在这里他有机会将他关于社会和政治的学说付诸实施，但因把握实权的鲁国贵族们对他失望而被罢免，正如柏拉图被西那库斯的暴君戴奥尼夏罢免一样。后来他辞职，离开他的祖国到外国（城邦）周游，共历十四年之久。像柏拉图一样，他想再度从政，但失败了，因为在他心中有他的革命理想，且相信只要他有机会，他知道怎样将它实现。这个失意的时期，同时也是孔子成就最高的时期。他常陷入困境，被人嘲笑、拒绝，数次被逮捕及拦劫，但他却始终保持温良恭俭让的态度，有一位伟大的儒者曾指这一点为他性格中最感人的一面。因为在这个时期，他显示出他真正的力量。没有一个国君愿意认真接待他或授予他权柄，门徒们都灰心失望，但孔子仍乐天安命。当他被逮捕或拘留时，他习惯唱诗或朗诵，而且自弹一种乐器来伴奏。他继续研究历史。经过多年的浪游，他最后回到祖国，当时他的几个门徒都已在政府做事。因此他以一个"大老"——官吏老师的身份回乡，在他七十二岁那年去世。就在他生命中最后的四五年里，他着手做最伟大的工作，即专心编辑古代的作品，写下他一生对历史的研究。这些书留传下来，就是儒家的五经。

新儒学的清教徒们总是尝试把孔子描绘成一个拘执小节、具有尊严的圣人。他们把他弄成一个缺乏人味、完美的圣人。事实上，孔子是他那时候的塞缪尔·约翰逊①博士，最怕受人尊敬。根据《论语》的记载，他曾做过几件使那些正统批评家骇异的事。那些正统家惊呼："一个圣人，一定不会做这样的事，这些经文显然是后人窜入的。大哉孔子！"我只提及一个记载在《论语》中的事例。孔子对那些佞人与伪善者的反感就像耶稣对法利赛人的态度一样。一天，有一位这类学者来见孔子。孔子吩咐仆人告诉那位来访者他不在。然后，为表示他对这个叫做孺悲的人的深恶痛绝，他做了一件很无礼的事。当那个来访者仍停在门口的时候，他拿起自己的弦乐器来唱歌，"使之闻之"。孔子曾一再地说，"乡原，德之贼也。""过我门而不入我室，我不憾焉者，其惟乡原乎！"有一次，他描写当时从政者为"斗筲之人"。又一次他真的拿起一根杖去打一个他非常不喜欢的人的胫，且称他做"贼"。这是孔子礼貌的标准。

孔子就像石头一样坚强，生而有不竭的精力，能忍受工作上极度的紧张，他说自己，"发愤忘食，乐以忘忧，不知老之将至"。他

---

① 塞缪尔·约翰逊（1709—1784），常被称为约翰逊博士，英国历史上著名的文人之一，集评论家、诗人、散文家、传记家身份于一身。

善感，而且多情。《孔子家语》记载说：

> 孔子适卫，遇旧馆人之丧，入而哭之哀。出使子贡脱
> 骖以赠之。子贡曰："所于识之丧，不能有所赠，赠于旧馆，
> 不已多乎？"孔子曰："吾向入哭之，遇一哀而出涕，吾恶
> 夫涕而无以将之，小子行焉。"

可见他对心腹弟子友善而温柔。他写了一本书，名为《春秋》，
是令当时统治者们惧怕的标尺。他说："知我者其惟《春秋》乎！
罪我者其惟《春秋》乎！"《春秋》在统治阶级的圈子里面引起了很
大的骚动，因为他对篡位者作了严厉的裁判。在这样的环境中，当
一个人和他的时代不能协调时，孔子显示出一种坚强不屈及对自己
的可笑处境保持幽默感的混合性格。周游列国时，孔子和弟子们被
某座小城的官吏拘留，甚至绝粮数天，因此实际上陷于饥饿。数天
之后，许多跟随者都饿得不能起来，但孔子仍继续奏弦乐自娱。

> 子路愠，见曰："君子亦有穷乎？"
> 子曰："君子固穷，小人穷斯滥矣。"

孔子知道弟子们心中愤愤不平，于是他把子路召入。

> （子）曰："诗云：'匪兕匪虎，率彼旷野。'吾道非乎？
> 奚为至于此？"
> 子路愠，作色而对曰："君子无所困。意者夫子未仁与？
> 人之弗吾信也；意者夫子未智与？人之弗吾行也。且由也，
> 昔者闻诸夫子：为善者天报之以福；为不善者天报之以祸。

今夫子积德怀义，行之久矣，奚居之穷也？"

子曰："由，未之识也。吾语汝，汝以仁者为必信也，则伯夷叔齐不饿死首阳；汝以智者为必用也，则王子比干不见剖心；汝以忠者为必报也，则关龙逄不见刑；汝以谏者为必听也，则伍子胥不见杀。夫遇不遇者，时也；贤不肖者，才也。君子博学深谋而不遇时者众矣，何独丘哉？且芝兰生于深林，不以无人而不芳；君子修道立德，不谓穷困而改节。为之者人也，生死者命也。是以晋重耳之有霸心生于曹卫，越王勾践之有霸心生于会稽。故居下而无忧者则思不远，处身而常逸者则志不广。庸知其终始乎？"

子路出，召子贡。告如子路。

子贡曰："夫子之道至大，故天下莫能容夫子。夫子盍少贬焉？"

子曰："赐，良农能稼不必能穑，良弓能巧不能为顺，君子能修其道，纲而纪之，不必其能容。今不修其道，而求其容，赐，尔志不广矣，思不远矣。"

子贡出，颜回入。问亦如之。

颜回曰："夫子之道至大，天下莫能容。虽然夫子推而行之。世不我用，有国者之丑也。夫子何病焉？不容，然后见君子。"

孔子欣然叹曰："有是哉，颜氏之子！吾亦使尔多财，吾为尔宰。"

孔子似乎很难和女人处得来，他休了妻。他有一次说过一句贬抑女人的话："唯女子与小人为难养也，近之则不逊，远之则怨。"在其他方面，孔子并不是一个容易服侍的人。他太太发现他有许多奇怪的癖性：他要右袖比左袖短一点以便于工作，他坚持睡衣必须长过他的身体的一半。他对食物吹毛求疵，使他的太太感到为难。《论语·乡党》篇对孔子的习惯有详细的描写，据说孔子不吃这样，又不吃那样。我想每餐一定都使孔太太大伤脑筋。素菜可能不够多，肉可能切得不够正。这些事情，如果她有时间，她倒可以注意。但他坚持要饮家酿的酒，吃家制的干肉。有一天家里的肉脯已经用完，她不得不急于在外面买，却发现他拒绝吃现成的肉脯时，她已经打了一半主意要离开这位"伟大"、难以侍候且好吵闹的学者。等到她再发现她的丈夫因为她忘记把姜放在桌上而拒绝进食的时候，更坚定了她离开的决心。但当有一天她发现这位好人因为肉切得不够方正而拒绝食用，她只有走开，让他去找每次切肉都能切得四四方方的女人来服侍他。他是一个对食物多么挑剔的人（这不只是欣赏美食方面的挑剔，而同时坚持它要弄得适当地送上来）。

刚巧，孔子和他的儿子、孙子，都曾出妻。由于孔子的独子和孙子都面临一个高难度的技术问题——人对出母应守丧多久，从而使我们间接知道孔子孙子的儿子也曾面临相同的问题。曾子——谈孝道的大哲学家，孔子孙子子思的老师，也曾为他的妻子没把饭蒸熟得罪了婆婆而把她休了。无论如何，在孔子一生中，大部分时间过的是单身汉的生活。

孔子信天和天命。他说自己五十岁的时候已知天命，且说："君子居易以待命。"上帝或天，如孔子所了解，是严格独一的神，但在民间信仰中，则有许多神祇。有一次，有人问他："与其媚于奥，宁媚于灶，何谓也？"而孔子回答说："不然。获罪于天，无所祷也。"

孔子有一次病得很厉害，有人建议他"祷尔于上下神祇"。孔子回答说："丘之祷久矣。"他很注意祭祖，他说"祭如在"。大家都知道孔子不大注意死后的生活，至少他教训中的主调是如此。另一方面，《论语》一再记载他对死者同在的敬畏和虔诚之心，同时也记载他所最"慎"的事情是"祭"与斋。换句话说，孔子假定神是高高在上的，用神秘微妙的方法来领导人事的进行，他对《易经》的兴趣显示他深信命运。他一生注意对古代宗教祭祀方式的历史研究。我们必须假定宗教祭祀这个主题曾对他有很大的魔力。例如他说："知其（禘礼）说者之于天下也，如其示诸斯（掌）乎？"

他的思想中还有美学的一面，他对音乐的挚爱显示出他性情的敏感。他差不多每天都唱歌，而当他喜欢别人所唱的一首歌时，他"必使反之，而后和之"。孔子说他小时候在邻邦齐国听到一篇伟大的作品，"三月不知肉味"。这可能有点夸张，但它确能指出他对音乐的爱好。他曾形容音乐为教育的金顶，这正足以显出他是那一类的哲学家，他常常显现出对人心世道不可见的影响力。

二、沉默的革命

孔子首先被认为是个箴言者。这种印象来自孔子在《论语》中多方面的谈话。《论语》像一本记录日常言语的书，没有连贯的上下文与谈话的背景，也没有经过编辑手续排好次序。因此，甚至中国学生也很难贯通他思想的主旨，更不要说西方学生了。但我们仍可考察出孔子思想的两个主题——人的问题和社会的问题。因为孔子是个教育家，对借个人的修身来改革社会有兴趣，而他同时也是个社会哲学家。

孔子说："声色之于以化民，末也。"孔子有深沉的智慧来树立人生活习惯的模范，而把立法的工作留给别人。他一再表示不信任法律与法律的强制力。在他的作品中，有一种伦理学与政治学的奇妙融合。政治秩序必须建立在社会秩序之上，而社会秩序必须依靠个人的修养。他说："自天子以至于庶人，一是皆以修身为本。"在他的学说中，他相信人的天性本是相近的，因为习惯的不同才使其相远。"君子上达，小人下达。"伦理与社会问题是要清楚地鼓励个人建立好习惯，社会建立好风俗。论及他对法律强制力的不信任，他曾说："道之以政，齐之以刑，民免而无耻；道之以德，齐之以礼，有耻且格。"这是孔子教训的真正基础。

换句话说，孔子在处理人类社会问题时是把个人放在社会之上的，社会的治乱，只能来自构成这个社会的个人分子。说到这里，我想起孔子和马克思的观点刚好是对立的：孔子相信没有人格变革的社会改革是表面的；马克思则以为社会环境决定人的道德行为，而乌托邦的实现要靠物质环境的变换。

如果考察希腊哲学，我们可以发现柏拉图是共产主义者，而亚里士多德是一个反共产主义者，亚里士多德不相信只靠社会的改革就可以改变人性。如果杜兰特在他的《哲学的故事》中把亚里士多德某些关于这个问题的说论放进去就好了。谈及柏拉图所神往的共产主义国家时，亚里士多德说："人对于绝大多数人所共有的东西，很少加以注意。人人都首先想到自己，很难使人对公众的事情有兴趣。"亚里士多德又说："人们很喜欢听乌托邦，且容易被说服去相信在某种奇妙的方式之下，每一个人都成为朋友，特别当某些人听见别人指摘现存的罪恶是来自私有财产的时候。但其实这些罪恶是来自一个十分不同的来源——人性的邪恶。"

孔子，像亚里士多德一样，把他的赌注放在人性上，且认为接受天然的人性胜于改变它。一个较好的社会的实现，不是靠改变它的生产系统，而是依赖改造人本身。

沉默革命的教义是社会改革，以个人的改革及教育、自我的修身为基础，这是孔子的首要意图。儒家可能被称为君子的宗教。君子是有教养的人，虽然在成就上有各种不同的阶级，如果称他为一个经常设法改善并教育自己的人，可能更为适当。与这种君子相对立的人，孔子常用小人来称呼。"小人"这个词的正确意义既非普通人，也非劣人。"小人"主要是指俗人，没有教养、没有文化的人。《论语》中充满君子与小人之间的对比，例如"君子喻于义，小人喻于利"。

能令儒家得到安慰的是孔子对人性没有提出强人所难的要求。他不专注于罪恶的问题，而只注意缺乏教养的人的不良态度、不良出身及无知的自满。如果一个人有某种道德的警觉，且经常努力去改善自己，他就满足了。在这种意义上，儒家声言这种教训是容易实行的。有一次孔子讽刺地说："圣人，吾不得而见之矣；得见君子者，斯可矣。"最令人惊异的是他订立了一个纯人性的标准，而教人以人的标准是在乎人的本身。

> 君子遵道而行，半途而废，吾弗能已矣。君子依乎中庸，遁世不见，知而不悔，唯圣者能之。
> 道不远人。人之为道而远人，不可以为道。诗云："伐柯伐柯，其则不远。"执柯以伐柯，睨而视之，犹以为远。故君子以人治人，改而止。

孔子的理想是成就最好的人和真人性，他称其为"仁"，或真人性的哲学观念，然而对于孔子，这成为一种难以达成的理想。他承认他最好的弟子颜回"三月不违仁"，而再没有提及其他人达到"仁"的标准。多种情形之下，别人问他当时这个或那个大人物是不是"仁",他的回答都是那个被问到的人在某些方面奇异和超卓，但他不知道他是不是"仁"。

"仁"字有"慈爱"的意义，在孔子看来则是指最好的人，是人性发展到理想的境界。"仁"字的发音刚好和"人"字一样，因此"一个仁人"，读起来是"一个仁仁"。这使我们想起英语中有一个相似的事例，就是"human"与"humane"两词意义的相似。英语的"humanity"一词，像中国的"仁"字，包含有"人道的"与"人性"双重含义，例如"基督的人性（humanity）"，"仁"则发展为"真人性"的哲学上的意义。

下面这个事例，使我们对孔子所谓"仁"的真正意义更为明了。有一次，孔子在南方旅游，他的弟子们见他没有施行主张的机会，而想知道孔子有什么感想。其中有一个进来想探听孔子对古代的两个圣人有什么看法，这两个圣人是在暴君统治之下从政坛退出后饿死的。孔子说，"古之贤人也"。孔子甚少用"仁人"来称人，无论他是古人还是今人。那个弟子再问："怨乎？"孔子用下述的态度来回答："求仁而得仁，又何怨。"那个弟子出去对其他的弟子说孔子不会帮不仁之人的。

这件事显出如把那个"仁"字解为慈善，是多么不适当。孔子认为人人都可得仁。他说："我欲仁，斯仁至矣。"但做一个"真人"，在美国也像在中国社会一样不容易。我猜孔子会说林肯是一个仁人，一个真人，一个"最好的人"的楷模，坚决保持一个高水准。他可能说富兰克林是一个天才，但"不知其仁"。杰斐逊是有大才智、有原则的人，但孔子也可能说他"不知其仁"。以上三个人可能都堪称为"仁"，我只是举例指出孔子用这个字的审慎。照这个字审慎的用法，儒家仁人——最好的人——的理想，是罗马迦特力教"圣徒"在人道主义上的配对。仁，真我的实现，"最好的人"

的真意，将在下文对于子思的讨论中看到。

三、子思：内在的道德律

子思是孔子的孙子。孔子死时他只有十五岁，受教于孔子最幼的门徒曾子。曾子是《礼记》中数章的作者。《礼记》是儒家的一本经典，其中一篇名为《中庸》，被认为十分重要，而且成为中国学童们所读四书之一。在这本书中，我们见到孔学的哲学根据。它谈及宇宙的灵性与控制它的道德律。由于活得和这道德律相符合，人便实现真我。这样，外在的合乎道德的宇宙和内在的真人性之间，便建立起一种和谐。人在发现真我时，同时发现宇宙道德律的统一性，反过来，人在发现宇宙道德律的统一性时，实现真我，或真人性。在这短短的一本书中，我找到对儒家哲学最完满的说法。

人有时无法实现那个在他身上"最好的人"，是因为他还没有做到对这个宇宙的真正了解，"自诚明，谓之性，自明诚，谓之教，诚则明矣，明则诚矣"。

照子思看来，宇宙是一个道德性的秩序，而人所需要的是发现那个存在于他自身的道德性秩序，而由此成为"匹配"那个与道德性的宇宙和谐的"最好的人"。孔子说，"君子中庸，小人反中庸"。中是中心，庸是经常，中庸是"中心的常道"或"内在的不易之道"。因此我跟着辜鸿铭把"中庸"解为"宇宙的道德秩序"，下文同此。

但什么是宇宙的道德律，什么又是人的道德律呢？二者从哪里获得和谐呢？《中庸》的作者明说他有一种宇宙道德律的概念，这种概念与主张有某种常规控制这个宇宙的科学观点十分接近。这种常规在它的运行中、在它的弥漫一切上，是宇宙性的。

> 道也者，不可须臾离也，可离非道也。

它包含无限大及无限小。

> 君子之道，费而隐……故君子语大，天下莫能载焉；语小，天下莫能破焉。

这常规是不能毁灭及自存的。

> 故至诚无息，不息则久，久则征，征则悠远，悠远则博厚，博厚则高明。博厚所以载物也，高明所以覆物也，悠久所以成物也。博厚配地，高明配天，悠久无疆。

这常规是不变的。

> 天地之道，可一言而尽也，其为物不贰，则其生物不测。

跟着是谈及控制宇宙的物理定律的辞藻华美的一段。

> 天地之道，博也，厚也，高也，明也，悠也，久也。今夫天，斯昭昭之多，及其无穷也，日月星辰系焉，万物覆焉；今夫地，一撮土之多，及其广厚，载华岳而不重，振河海而不泄，万物载焉；今夫山，一卷石之乡，及其广大，草木生之，禽兽居之，宝藏兴焉；今夫水，一勺之多，

及其不测，鼋鼍蛟龙鱼鳖生焉，货财殖焉。诗云："维天之命，于穆不已。"盖曰，天之所以为天也。

这是导致一种万物有灵性的宇宙道德律的概念。在这个问题上，孔子曾明白表示：

> 鬼神之为德，其盛矣乎！视之而弗见，听之而弗闻，体物而不可遗。使天下之人，齐明盛服，以承祭祀，洋洋乎如在其上，如在其左右。诗云："神之格思，不可度思！矧可射思！"夫微之显，诚之不可掩如此夫！

下文引自子思关于儒家哲学依据的最佳纲要，谈及道德律的性质，在物质存在后面的灵性的实在，且谈到利用人类的道德感与才智的双重力量来完成人性。

> 诚者，自成也，而道自道也。诚者，物之终始，不诚无物。是故君子诚之为贵。诚者，非自成己而已也，所以成物也。成己，仁也；成物，知也。性之德也，合外内之道也，故时措之宜也。

"仁"，或真人性，在道德律的形式上，是以人的内心和外在宇宙的道德相和谐为基础。当这个"真义"实现时，便"天地位焉，万物育焉"。这就是儒家的哲学基础。

我觉得这种观点是令人满意的。人性不被视为和道德律相反，而需对人性用种种反抗、克胜、压抑等手段。人的本身有为善的可能性。因此，这种教人"成己"就是合乎道德律的最基本的、古典的儒学，和后来十二世纪及十三世纪因佛教"孽"的思想的介入，而有注重节制及惧怕情欲的倾向的新儒学，相对立。而这一点可能使许多不明白古代儒家理想主义的学生感到惊讶。这点人的天性，子思称为"天命"。因此《中庸》开首那三句话含有哲学的意义。

> 天命之谓性。
>
> 率性之谓道。
>
> 修道之谓教。

甚至在古典的儒学中也有谈及"节制"人类的欲望，但人性当被视为要完成的东西，而不是要反抗的东西。在这里，"完成"一词的意义是"顺从（率）"。

因此，完成天性及实现人的真我是儒家的教条。这一点是儒家与道家都认同的。道家庄子最关切的是让人和动物各遂其生，或让他们"安其性命之情"。儒家试图借养成好习惯与好风俗来显出人最好的性格，道家则非常惧怕干扰。

在这里我们可以注意儒家与道家的一些相似之处。我们不必一步跳到因为那个"道"字的应用而以为孔学是从道家"借来"的结论。在古代及近代中国人中，"道"字通常用来指真理、路线，或简单地指道德教训。因此我们今天称孔子的教训为孔子之道。孔子一再用这个字，在经典时代的普通语法中，人常用"无道之世"（道德混乱之世）来和"有道之世"（道德教化大行之世）对立。在这本子思所作的书中，有些文句的确有人所共知的道家"无为"的性质。下面这类意思的话，我在《中庸》中曾看见过两次。

> 如此者，不见而章，不动而变，无为而成。

"无为而成"，当然是道家典型的教义。还有一句话：

> 故君子不动而敬，不言而信。

像这样一句谈及"不动""不言"的话，当然会令人想起老子及他常说"无言之教"的后继者——庄子。但我们必须记得，这种借自道家的推断不是完全正确的。子思的思想太接近孔子本人，足以证明他不必从道家的老子那里借用这种宇宙的道德律。我以为我们没有理由假定，在汇编孔子的警句与格言而成的儒家教训的背后，没有一种中心的道德哲学。

四、孟子：求其放心

儒学最重要的发展是孟子（公元前三七二至公元前二八九年）的教训。孔子死后，儒学分为两派，一是荀子，一是孟子，前者相信人性恶而必须克制，后者相信人性善而可以绝对扩张。孟子说，"大人者，不失其赤子之心者也"。他假定人有为善、爱善的本能，人的变坏是由于腐化，因此自我修养及保有人的道德性格的要素，主要是求回那个失去的赤子之心。这一派已成为儒学的正统。孟子已被尊为地位仅次于孔子的儒者，一般人谈到儒家的教义时都称为"孔孟的教训"，"孔"是孔子，而"孟"是孟子。

孟子常用"浩然之气"那句话，下面所引的经典，可能是对孟子教义最好的说明。

牛山之木尝美矣，以其郊于大国也，斧斤伐之，可以
为美乎？是其日夜之所息，雨露之所润，非无萌蘖之生焉，
牛羊又从而牧之，是以若彼濯濯也。人见其濯濯也，以为
未尝有材焉，此岂山之性也哉？虽存乎人者，岂无仁义
之心哉？其所以放其良心者，亦犹斧斤之于木也，旦旦而
伐之，可以为美乎？其日夜之所息，平旦之气，其好恶与
人相近也者几希，则其旦昼之所为，有梏亡之矣。梏之反
覆，则其夜气不足以存。夜气不足以存，则其违禽兽不远
矣。人见其禽兽也，而以为未尝有才焉者，是岂人之情也
哉？故苟得其养，无物不长；苟失其养，无物不消。孔子曰：
"操则存，舍则亡；出入无时，莫知其乡。"惟心之谓与？

这种对人类固有的善性信念后来为儒家学者所推崇，并将其并
入人文主义的整体。当宋朝新儒家来临时，他们看出孟子的重要性，
从此把他的书并入儒家的四书给学童们学习。

孟子谈及"大人"多过"君子"。他申述了人的大我与小我的理论。

公都子问曰："钧是人也，或为大人，或为小人，何
也？"孟子曰："从其大体为大人，从其小体为小人。"

这种"清明之气"，这种浩然之气，有点像柏格森①的"蓬勃的
生气"，孟子确有一大股"生气"。他关切人的这种浩然之气的流失
与枯竭。他说它是能"充塞乎天地之间"的。他问，有人无名指屈

① 柏格森（1859—1941），法国哲学家，曾获诺贝尔文学奖。他认为，宇宙是
一个"生命冲力"在运作，一切都是有活力的。他反对科学上的机械论、心
理学上的决定论与理想主义。

而不伸，他觉得很羞愧而不远千里去求人医治，但为什么他失去本来的善心，却不知羞愧呢？孟子进而谈及"天爵"与"人爵"不同。我记得父亲喜欢用这个题目来讲道，当他在基督教的讲坛谈及孟子的"天爵"时，眼睛发亮。

> 孟子曰："有天爵者，有人爵者。仁义忠信，乐善不倦，此天爵也；公卿大夫，此人爵也。古之人修其天爵，而人爵从之。今之人修其天爵，以要人爵；既得人爵，而弃其天爵，则惑之甚者也，终亦必亡而已矣。"

> 孟子曰："欲贵者，人之同心也。人人有贵于己者，弗思耳。人所贵者，非良贵也。赵孟之所贵，赵孟能贱之。……"

孟子愉快及高贵的乐观主义能教给我们人人均能成为伟人的信念。因为他说，"人皆可以为尧、舜"（孔子所理想化的圣帝）。他用植物与动物凡是同类者都相似而"圣人与我同类者"也必相似，来证明这一点。他问，如果不是所有人的口对味道都有相同的嗜好，为什么天下都认为易牙是最好的厨子？如果不是人人对音乐有同样的爱好，为什么天下都对大乐师旷齐声喝彩？又，如果不是人人对美色都有同样的美感，为什么天下都同意称子都为美男子？

> 故曰：口之于味也，有同耆焉；耳之于声也，有同听焉；目之于色也，有同美焉；至于心，独无同然乎？心之所同然也何也？谓理也，义也。圣人先得我心之所同然耳。故理义之悦我心，犹刍豢之悦我口。

孟子因此假定，理与义是我们心内所固有的。

孟子常用道德上的热情来谈及义。有一次，他去晋见一位王，而王问他："叟！不远千里而来，亦将有以利吾国乎？"孟子立刻回答说："王！何必曰利？亦有仁义而已矣。"孟子又有一次说："鱼，我所欲也，熊掌，亦我所欲也；二者不可得兼，舍鱼而取熊掌者也。生，亦我所欲也，义，亦我所欲也；二者不可得兼，舍生而取义者也。"它属于那种培养基督徒自尊心与高度荣誉感的高尚理想主义。我们必须承认它是一个相当高的标准。满洲官吏常常贪污，如我们所知，所有国家的官场都常有贪污。但真正的儒家学者常对那些贪污的官吏侧目，而坚持孔子所建立的严格的道德标准。

"尸谏"是这种精神的事例之一。尸谏是送给皇帝一个"死人的谏表"。在暴君当政的时候，那些学者希望皇帝做一件他认为对的事，便呈递一个违反皇帝意旨的谏表，他也知道这样一来便有当庭被杀死的可能。例如，在那自大狂的女皇帝武则天当政的时候，当几个高级官员，包括首相、财政大臣、皇家秘书长，都已因为反对女皇帝而被处死刑，仍有一个皇家秘书继续奋斗，他送一份尸谏表到皇宫的收发处。那儿收到这份表后击鼓以示重视。这位官员知道将要发生什么事情，于是他和家人共进晚餐，吩咐后事，从容而庄重地穿好了朝服，然后自杀。

五、以家庭为社会单位

如果孔子只是一个教人做君子、做贤者的道德哲学家，他永远不能有他现在所有的遍及整个中国社会的影响力。但孔子同时还是一个社会哲学家，以他所获得的永久性的效果而论，他可能是在一切历史进程中最成功的社会哲学家。他有一个关于社会秩序的梦想，而这个社会秩序被中国人民接受了差不多两千五百年，对他们的礼仪、风俗、家庭生活、社会习惯及宗教崇拜，都有影响。孔子代表道德的中国，他就是道德的中国，使中国社会及中国社会机构定出形态，自政府以至夫妻间的关系、成人与孩童间的关系。自希腊以来，曾出现过许多社会哲学家与许多想设计一个较好的社会的社会主义者，例如圣西门、傅立叶，但没有一个人成功。有些人的思想甚至在极短时间内就已显出荒谬，勉强保留了一个，但因为顽固而无视人类心理，就成为对人类有害的，回归暴虐与独裁，否定了社会主义的目标。反之，孔子关于社会秩序的梦想不涉及经济，但是掌握了人类的心理，特别是男女之爱、父母与子女之爱。不论谁藐视这些公例，即使有尖枪与狱墙，必然很快灭亡。甚至今天，孔子仍是中国最可怕的幕后领导者。谁若说儒家在中国已死，就等于说一个母亲对她子女的爱是可以死的。而且，在时间的巨流中，当深藏的人类情操如洪水暴发时，将不是带来政治性或经济性的口号，而只是简单地说，"我们给每个男人妻子，给每个母亲子女。我们还给你一个家庭"。

　　孔子无疑做过一个关于社会的梦。他反复地梦见周公，因为在老年的时候，他说，"甚矣吾衰也！久矣吾不复梦见周公"。周公是武王的弟弟，曾负责制定周朝的文化、社会及宗教制度，如诗篇及祭祀礼仪，官阶及礼仪，乡村的节期，社交的礼节及规律。周公当然没有亲自做这一切，但在孔子的心中，他代表着一个因舞蹈、音乐、服饰、车辆与崇拜的庙宇而令人神往的社会秩序。这个周公时代是孔子的"黄金时代"，是他理想社会实现的时代，社会是安定的，每个人都知道他的权利与责任。孔子鉴于当时社会崩溃的可怕，希望能看见社会秩序恢复成这样。所以孔子说，"述而不作，信而好古"。

儒家常被它的说明者称为对人伦的教训，特别是对基本的人类关系的教训。基本的人类关系有五种，每一种都有特殊的德行：君臣之间是忠，父子之间是爱与敬，夫妇之间是爱，兄弟之间是悌，朋友之间是信。所有这些都概括为一个人在行为上要有好教养，在社交上要有好仪式。广义上可以说，儒家是成功的。中国人中可能有说谎者、小偷、贪官污吏，但很少发现中国劳工、农夫不把人与人之间的友好关系及礼貌视为第一重要，或是能被称为粗暴或缺乏家教的。我主张用礼貌来润滑社会的摩擦。无论你怎样不喜欢被抢，但如果那个抢匪说"我求你宽恕，但我必须向你借用这张毯子"，你会觉得舒服一点。在这个富有的毛毯主人看来，那个贼是"梁上君子"。

儒家经常说他们拥有永恒的真理，因为孔子把握住了某些人性的真实心理。只要人类的心理、人类的情操一天不改变，这些真理就是永恒的。让其他的学派教他们所喜欢教的，反正迟早他们都要回到这些人类所共有的爱慕家庭这一事实。因此家庭的系统成为儒家教训的核心。社会活动自然地循着这种良好的家教。在家里学习做一个好孩子，一个好儿子，一个好兄弟，其他的一切善行都会加在你身上。

我认为读者先熟悉原文比依赖我的任何意译会更好。我在这里摘录一段孔子和他的国君哀公的对话。鲁哀公关心那个非常广泛的原则——礼，即在社会中要有好仪式的原则。儒家常被认为是"礼的宗教"。

> 哀公问于孔子曰："大礼何如？君子之言礼，何其尊也？"
> 孔子曰："丘也小人，不足以知礼。"
> 公曰："否！吾子言之也。"

孔子曰："丘闻之：民之所由生，礼为大，非礼无以节事天地之神也，非礼无以辨君臣上下长幼之位也，非礼无以别男女父子兄弟之亲、昏姻疏数之交也。君子以此之为尊敬然。然后以其所能教百姓，不废其会节。有成事，然后治其雕镂文章黼黻以嗣。其顺之，然后言其丧筭，备其鼎俎，设其豕腊，修其宗庙，岁时以敬祭祀，以序宗族。即安其居，节丑其衣服，卑其宫室，车不雕几，器不刻镂，食不贰味，以与民同利。昔之君子之行礼者如此。"

公曰："今之君子胡莫行之也？"

孔子曰："今之君子，好实无厌，淫德不倦，荒怠傲慢。固民是尽，午其众以伐有道，求得当欲不以其所。昔之用民者由前，今之用民者由后。今之君子莫为礼也。"

孔子侍坐于哀公，哀公曰："敢问人道孰为大？"孔子愀然作色而对曰："君之及此言也，百姓之惠也。固臣敢无辞而对？人道政为大。"

公曰："敢问何谓为政？"

孔子对曰："政者正也，君为正，则百姓从政矣。君之所为，百姓之所从也。君所不为，百姓何从？"

这里随后是一段最出人意料但最具儒家特色的对话，说明政府与男女关系之间的联系。

公曰："敢问为政如之何？"

孔子对曰："夫妇别，男女亲，君臣信，三者正则庶物从之矣。"

公曰："寡人虽无似也，愿闻所以行三言之道，可得闻乎？"

孔子对曰："古之政，爱人为大。所以治爱人，礼为大。所以治礼，敬为大。敬之至矣。大昏为大，大昏至矣。大昏既至，冕而亲迎，亲之也。亲之也者，亲之也。是故君子兴敬为亲。舍敬，是遗亲也。弗爱不亲，弗敬不正，爱与敬，其政之本与？"

公曰："寡人愿有言然，冕而亲迎，不已重乎？"

孔子愀然作色而对曰："合二姓之好，以继先圣之后，以为天地宗庙社稷之主，君何谓已重乎？"

（鲁周公之后得郊天故言以为天下之主也）公曰："寡人固。不固，安得闻此言也？寡人欲问不得其为辞，请少进。"

孔子曰："天地不合，万物不生。大昏，万世之嗣也。君何谓已重焉？"

孔子遂言曰："内以治宗庙之礼，足以配天地之神明；出以治直言之礼，足以立上下之敬。物耻足以振之，国耻足以兴之，为政先礼，礼其政之本与？"

孔子遂言曰："昔三代明王之政，必敬其妻子也。有道：妻也者，亲之主也，敢不敬与？子也者，亲之后也，敢不敬与？君子无不敬也，敬身为大。身也者，亲之枝也，敢不敬与？不能敬其身，是伤其亲，伤其亲，是伤其本，伤其本，枝从而亡。三者百姓之象也。身以及身，子以及子，妃以及妃。……"

公曰："敢问何谓成亲？"

孔子对曰："君子也者，人之成名也。百姓归之名，谓之君子之子，是使其亲为君子也，是为成其亲之名也已。"

公曰："敢问何谓成身？"

孔子对曰："不过乎物。"

公曰："敢问君子何贵乎天道也？"

孔子对曰："贵其不已，如日月东西相从而不已也，是天道也，不闭其久，是天道也，无为而物成，是天道也……"

公曰："寡人蠢愚冥烦，子志之心也。"

孔子蹴然辟席而对曰："仁人不过乎物，孝子不过乎亲。是故仁人之事亲也如事天，事天如事亲。是故孝子成身。"

公曰："寡人既闻此言也，无如后罪何？"

孔子对曰："君之及此言也，是臣之福也。"

心理学上认为，家庭作为社会单位是愉快地胜任的。它甚至在半宗教的意义上也是令人满意的。因为没有人能孤独地在世上生活，而一切宗教必须克服人类灵魂的孤独问题。人类灵魂的孤独，是一切宗教，一切俱乐部、社会、教会及国家等组织存在的理由。当杨朱教人"为我"或自我主义，而墨翟教人"兼爱"的时候，孟子向他们二者挑战，说人类的爱有它自然的"差等"或侧重点，且爱如果要真诚，就必须以敬与爱的自然联系为基础。因此儒家认为，人如果必须生活在一个社会单位中并学习行为上的好模式，最好、最自然的单位是家庭，因为它是合乎生物天性的社会单位。

当然，家庭生活的基础是生物学范畴的。如孔子所说，家庭建立在男女的基本关系之上——换句话说，建立在性之上。性，不论男人对女人的爱或女人对男人的爱，都是美妙的东西。这是我的看法，因为一个人的出生，是依赖他的父母的，但当他长到十多岁的时候，他发展出一种个体感，而觉得自足。十二三岁的男孩子觉得和同龄的女孩子几乎完全不同，反过来也是一样。然后在成熟期，男男女女突然觉得自己不完整而且寂寞，于是互相追求，这不过是一个灵魂找寻一个异性灵魂而已。结婚以后，男人在女人身上完成他的自我，女人也在男人身上完成她的自我。然后一种奇怪的事情出现：男人和女人都有独立的人格，有他们各自的意志，虽然生理迥异，却可以在愉快的婚姻中互相弥补而成为完全的一体。这就是我所谓的性关系。在愉快的婚姻中，有一种人格的融合。两个意志的融合，由于各有一个自己，由于互相弥补，这两个完美地成为一体。他们互相弥补彼此的缺点，好像人生了一颗特别的头或一双特别的眼，一个看不见，一个能看见，这种互相弥补的过程在趣味上、好恶上，在改变思想的方向及开辟情感与想象的前线上，天天持续进行，彼此想法的相同处多于不同处。因此，结婚的人好像在他的灵魂中开了一扇特别的窗，有一种外加的心能使他对危险更为敏感，更能从生命的恩赐与愉快中获益。

男人和女人想法不同，而这就是两性思想交换的全部价值所在。男人对女人的要求是她女性的完整，而女人对男人的要求是他男性的完整。在许多老年夫妇的身上可以看见完全融合与完全相属之感。但在女人身上，甚至在少女身上，比在男人身上更能感到这种相属之感和"爱"的密切相关，这意味着女人是更直接的，所以更能把握性的全部意义。这样，人可以在忧愁时获得安慰，成功时与别人分享快乐。这种甚至连部分融合也不能发生的地方，及当两人中的一个倦于这种融合，或倾向于强使别人服从他或她的意志，或根本没有值得融合的东西可提供的时候，就免不了不和谐与冲突。但人类灵魂的孤独及在异性的补足中寻求成功的规律，仍在发生作用，正如孔子所谓"无所逃"。而这种生而具有的孤独感，这种免于一己的不完全的需要，会改取别的形态。这就是我所谓男性与女性的完整意义。读了某些流行的关于婚姻的书籍，人可能以为恋爱的肉体满足就是性的完全满足。这是西方思想的危险所在，他们把生活切为分离的片段，只注视其中的一片，而不能在不可见的无限本质中测量任何事物的整体（例如把母爱孤立，把它钉在乳腺的激素上，且甚至用试验来证明它）。

家庭的体制成为人在其中成长、学习人生第一课，且继续在一生中运用的社会团体。家庭提供安全感。如果一个女人成为寡妇，家庭照顾她；如果一个孩子成为孤儿，家庭把他扶养成人；如果一个男人失业，家庭给他食物和居所；最重要的，当一个人老迈的时候，他可以安慰地享受一种舒闲及受尊敬的生活，而不必顾虑经济上的匮乏。

因此儒家极力表示孝道的重要性。我不知道"孝道"在英语里为什么译得这样累赘，其实"孝"的意思是做一个好儿子或好女儿而已。儒家提供生存的动机，不是使人在抽象上成为一个好人，宁愿用具体的名词要人成为好儿子、好兄弟、好叔伯及好祖父。但最重要的，人开始生活时是一个孩子，因此在家里做一个好儿子是非常重要的。人习性的形成是在童年，故他对待同伴的一般态度是在此时建立的。他或是叛逆或不体恤别人，没有好的社交礼仪，或已学习关怀别人及爱敬那些应当爱敬的人。儒家的理论是，好儿子自会成为好公民，因为秩序、服从、负责及忠诚感在童年即已奠定。这些在家里的习性和态度向一般社会延伸，一再在儒家哲学中被强调。

老吾老以及人之老，幼吾幼以及人之幼。

孝道，简单地说，就是好家教。少时有好家教，在社交中即有好礼仪；习性与习俗的形成；侧重某些基本的人际关系，是构成儒家社会哲学经纬自始至终的三条线。

六、统治阶级

儒士成为古代中国知识阶级的贵族，且由于朝廷的选举与考试制度，成为中国的统治阶级。儒士自成一个阶级，有学者贵族的阶级意识。对于皇家的考试制度，有许多话要说。除了对那些理发匠与屠夫的孩子，它是一种对所有人公开的制度，那些及格的被赐予官衔及国家的认可。它是帝国的一种特殊制度，包括一系列写作上的竞争，在防止徇私舞弊方面有严格的监控。首先是一种区域性考试。那些合格的，要经过一个省级的考试委员之下的双重考核，一方面看有无借偶然的机会而幸进的人，另一方面又看有无确有真才实学而被黜的人，给青年学子以种种方式如奖学金之类的鼓励和发掘。那些考列甲等及乙等的，称为秀才，有资格参加三年一次的省级考试，主考是直接由京城任命的监考官员，另有十八个官员帮助他精心评选。那个来自京城的主考，就像一个能掌握那些应考人生死大权的人。那些在省级考试成功的称为举人（像硕士），有资格参加在京城举行的国考，它称为"会试"，又称为大比，意即全国有才学的人的总竞赛。它每三年秋天在京城举行一次，而跟着于次年春在皇帝的亲自监督之下举行殿试。那些成功的成为进士，分为三等。所有进士头衔都是终身制的。甚至举人和秀才，也能在儒家学者阶级获得固定的地位。这是人一生中最重要的日子。在中国人的传记中，出生与死亡的日期可能略去，但他在哪一年中举人，在哪一年中进士，却常是被提及的。

殿试的进士第一名是全部的文学冠军（状元）。取得这种光荣是每一个聪明士子的希望。当时有一句俗话说，"生举人，死进士"，因为当他是举人的时候，还有可能成为全国冠军，但作为进士，这种机会便已经失去了。考试的管理是十分严格的。每一阶段参加考试的人都需检查身体。他们在乡试时被关在小房间里三天，直至考完。自带食物，因为试场只供给开水，到厕所去也有人监视。在会试的时候，甚至连主考官也被关在宫殿里，因为考试是在皇宫举行，而主考官员被禁止与外界沟通，直至评选完毕，结果已经公布为止。这意味着至少有数周与世完全隔离。有四个办公室来管理那些考卷。其一，办理考卷的接收和登记；其二，把试卷上考生的名字换上号码，且要妥当地缄封加印；其三，把试卷用红笔重抄一遍呈阅，以避免考官认得某个人的笔迹而徇私；其四，校对用红笔誊写的抄本和用墨笔写的原本有无错漏。大主考常是教育部部长或翰林院院长，由次长及其他由皇帝亲自选派的个别杰出官员来协助。最后各官员认同一个考取的名单，那些被考取的便名登"金榜"。再选取十篇最好的试卷，状元将在这十篇试卷之中选出，把作者的名字揭开后，呈请皇帝鉴阅。然后皇帝和那前十名会见，亲自口试，且记录下他们的仪容、才气、性格及应答能力，而后作出他自己的品评，核定前三名。最后，皇帝亲自为全国文学冠军簪花挂彩，有时介绍一个公主给他为妻。状元被加冕，乘着白马，在京城的街道上游行。

所有这些都有助于统治阶级、知识贵族的形成，以及古代中国对学术的极度尊崇（皇家考试制度自八世纪唐朝开始，在后来各朝代均有修改）。统治阶级当然都是儒家，而他们被要求遵守儒学荣誉的规律比别人更严，但同时免除他们在法庭上所受的肉体惩罚。整体看来，社会的骨干是一群知识的贵族，相信学问与理性至高无上，而且知道它的权力与责任。

据耶稣会说，欧洲十八世纪唯理主义者，如莱布尼茨、伏尔泰及狄德罗等人的狂热，就是由这个事实引起的。孔子的人文主义对欧洲启蒙运动的哲学家有相当大的影响。这些人相信，关于科学的进步与建立在理性典型上的人类社会秩序，儒家的中国对于他们而言似乎是这样事例的一个代表。莱布尼茨的单子及前定和谐的概念即使不是直接受新儒学启发，也和新儒学的观念相似。他在他的《中国近况》（*Novissima Sinica*）的序文中说：

> 在我们之中世态的发展，在我看来似乎是这样的，鉴于道德的腐败已蔓延开且漫无止境，我几乎认为将中国的传教士派到我们这里来，教我们自然神学的目的及如何实施，像我们派遣传教士到他们那里去教他们启示神学一样，是有必要的。因为我相信，如果一个有智慧的人被任命为法官——不是评判女神的美，而是评判人民的善——他将赏给中国人金苹果，除非我们用一种超人的善——基督教的神圣礼物——在高贵上胜过他们。

同样，伏尔泰是反教权及反对超自然神学而相信理性的，他在《国民道德与精神论文集》（*Essais sur les moeurs et l'esprit des nations*）及《哲学辞典》中广泛地谈及中国。他在谈及许多其他事情时说，人不必为中国人的许多优点所困扰，但你至少要承认他们帝国的组织是符合真理的，是此世所曾见过最好的，而且是唯一建立于父母权威之上的。我认为伏尔泰把中国想象得比它实际要好，虽然他生的时代正当中国在康熙及乾隆的辉煌统治之下。他问："我们欧洲的王子们，你们听见这样的实例，应该怎样做呢？赞美而且惭愧，但最重要的是仿效。"

狄德罗在他编的《百科全书》里说：

这些人民，被赋予一种精诚团结（Consentement unanime）的精神，他们的历史悠久，在知识上、艺术上、智慧上、政治上及对哲学的趣味上，都超乎一切其他亚洲人。甚而在某些作家的评判中，他们和欧洲最开明的人民争夺这些方面的荣誉。

在乾隆皇帝统治下的和平、艺术发达的时代中，这的确是真的。

在洛可可时代，中国显示为理性的国土，而欧洲人有嗜好中国文化的时尚。一七〇一年，莱布尼茨的柏林科学会得到了种植桑树来养蚕的许可。十八世纪，中国园艺在英国风靡一时。在社交场合中，男人戴辫子（如乔治·华盛顿所为），穿着染色丝缎，某些朝臣及贵妇乘坐肩舆。

如果欧洲人思想的理性时代不是在接下来的世纪中大部分被机械物质主义的高潮所取代，我不能猜想它的发展路线将会是怎样。中国人继承的遗产与欧洲人继承的遗产（希腊哲学、经院神学、伽利略、培根、笛卡儿等）不同，因此导向不同的发展路线。西方人生而"有刀在他们的脑里"。逻辑的武器太利，差不多能把一切与它接触的东西都切开，而冒犯了真理。因为真理常是整体的。超自然的神学失势，但人心的经院式习惯仍然存在。人开始通过解剖自己来研究自己。他产生某些幼稚的、准科学物质主义的怪物，把自己推入海中。但至少理性主义后是浪漫主义，东方人和西方人行动相似。在中国，浪漫主义对儒学理性主义及仪文礼节的反动，是以老子与庄子的道家形式来临。浪漫主义是对纯理性的不可免的心理反动。人会对理性感到可怕的厌倦，常在遵行严格的理性的社会中，会使一个成年人觉得厌烦，正像一间由一群男女仆役洗刷、打扫及整理得非常整洁的大厦对于一个常态的儿童一样。人是有情感的，且有时有不合理的梦想。因此，浪漫主义必然常随理性主义而来。

凡认为中国理性主义是对的看法，也认为任何理性主义的哲学、为将来社会所做的任何设计是对的。让我们组织生活与社会，但一个聪明人会看出生活与社会不能组织得太严密。如果每个中国人都履行他儒者的责任，而每一步都按照理性来走，则中国不能繁衍两千多年且仍然存在。任何在方法上机械化的唯物主义哲学（儒家并非如此），必然会比儒家理性主义更进一步，谈到生产者及产品时，都用所做工作的单位来表示。一个机械化的心产生一个机械化的世界，进而按照蚁和蜂的完全合理的社会模型来组织人类的生活。我将在唯物主义那一章讨论机械化的心在西方社会的发达。中国有幸，中国人有一半时间是属于道家的。

第四章　道山的高峰

爱默生说:"亚里士多德与柏拉图被公认是两学派可敬的领袖。聪明人可以看出亚里士多德已柏拉图化……可是我们永远不能退得这么远,而妨碍另一种更高的见解产生。"人们可以说我在前面一章已把孔子柏拉图化,表示儒家不是全然没有一种较高的见解。在陆九渊(一一三九年至一一九三年)的新儒学派中,甚至在康德与黑格尔之前七个世纪,也已发展成一个严格的"形而上的理想主义","天地可废,理不可废"。

每次想落笔来谈著有《道德经》的老子,我都先读一点爱默生以使自己有个适当的心境,但并不是因为他们的表现方法或风格的相似。老子充满似非而是的隽语,爱默生则只偶然如此。爱默生的金块散布在他亮度不够长的碎石中，老子则把他深奥的智慧挤入光辉密集的五千字里面。从来没有一个思想家能用这么少的文字来具体表现一种哲学的全貌，且曾对一个民族的思想有这么大的影响。也不是因为他们思想的内容有相似处，虽然爱默生的《谈循环》及《谈报酬》那些散文中有许多处谈到道家。真正的原因在于爱默生像老子一样，能给人类的灵魂一种刺激，每一个在大学里的青年都必然体验过这种刺激。我常常会记起爱默生那句话："我是怀疑者，同时也是那疑团。"有时一个心灵在确实的知识范围以外摸索某些东西，就像在月光之下亚热带的珊瑚礁，热得令人窒息，不知是什么风在吹。读爱默生有点像站在一个大雕刻家跟前，看他在花岗石上凿他的字，溅出火星。读孟达尼则像看一个犁田的人在远处工作，因为他永远不会伤到你。但你若太接近爱默生，有时会有一块碎片飞到你的脸上，使你尖叫起来——你有一种参与创造之感。你必须注意他第二次是在哪个地方下凿，你出乎意料地觉得自己的心漫游到某一个新方向。约翰·查普曼①有某些同样性质的东西。爱默生令人激动，却不令人恬静，这是不能长读爱默生的理由所在。因为读书是想被激动又想得到抚慰的过程。我宁愿读桑塔亚那的《英伦独语》。

以上文字是想说明读老子会产生怎样的感觉。这是老子曾给我的那种震击，尤其是道家思想伟大的代表者庄子带给我的震击。我们在这里所有的是一个思想体系，而这种思想体系把我们击出了正当的思想与观念。孔子曾是很正当的，关心人类的一切责任，要求人做一个好父亲、一个好孩子，并用一切道德来网罗一个人，使其

---

① 疑为乔治·查普曼（1559?—1634），英国诗人和剧作家，因翻译荷马史诗而出名，其悲剧中充满精巧的隐喻和复杂的句式。

成为一个好公民。我们承认一切都是出于良知。但有一种危险，我们老实的公民可能是太老实了，以致与一切的思想，一切奇怪的幻想，一切对真理的概念都无缘了。难道要在人身上注入一个这么死板的灵魂，使他除了想做一个好父亲或好儿子之外永远不会想去做其他的事吗？一个人还清了债务，把儿女送入市内最好的学校，永远不会问"我是谁"及"我已成为什么"吗？人是真的满意，还是在他内心深处某些不为人知的地方起了疑心呢？我是怀疑者，同时也是那疑团。我是谁？这个世界怎样开始？世界之外还有什么？真的，尽管人对责任是有诚实的良心的，但有时也有一种潜伏的欲望，想探索世界之外，大胆地跳进黑暗的空虚中问一两个关于神本身的问题。孔子让自己的心灵和神本身保持距离。孔子凭着良知说："未知生，焉知死？"孔子自己是这样做的，他常本着良知说："知之为知之，不知为不知，是知也。"这些话是无法令一个仍然被逼着要跳出这种"可知"的知识范围，宁愿冒着痛苦或失败的危险去追求未知的人满意的。它也不能使我满意。

据说老子曾忠告孔子（当时他只以为是一个青年人来向他求教）："汝斋戒疏瀹而心，澡雪而精神。"这是老子对中国的贡献。他所贡献的是中国的思想方面，而他们多么需要它！诚恳地洗擦你自己，除去你一切仁义的德行，你就可以得救。耶稣所说"你们的义若不胜于文士和法利赛人的义，断不能进天国"，事实上是与之同样的东西。有时人能忍受这种洗礼，除去好公民的自义的德行，且把灵魂普遍地清洁一番而一切从头做起。爱默生说："我不让一切事情安定。"且进一步说："人们想安定，但是只有不安定才是他们的希望所在。""世上永远没有一个伟大的思想家，不在人心中造成'不安定'的印象，且或多或少强使价值观全盘颠覆。一个教师越使人的自满自足心感到不安定，他的影响力越大。"

老子的影响是大的，因为他充实了孔子学说与常识所留下的空虚。以心灵与才智而论，老子比孔子有深度。如果中国只产生过一个孔子，而没有他灵性上的对手老子，我将为中国的思想感到惭愧，正如我为雅典不但产生一个亚里士多德而同时有一个柏拉图而感到欣慰。作为哲学家，柏拉图较危险、较投机，而亚里士多德较稳健、较合理。但在一个国家二者都能用，事实上也二者都需要。一个家庭里面必须有一个马太，也必须有一个玛丽亚，虽然我知道玛丽亚是一个较差的厨师，而且衣服不大整洁。

道家与儒家是中国人灵魂的两面，而且可以用来解释为什么中国人虽然是好商人，但中国永不是一个小国。是什么使中国人成为哲学家的？不是孔子，而是老子。是谁制作了在中国民间广为流传的最好的格言？不是孔子，而是老子。我知道中国人素以具有哲学味儿著名。因为他们把生活看得很轻松，无忧无虑。孔子永远没有教人把生活看得轻松，相反，他教人用德国人的那种极端严肃和恳切的心态来生活。但在中国人的灵魂中常有来自老子的深思，以及可怕的、沉默的忍耐力，对权威的缄口顺服，定意忍受一切痛苦，枯坐以待任何暴君自毙的伟大的无抵抗，无论这些暴君的势力是多么大。因为老子是世界上第一个深藏不露的哲学家，教人用质柔如水的力量。外国人谈到"中国佬"，常想起一副真正哲学家深思熟虑的面容，半开合的眼，冷淡的沉默的表情，他们并没有错。所有这些都是来自道家，虽然我必须指出那种和"中国佬"的名称联结在一起的冷淡的懒散面容，不一定是真正哲学家的面容。有时人们看见一些没精打采的人站在中国区的街角上，会产生时间突然静止的错觉，而且相信自己已看见一个哲学家的国家在坚忍地注视着这个忙忙碌碌的世界。但实际上完全不是那么一回事，那种面容可能只不过是因为营养不足。单是身或心的呆滞，不能使人成为一个哲学家。

正如我曾说的，道家与儒家，不过是中国人灵魂的两面。一种是属于活动的、有为的、相信的一面；一种是属于静观的、怀疑的、惊异的，使生活笼罩着一种如梦性质的一面。这样是很好的。孟子说，"恻隐之心，人皆有之；羞恶之心，人皆有之"。但惊异之心，也的确是人皆有之。人除了思想的权利之外，还有惊异的权利，虽然可说没有事情值得惊异，或人可能不能了解世界以外的事情。但这种惊异心的运用已经是一种解放。甚至一只小狗对主人的举动也会很显明地表示讶异，难道人没有对蓝色天空以外的惊异心？没有得到任何结论，总比完全没有惊异心好。

道家适应人们这种惊异心的需要，用庄子的话来说，使人的心有自由地"逍遥于无何有之乡"的权利。奥利弗·克伦威尔说过一句名言："当一个人不知道他往哪里去的时候，是他升得最高的时候。"克伦威尔这句话颇有庄子味。

道家和儒家不过是在民族的灵魂中交替的情调。每一个中国人成功的时候，是一个好儒家；当他为艰难与失败所围困的时候，是一个道家。人的失败多过成功，甚至那些表面成功的人午夜自思，也有他们自己隐秘的疑虑，因此道家的影响比儒家更常发生作用。那些被踢出办公室的官员，立即来到一处温泉，和他的儿女共同游戏，且对自己说："我又是一个自由人了！多么奇妙！这才是上帝为人安排的生活。"当这位官员是一位重要的内政部长的时候，可能常常忍受失眠之苦，现在他睡得很好，因为他是睡在道家的天地里面。我曾在别的地方说过："官员像孔子，而作家与诗人像老子与庄子，而当那些作家与诗人成为官员时，他们表面上像孔子，骨子里则仍是老子与庄子。"

传说老子是孔子同代人，比孔子长二十岁左右，但孔子同时是佛的同代人。情形如下：

> 老子　　公元前 570（？）—（？）
>
> 佛　　　公元前 563（？）—公元前 483（？）
>
> 孔子　　公元前 551—公元前 479

　　这三个东方思想的创立者同生于公元前六世纪，且差不多同在其中二十年之间。当我们处理这些出生年代时，必须提及庄子是孟子与柏拉图的同代人。庄子对于老子，像孟子对于孔子，柏拉图对于苏格拉底及圣保罗对于耶稣。在每一种关系中，都是老师作得很少，或者完全没有作，而出现了一个作出长篇大论且常作得很漂亮，完全不介意写作的门徒。他们的出生日期如下所列：

> 墨翟　　　　　约公元前 501（468？）—
>
> 　　　　　　　公元前 416（376？）
>
> 苏格拉底　　　公元前 469—公元前 399
>
> 柏拉图　　　　公元前 427（？）—公元前 347（？）
>
> 亚里士多德　　公元前 384—公元前 322
>
> 孟子　　　　　公元前 372—公元前 289
>
> 庄子　　　　　约公元前 335（369？）—
>
> 　　　　　　　公元前 275（286？）

　　庄子与孟子都见过梁国和齐国的国君，但二者都没有出现在庄子的作品中。他们的关系略如下面用世纪来表示的表中所示：

> 老子，佛，孔子　　　　　　　　　　　公元前六世纪

墨翟，苏格拉底　　　　　　　　　　公元前五世纪

柏拉图，亚里士多德，孟子，庄子　　公元前四世纪

　　对于老子与庄子，我们知道得很少。老子显然出生在一个官吏的家庭，是周朝的藏室史官。他在中年时候，辞去职务。归隐的途中他经过通往中国西北的重要关口时，传说有一个向来钦佩他的守关官吏请求他将他的智慧留给后人。结果，老子写下那本著名的《道德经》。如记载所说他可能活了一百年，或者一百六十年，或如后来相信神秘主义的道家门徒所主张的那样，肉身升天成为不死的神仙。如我们所知，人们最后看见他骑在青牛背上经过函谷关。但他的子孙却在《史记》中一代一代小心地追踪。

　　庄子和老子来自同一地区——楚国，就是现在的河南省与湖北省，扬子江之北，古代中国视之为"南方"，而孔子与孟子则是来自山东。我们知道他和著名的诡辩家惠施（一个伟大的宇宙观察者）有过几次精彩的辩论，而且他曾和几位国王会过面，我们也知道他曾一度做过漆园吏。据说楚威王曾聘他任高官，而他反问他是不是会像猪一样被养肥，然后被奉献在祭坛上作牺牲。如果我们能了解庄子的才能与脾气，就不会觉得奇怪。有一个关于他的逸事。他结过婚，而当他的妻子死后棺木仍摆在屋隅的时候，他的弟子来慰问他，却发现他坐在地上鼓盆而歌。庄子对那个弟子的询问所作的答复，是他对于死的问题所发表的高论。生死问题迷住了庄子，而成为他哲学的重要组成部分，下面我们很快就会讨论到。

　　我想在这里说几句关于中国学者考据老子与庄子的话。某些新近的学者曾断定老子与孔子不是同代人，他可能生在数世纪之后，大抵是在公元前三世纪或二世纪。又有一种尚未确定的"流言"说，三十三篇庄子的作品中只有前七篇是真的，而其他那些"外篇"，

疑似他人伪造。在最近二三十年间，曾有三十万字以上的文章讨论老子究竟生于何时，而那些因学者的习气无意识而写成的浩繁卷帙，令人惊讶。

我之所以觉得必须提及这一点，是因为曾有一大堆空泛的言论讨论古书的真实性。这些言论达不到真正批评的标准，但可能把西方的汉学者导入迷途。用最轻微的借口来高喊伪造，曾经是一种时髦，而某些学者甚至无法分辨其中一句是否被篡改或全章是否系伪造。有些是为孔子的虔敬之情所动，有些则为炫耀学问的骄气所支持，而沉溺于歪曲的理论。最重要的是，这种批评古书的风尚刚好和"汉学"狭隘的门户之见相关联。于是它便成为一种门户的偏见，在某一部古书中找寻矛盾与错误的章句，或时代错误，然后宣布又有一种伪造，这成为学者中一件时髦的事情。其实这些情形在用手抄写的古书中是很普遍的，这些努力在康有为无意义的举动中达到了最高潮。他是一九〇〇年左右伟大的维新主义者，曾写两本书，主张一切儒家的经典都是伪造的，孔子是最大的伪造者。他的门徒——卓越的学者梁启超——把这种传统的观念带到民国，提出老子生于孔子之后很久，因此也后于庄子。这种说法令人震惊，成为一时的话题。如果情形确是如此，庄子怎能一再地在自己的作品中谈到一个比他后生的人，这一点还没有弄清楚。于是老子可能为庄子所伪托，或庄子的作品可能是在公元前三百年间伪造的。这里许多学问上的卖弄随之而来，而这种空谈永无止境。现在这种高喊伪造的声音已经高到可以把一种东西因为它是伪造而将其摒弃的程度，很多人因为这样做而成"专家"。它早成为一件时髦的事情，使每个人都想赶这种时髦。例如冯友兰教授，除了以最初七章为根据之外，不讨论庄子的理论，这听起来好像是出于科学上的慎重，且蛮敬业的。

我想用下面的话来概括这些争论。关于老子，除了一大堆穿凿附会的臆测，没有确实的证据证明老子是生于第三世纪，而证据似乎倾向于认可传统的说法，即是老子是孔子的同代人，因为孔子与老子的会面内容，不但记载于庄子的书中，也一度记载在儒家自己的经典《礼记》中。关于老子与庄子作品的作者，我们所知不多，但那些批评家的臆测也是含糊而且空洞的，曾有过种种不正确的语言学证据。我只举一个例子，你来看这种论据是多么危险和不当。当今有一位同代的教授用纯理论的论据来接受老子必后庄子而来的理论，其论据如下：孔子的道是只关心人的道，后来在庄子的书中，道是同时关于人，也关于天，而老子的道完全是天道，是道的观念逐渐进化的极致，必然最后才出现。为什么这个可以产生如孔子、墨翟这种思想上的新泉的世纪却不能产生一个老子？而孔子和墨翟是从何处突然"进化"来的，却也没有弄清楚。梁启超冒险提出老子在后来的世纪出现的，是因为社会与政治环境在第三世纪已经这样恶化，正好催生老子所提倡的这种返乎自然的理论。梁启超忘记了一点，在孔子自己的时代，这个世界也已够乱了，以致大大地激发了孔子以及那位在《论语》中说"滔滔者天下皆是也"的无名贤者。

谈到冯友兰教授反羞于接触的《庄子·外篇》，在全部《外篇》中只有一处可能是抄录者弄错了年代（在庄子的时代，有一件事情是发生于九代以前，但在这篇文章重抄的时候，却写成十二代以前）。但即使文字被篡改，也不能据此把所有篇章都视为伪作来抛弃。有什么人会写下像《秋水》与《马蹄》这样著名的论文呢？甚至没有人提供过一点意见。提出一种新奇的理论，而用注脚与参考资料来炫耀它，对于一个青年学生来说是很容易做到的，且具有足够的诱惑力。我曾见过一部专门从事证明《庄子》的《外篇》是伪造的书就是这一类作品。他怎样证明这一点的呢？不是用语言学的证据，也不是用风格或内容的不符这一证据，更不是用外在的证据。这个人以承认《庄子》最初七章为稳固的根据地而由此出发，凡遇见一句在最初七章找不到的句子，便立刻将其认做伪造的证据。如果《庄子》在前七章只说过"无为"，但在一篇《外篇》中用了一句基本的道家的句子"无为而无不为"，这便被指为"不是庄子"的证据。换句话说，所谓的证据不是指任何观念的矛盾，而是说任何补充的东西都是伪造的，总之，前七章没说过的话都不能被认做庄子的亲笔。又换句话说，叔本华只可能写过《作为意志与表象的世界》，不可能写过《附录与补遗》（论文集），因为其中所说的事情没有在他的主要作品中说过！这么幼稚的论据，如果出现在大学三年级学生的习作中，显然不能被接受。

一、老 子

老子是世界上最伟大的警句作者之一。他的书充满新鲜、明确及使人难忘的似非而是的话："知人者智，自知者明"；"知者不言，言者不知"。一句似非而是的话，并非只是诙谐奇诡或一句话出人意料的转变来开玩笑或收棒喝的效果，像奥斯卡·王尔德的妙语一样。一句似非而是的话，是从一个基本观点出发，自然地进行，如果这个观点是与一般已接受的观点不同，它便马上被人视为似非而是的论调。它包括把价值的标准颠覆。例如耶稣所说的似非而是的话："凡为我丧失地上生命的，必要保存自己的生命直到永远。"又如以赛亚所说的似非而是的话："我们所有的义，都像污秽的衣服。"又如圣保罗的似非而是的话："你们中间若有人在这世界自以为有智慧，倒不如变做愚拙，好成为有智慧的。"老子的所有似非而是的话都是出自一种哲学及他自己的一个观点。他的隽语铸造得很好，也写得很好。

> 曲则全，枉则直，洼则盈，敝则新，少则得，多则惑。

在这些似非而是的话背后，有一个与众不同的价值标准。

> 是以圣人抱一为天下式。不自见，故明；不自是，故彰；不自伐，故有功；不自矜，故长。

老子的隽语常给人一种向人诉说重要、绝妙且具宗教性质的事情的印象。

> 保此道者不欲盈。夫唯不盈，故能蔽而新成。

而且我们在这里开始看到精妙的东西，那是神秘的老子熟练的智慧。因为像我们所曾说的，老子是世上第一个深藏不露的哲学家：

> 大巧若拙，大辩若讷。静胜躁，寒胜热，清静为天下正。

且常有一种温柔的信息，使文章有魅力，为人所喜读。

> 天长地久。天地所以能长且久者，以其不自生，故能长生。是以圣人后其身而身先，外其身而身存。非以其无私邪？故能成其私。

因为他是第一个深藏不露的哲学家，下文他这样描写自己：

俗人昭昭，我独昏昏。俗人察察，我独闷闷。淡兮，其若海，望兮，若无止。

还有：

众人熙熙，如享太牢，如登春台，我独泊兮其未兆，如婴儿之未孩，累累兮，若无所归。

这些似非而是的话从何处来？是道的哲学在支持它们。老子用下面这段话来说明它：

吾言甚易知，甚易行；天下莫能知，莫能行。言有宗，事有君。夫唯无知，是以不我知；知我者希，则我者贵。

老子思想的核心当然是"道"。老子的"道"是一切现象背后活动的大原理，是使各种形式的生命兴起的抽象的大原理。它像流注到每一个地方、滋益万物而不居功的伟大的水。道是沉默的，弥漫一切的，且被描写为"退避"的：不可见，但却是无所不能的。它是物的原始，同时也是一切生命形式最后还原的原理。

有物混成，先天地生。寂兮寥兮，独立而不改，周行而不殆，可以为天下母。吾不知其名，强字之曰道，强为之名曰大。大曰逝，逝曰远，远曰反。

老子的书是人所共知的《道德经》。那第二个字，"德"，字面的解释是善行，但它是在物质世界运行的"道"的原理。亚瑟·华理①把《道德经》的书名翻译为："The Way and Its Power（道与它的力量）"对那个"德"字翻译得很正确。原来意义是善行的"德"字可能含有药草"药性"的古代意义。对于这两个字的意义最清楚的指示，可能在下面这段经文中：

> 故道生之，德畜之，长之育之，亭之毒之，养之覆之。

这可清楚看出，"德"只是表现在治中的"道"。"道"是不可见的、不可闻的，且不可触摸的。

> 视之不见名曰夷，听之不闻名曰希，搏之不得名曰微。此三者不可致诘，故混而为一。其上不皦，其下不昧，绳绳不可名，复归于无物。

我以为对于"道"的概念最好的摘要是下面注重"道"的还原原理及作用的四句温柔话：

> 反者道之动；弱者道之用。天地万物生于有，有生于无。

因此我们见"道"是存在于沉静、不见、不闻的自然状态中，而弥漫到每一个地方，然后起作用，兴起了种种形态。如老子在下文中所描绘：

---

① 亚瑟·华理（1888—1966），英国著名翻译家、汉学家、作家和诗人。

致虚极，守静笃。万物并作，吾以观复。夫物芸芸，
各复归其根。

因此，大自然看来像一个不断活动的循环，形态常常转变，但
常回到"道"的中心原理。这中心原理在西方哲学可能被称为"本体"。
"道"在别的地方被老子描写为一个风箱，它不断地吸入、输出空
气，但它本身却永不耗竭。按照这种宇宙转回反方向的原理，没有
东西可以持久，而思想的趋向是使万物平等，一切对立的东西都成
为一体且大致相同。

希言自然。故飘风不终朝，骤雨不终日。孰为此者？
天地。天地尚不能久，而况于人乎！

因为大自然使万物平等，且使万物恢复它最初的形态，因此一
切对立的东西都相似而且互相依靠。"天之道，损有余而补不足。"
因此引起了老子的似非而是的话：

将欲歙之，必固张之；将欲弱之，必固强之；将欲废
之，必固兴之；将欲取之，必固与之。是谓微明。

而这里有两句我非常喜欢的：

是故甚爱必大费，多藏必厚亡。

谈到一切性质的相对性时，老子说："故有无相生，难易相成，
长短相形，高下相倾，音声相和，前后相随。"从老子的观点看来，

人类的愚蠢是从把宇宙原始的统一性切分为善、恶、美、丑的时候开始。

> 绝学无忧。唯之与阿，相去几何？善之与恶，相去若何？人之所畏，不可不畏。荒兮，其未央哉！

因此老子想到生命的短暂形式时，达到了一切相对性消灭的结论。因此伟大的道德原则是保存人原始的单纯——关于这一点，老子一再用未雕之木或初生的婴儿为象征，道德的功课是"复归于朴"，固执人最初的单纯与天真。在这个问题上，雌的代表静，雄的代表动。"牝常以静胜牡，以静为下。"与阳相对立的雌之道、阴之道，是"道"在安静境况中的象征。故老子把"道"说成"宇宙之母"多过"父"。

> 既得其母，以知其子；既知其子，复守其母，没身不殆。

有时空谷、溪涧等都和"雌"一样被用为可敬原理的象征。

> 知其雄，守其雌，为天下溪。为天下溪，常德不离，复归于婴儿。

保留原始性质的观念，导致互不干涉主义。这种互不干涉有时转变为"无为"，哲学的意义是对人性所保留的单纯原理的全部了解：

> 将欲取天下而为之，吾见其不得已。天下神器，不可为也。为者败之，执者失之。

从这种"复归于朴"的教义，变化为仿效未雕之木与初生的婴儿，或"见素抱朴"及"诚全而归之"等说法——从所有这些说法及词句引起后世道教与法术、秘术的联合。

因此我们已须了解老子为什么要像罗素一样宣传复归于自然。他反对儒家教人仁、义、慈、忠等的教训，因为他查出这些德行是来自人本心的"薄"，"故失道而后德。失德而后仁。失仁而后义。失义而后礼。夫礼者忠信之薄而乱之首"。

> 前识者，道之华，而愚之始。

因此老子和庄子都大声反对孔子对智慧与知识议论的方式。所以老子说：

> 绝圣弃智，民利百倍；绝仁弃义，民复孝慈；绝巧弃利，盗贼无有。

从这种对争论与冲突的怀疑、对骄傲与奢侈的避免，老子开始宣传柔弱的教义，这种教义，在我听来好像是耶稣登山宝训的理性化。耶稣说："温柔的人有福了，因为他们必承受地土。"他用了一种明确而肯定的说法。没有人曾郑重地思考过为什么温柔将承受地土这个问题，但老子的全部哲学是以柔弱的教义为基础。

> 弱之胜强，柔之胜刚。天下莫不知，莫能行。

> 见小曰明，守柔曰强。

老子经常用水做图解来证明它。

> 天下之至柔，驰骋天下之至坚。无有入无间。

老子用水来作为谦卑的象征：

> 江海之所以能为百谷王者，以其善下之，故能为百谷
> 王。是以圣人欲上民，必以言下之；欲先民，必以身后之。

一个异教的教师在这里谈温柔与谦卑，从对宇宙自然律的观察出发，而不是从教义问答或教条出发。老子之所以相信不斗、不争、不抵抗，是因为他信任柔的力量，例如水的柔力。他警告人不要用强力，不只是因为他不信任它，同时因为他相信用强是弱的一种征兆。

> 持而盈之，不如其已。揣而锐之，不可长保。

对强力的不信任，不只是一种道德的训诫，而是设法与人生宇宙的规律相协调。耶稣是贫贱人之友。不但老子对爱与谦卑的力量的训言，在精神上和耶稣独创的、富有卓识的、闪光的训言相契合，有时字句的相似度也是很惊人的。

> 你们中间谁为大，谁就要做你们的用人。凡自高的必
> 降为卑，自卑的必升为高。（马太二十三章十一、十二节）
> 然而有许多在前的将要在后，在后的将要在前。（马太

十九章三十节）

　　你们若不回转，变成小孩子的样式，断不得进天国。所以凡自己谦卑像这个小孩子的，他在天国里就是最大的。（马太八章三、四节）

我觉得老子做到这种最曲折且有些迷人的隽语，在精神上已升到耶稣的严峻高度。

　　善者吾善之，不善者吾亦善之，德善。信者吾信之，不信者吾亦信之，德信。

为什么老子这样说？因为他相信没有人应被抛弃，无论他曾怎样坏。

　　是以圣人常善救人，故无弃人；常善救物，故无弃物。是谓袭明。

老子说："虽然有坏人，为什么要抛弃他？"因此不难由此得出老子的"以德报怨"的教训。基督教的教训由老子用下面的句子来表理，其相似之处，真令人难以相信。

　　圣人云："受国之垢，是谓社稷主；受国不祥，是谓天下王。"正言若反。

在他那本书的后半部，老子处理了一些关于政府的实际问题。他反对战争，反对政府干涉一切事情，且反对刑罚。在谈到不干涉人民生活的观点上，他说过一句很著名的话，"治大国若烹小鲜"。这是说，我们不要不断地把它翻转，这样，那些小鱼可能被翻成糨糊。治国最高的艺术是让人民自己为生。但在他的反对战争的观点中，老子的话最为惊人、最为有力，而成为他最伟大的宣言。

> 以道佐人主者，不以兵强天下。其事好还。师之所处，荆棘生焉。大军之后，必有凶年。善者果而已，不敢以取强。果而勿矜，果而勿伐，果而勿骄，果而不得已，果而勿强。物壮则老，是谓不道，不道早已。

> 夫兵者，不祥之器。物或恶之，故有道者不处。君子君则贵左，用兵则贵右。兵者，不祥之器，非君子之器，不得已而用之，恬淡为上。

然后，老子说出他最伟大的一句话。

> 胜而不美，而美之者，是乐杀人。夫乐杀人者，则不可以得志于天下矣。……杀人之众，以悲哀泣之，战胜，以丧礼处之。

我曾引用许多老子的话，因为我认为读者会喜欢他的话，最重要的是因为老子能说得比我的意译好得多，且有效得多。我想用他的一段话来作结论，这段话可视为老子对他的道德教训的总括：

> 我有三宝，持而保之：一曰慈，二曰俭，三曰不敢为天下先。慈，故能勇；俭，故能广；不敢为天下先，故能

成器长。今，舍慈且勇，舍俭且广，舍后且先，死矣！夫
慈，以战则胜，以守则固。天将救之，以慈卫之。

我曾综括老子的教训如下：

　　我教人以愚中之智，

　　　　强中之强，

　　　　水及未玷污的新生婴儿柔顺的力量。

　　我教人以谦卑的功课，

　　　　张得过满则折弓；

　　　　废物有用，

　　　　居下位的有益。

　　海成为江河之王，

　　　　不是因为它低于众谷吗？

　　甚至在战场上金铁交鸣声中，

　　　　仍是兵哀者必胜。

二、庄　子

　　庄子是我喜欢的哲人，我们可以和他多盘旋一点时间。这是因
为他的风格迷人，思想深奥。他无疑是古代中国最伟大的散文作家，
同时照我的评估，他也是中国所曾产生的最伟大、最有深度的哲学
家。他和别人甚至不敢接触的问题，例如灵魂与永生、存在的性质、
知识的性质缠斗。他处理形而上学；他洞察本体的问题；他提倡标
准的相对性；他是严格的一无论者；他完全预表佛教的禅宗；他有
一个世上万物不断变形的理论；他教人让人和动物各自完成他的天

性，而且他对生命深具宗教性的崇敬。他是中国作家中第一个感觉到且能表达出人生难以忍受的内在不安，以及曾和灵性的宇宙的问题相纠缠的。布封 [1] 说，"风格是属于个人的"。庄子的风格是属于一个有才智的巨人，再加上玩世的机智、经常准备好的天赋想象力及一个作者所具备的熟练的表现力。换句话说，庄子是中国最重要的作家；经过一千四百多年，才有一位可以和他比较的天才——苏东坡。苏东坡有和他相等的聪明才智及文雅而幽默的表现方法，他将佛教、道教、孔学并入他的思想轨道，且可随意写出循规蹈矩或不拘形式的散文及种种形式的诗。有许多人能写出迷人但无意义的文章，而写出迷人又有意义的文章则需要一种完全不同的天赋，像琼浆玉液一样难得。

因此，当我谈庄子的风格时，我主要是谈他的人格。他的思想有精力，而在他无数的寓言中极富于幻想。庄子描写他自己的作品包括三种话：严肃的话——关于真理与智慧的；汤勺的话——那些用来倾泻他的心与他的想象的，既不须节制，又不必用力，而显然是像寡妇的油瓶一样用之不竭；为证明他主张的正确或为打击当时的大人物而创作的寓言。

他的严肃的话，好像下面那几句："吾生也有涯，而知也无涯，以有涯随无涯，殆已！"又"夫大块载我以形，劳我以生，佚我以老，息我以死"。又"梦饮酒者，旦而哭泣；梦哭泣者，旦而田猎"。

他的"汤勺话"最为人所熟知的事例，可能是他把自己和一只梦为人的蝴蝶比较。

昔者庄周梦为蝴蝶，栩栩然蝴蝶也，自喻适志与，不

———————————

[1] 布封（1707—1788），法国博物学家、作家。

知周也。俄然觉，则蘧蘧然周也。不知周之梦为蝴蝶与？蝴蝶之梦为周与？

他寓言中有一例是显示宇宙不可见的超越性胜过它的可见结构的：

夔怜蚿，蚿怜蛇，蛇怜风，风怜目，目怜心。

夔谓蚿曰："吾以一足趻踔而行，予无如矣。今子之使万足，独奈何？"

蚿曰："不然。子不见乎唾者乎？喷则大者如珠，小者如雾，杂而下者不可胜数也。今予动吾天机，而不知其所以然。"

蚿谓蛇曰："吾以众足行，而不及子之无足，何也？"

蛇曰："夫天机之所动，何可易邪？吾安用足哉！"

蛇谓风曰："予动吾脊胁而行，则有似也。今子蓬蓬然起于北海，蓬蓬然入于南海，而似无有，何也？"

风曰："然，予蓬蓬然起于北海而入于南海也，然而指我则胜我，我亦胜我。虽然，夫折大木、蜚大屋者，唯我能也。故以众小不胜为大胜也。为大胜者，唯圣人能之。"

他的活泼风格可在另一个例证即云将与鸿蒙的对话中看出：

云将东游，过扶摇之枝而适遭鸿蒙。鸿蒙方将拊脾，雀跃而游。云将见之，倘然止，贽然立，曰："叟何人耶，叟何为此？"

鸿蒙拊脾，雀跃不辍，对云将曰："游。"

云将曰："朕愿有问也。"

鸿蒙仰而视云将曰："吁！"

庄子最善于编造嘲笑孔子的故事，因为他觉得这位圣人极端严肃的宗旨最适合运用他的机智。因为如果说老子是温柔的，庄子却不是。他有一个较为精壮的心灵。老子的教训是心灵的柔弱，庄子的教训则是放任心灵"遨游于无何有之乡"。奇怪的是虽然庄子的作品事实上是把老子的教训逐点阐释，但却没有提及柔德，或"守其雌"。他是大丈夫中的大丈夫，对于"谦卑""柔弱"这些字眼，很难说得出口。因此，水对于老子而言是柔弱的力量与甘居下位的美德的象征，但对于庄子而言则是在静态下潜伏巨能的象征。老子微笑，而庄子怒吼。老子是含蓄的，庄子是雄辩滔滔的。二者都怜悯人类的愚蠢，但庄子能运用苛刻的机智来表达。他曾说过一个和彼脱罗尼亚的《以弗所的寡妇》相似的谈及妇人的"忠贞"的故事。庄子有一次散步归来，门徒们发现他一脸忧伤。他解释说："我刚才散步看见一个妇女伏在地上，用扇子扇一个新坟。我问：'你在做什么？那是谁的坟墓？'那个寡妇回答：'那是我丈夫的坟墓。'我再问：'你为什么要扇它？''我答应过我丈夫在他坟墓未干之前不再嫁。但现在下雨，而这些日子天气真令人讨厌。'"

但庄子并非犬儒，而只是一个热心的宗教神秘主义者。他非常像帕斯卡①，对于人类用有限的智力来了解无限而感到失望。但他对理性限制的清楚认识并没有妨碍他和帕斯卡一样提升到对一个赋予全宇宙充满活力的大心灵的肯定。所以读《庄子》像是读一本伟大的神秘主义的书。

———————

① 帕斯卡（1623—1662），法国数学家、物理学家、思想家。

天地有大美而不言，四时有明法而不议，万物有成理而不说。圣人者，原天地之美而达万物之理。是故至人无为，大圣不作，观于天地之谓也。今彼神明至精，与彼百化，物已死生方圆，莫知其根也。扁然而万物自古以固存。六合为巨，未离其内；秋豪为小，待之成体。天下莫不沉浮，终身不故；阴阳四时运行，各得其序。惛然若亡而存，油然不形而神，万物畜而不知。此之谓本根，可以观于天矣。

庄子作品的最后一篇《天下篇》，是古代中国哲学最重要的资料，举出了中国古代思想的主流，公开提出他考察范围最好的说明与观点。

天下之治方术者多矣。皆以其有为不可加矣。古之所谓道术者，果恶乎在？曰："无乎不在。"曰："神何由降，明何由出？""圣有所生，王有所成，皆原于一。"

庄子进而痛惜宇宙一致的观点在"一察"的学者手上失去。

天下大乱，圣贤不明，道德不一。天下多得一察焉以自好，譬如耳目鼻口，皆有所明，不能相通。犹百家众技也，皆有所长，时有所用。虽然，不该不遍，一曲之土也。判天地之美，析万物之理，察古人之全，寡能备于天地之美，称神明之容。是故内圣外王之道，暗而不明，郁而不发，天下之人各为其所欲焉自以为方。悲夫，百家往而不反，必不合矣！后世之学者，不幸不见天地之纯，古人之大体，道术将为天下裂。

庄子这样概述他自己的哲学：

> 芴漠无形，变化无常，死与？生与？天地并与？神明往与？芒乎何之？忽乎何适？万物毕罗，莫足以归。古之道术有在于是者，庄周闻其风而悦之，以谬悠之说，荒唐之言，无端崖之辞，时恣纵而不傥，不以觭见之也。以天下为沉浊，不可与庄语；以卮言为曼衍，以重言为真；以寓言为广。独与天地精神往来，而不敖倪于万物，不谴是非，以与世俗处。其书虽瑰玮，而连犿无伤也；其辞虽参差，而諔诡可观。彼其充实，不可以已，上与造物者游，而下与外死生、无终始者为友。其于本也，弘大而辟，深闳而肆；其于宗也，可谓稠适而上遂矣。虽然，其应于化而解于物也，其理不竭，其来不蜕，芒乎昧乎？未之尽者。

老子用几句隽语来说明，庄子却用一篇论文来解释。他用雄辩的哲学散文来说明老子所说的"道"的性质、无为与不干涉。除加上一些谈及让人与动物"各遂其生"，攻击孔子对仁义等德行漂亮的论文之外，庄子哲学专心于三个主要点：他的知识论，用有限的才智去认识无限的不可能；万物在它们永恒方面，在无限的"道"里面的平等性，是一种自然的结果；生与死的意义。

庄子像帕斯卡一样，以探究生命之道开始，而后感到有点失望。没有人比他更能感受到为一切变迁所摆布的人生是何等可悲，那种在一个短暂的存在中天天被磨损、为忧愁与恐怖所笼罩的辛酸。

其寐也魂交，其觉也形开。与接为构，日以心斗。缦者、窖者、密者。小恐惴惴，大恐缦缦。其发若机栝，其司是非之谓也；其留如诅盟，其守胜之谓也；其杀如秋冬，以言其日消也；其溺之所为之，不可使复之也；其厌也如缄，以言其老洫也；近死之心，莫使复阳也。喜怒哀乐，虑叹变蜇，姚佚启态——乐出虚，蒸成菌。日夜相代乎前而莫知其所萌。已乎！已乎！旦暮得此，其所由以生乎！

非彼无我，非我无所取。是亦近矣，而不知其所为使。必有真宰，而特不得其眹，可形已信，而不见其形，有情而无形。

百骸，九窍，六脏，赅而存焉，吾谁与为亲？汝皆说之乎？其有私焉，如是皆有为臣妾乎？其臣妾不足以相治乎？其递相为君臣乎？其有真君存焉。

如求得其情与不得，无益损乎其真。一受其成形，不亡以待尽。与物相刃相靡，其行尽如驰而莫之能止，不亦悲乎！终身役役而不见其成功，苶然疲役而不知其所归，可不哀邪！

人谓之不死，奚益！其形化，其心与之然，可不谓大哀乎？人之生也，固若是芒乎？其我独芒，而人亦有不芒者乎？

帕斯卡也感觉到身体与灵魂之间无法说明的神秘关系。他也有这种不安，说："这种安于无知是一件令人恐怖的事情。"他也感觉到人心的悲哀，悬在无与无限的中间，对两极端的了解，都必然不可能。

像我们这样在各方面都受限制，是被保留在两极端的中间而充分表现出我们的无能的情境。……这是我们的实际情况，这是我们不能得到确实的知识与绝对的无知的原因。我们在广漠的天体中航行，永远漂流在不真实之中，由此端被驱使到彼端。当我们想附着于任何一点而在此停泊时，它被冲走且离开我们；如果我们追捕它，它躲避我们的捕捉，永远不可得。没有东西为我们停留。这是我们的自然境况，且最和我们的愿望相反。我们生而希望找到一个稳实的地盘，一个最后确定的基础，在其上建立一个达到无限的塔。但我们整个根基破裂，而地裂为深渊。

（一）**知识论**。庄子感到言语不足以表"绝对"。因为我们每次想用语言来表达生命或"道"的某一方面，我们不免要把它分割，而在分割中便把握不住真理、无限及不能表达的东西。我们来看这一点意见，和佛教禅宗的发展这般密切相关，最是有趣。关于禅宗，我将在下一章谈到。

> 今且有言于此，不知其与是类乎？其与是不类乎？类与不类，相与为类，则与彼无以异矣。虽然，请尝言之：有始也者，有未始有始也者，有未始有夫未始有始也者；有有也者，有无也者，有未始有无也者，有未始有夫未始有无也者。俄而有无矣，而未知有无之果孰有孰无也。今我则已有有谓矣，而未知吾所谓之其果有谓乎？……

> 既已为一矣，且得有言乎？既已谓之一矣，且得无言乎？一与言为二，二与一为三，自此以往，巧历不能得，而况其凡乎？故自无适有，以至于三，而况自有适有乎？无适焉，因是已。夫道未始有封，言未始有常……孰知不言之辩，不道之道？若有能知，此之谓天府。

庄子的方法论与帕斯卡的相像。因此帕斯卡的格言，容易从庄子的角度来了解。帕斯卡说：

> 真正的雄辩轻视雄辩，真正的道德轻视道德。这是说，没有规律的判别的道德，轻视知识的道德。
>
> 因为感觉属于判别，如科学属于知识。直觉是判别，知识的数学的一部分。
>
> 轻视哲学，是做一个真正的哲学家。

但庄子知识有限的理论不只应用在形而上学的范围，它已应用在世界的本身。它来自他客观评判的不可能及言语本身无用的理论。下面这段话可作为了解禅的良好准备：

> 即使我与若辩矣，若胜我，我不若胜，若果是也，我果非也邪？我胜若，若不吾胜，我果是也，而果非也邪？其或是也，其或非也邪？其俱是也，其俱非也邪？我与若不能相知也，则人固受其黮暗。
>
> 吾谁使正之？使同乎若者正之，既与若同矣，恶能正之？使同乎我者正之，既同乎我矣，恶能正之？使异乎我与若者正之，既异乎我与若矣，恶能正之？使同乎我与若者正之，既同乎我与若矣，恶能正之？然则我与若与人俱不能相知也，而待彼也邪？
>
> "何谓和之以天倪？"曰："是不是，然不然。是若果是也，则是之异乎不是也，亦无辩。然若果然也，则然之异乎不然也，亦无辩。化声之相待，若其不相待。和之以天倪，因之以曼衍，所以穷年也。忘年忘义，振于无竟，故寓诸于竟。

（二）**标准的相对及万物的齐一**。令庄子相信辩之无用的，确是他的"道"的基本概念。永恒的"道"表现在变动中，在我们知为生与死、美与丑、大与小的表面矛盾中，甚至在有与无的对立中。所有这些只是暂时的形态。人因对"道"无知（例如希腊的逻辑），所以常常被骗。"道"并吞它们一切，消灭它们一切。

> 故为是举莛与楹，厉与西施，恢诡谲怪，道通为一。其分也，成也；其成也，毁也。凡物无成与毁，复通为一。
>
> 唯达者知通为一。

庄子更清楚地表达标准的相对性与对立事物的彼此依赖性。

> 物无非彼，物无非是。自彼则不见，自知则知之。故曰：彼出于是，是亦因彼。彼是方生之说也。
>
> 虽然，方生方死，方死方生；方可方不可，方不可方可；因是因非，因非因是。是以圣人不由而照之于天，亦因是也。是亦彼也，彼亦是也。彼亦一是非，此亦一是非。果且有彼是乎哉？果且无彼是乎哉？彼是莫得其偶，谓之道枢。枢始得其环中，以应无穷，是亦一无穷，非亦一无穷也。故曰：莫若以明。

我们可能以为他正在读法国数学家的作品。事实上，对于庄子"道枢"那两字的意思，中国人在未读帕斯卡之前也常常觉得迷惑。这两个人在造诣上，甚至在他们的笔调上，也是十分相似。例如，请读下面这一段：

他将怎样做呢？只能看见万物中间一段的表面，永远不能获知它们的始与终。一切东西是从无而来，而具有向无限的特性。谁愿意跟着这条奇怪的路线走？那只有这些奇妙的东西的创造者知道。别人都不可知。

你说是庄子在说话呢还是帕斯卡在说话？是谁在谈"万有的最后原理"在上帝的统一中解决？

世界可见的范围，可见地超越我们，但当我们超越少数的东西时，我们以为自己更有能力去了解它们。……在我看来，似乎凡是能了解万有最后原理的人，可同时获得对无限的知识。二者是相依相成的。两极端由于距离的力量相遇而再联结，且发现彼此都在上帝中，同时只在上帝中。

现在让我拿起我们的指南针。我们是某一件东西，而我们不是每一件东西。我们的存在的性质，使我们不知道自己从无生出来的最初起源，而我们存在的渺小，又使我们看不见无限。

因此，从帕斯卡那里得到这些帮助之后，便容易了解庄子名作《秋水篇》的内容。在这一篇中，庄子把他无限大与无限小、极大的世界与小的世界的观念，作进一步的阐释。帕斯卡也被这一点吸引，而谈论"自然在被缩小的原子胎中的无限性"。但庄子好开玩笑的机智把这个无限小的概念用一个奇怪的人在蜗角之争的故事来说明。这是一篇大胆想象的杰作，只有近代细菌的发明堪与之相比。故事中有一个以为自己国家才最大最重要的惠王，而这个寓言是用来启迪他的。

> 戴晋人曰："有所谓蜗者，君知之乎？"
>
> 曰："然。"
>
> "有国于蜗之左角者，曰触氏；有国于蜗之右角者，曰蛮氏。时相与争地而战，伏尸数万，逐北旬又五日而后反。"
>
> 君曰："噫！其虚言与？"
>
> 曰："臣请为君实之。君以意在四方上下有穷乎？"
>
> 曰："无穷。"
>
> 曰："知游心于无穷，而反在通达之国，若存若亡乎？"
>
> 君曰："然。"
>
> 曰："通达之中有魏，于魏中有梁，于梁中有王。王与蛮氏有辩乎？"
>
> 君曰："无辩。"
>
> 客出，而君惝然若有亡也。

庄子从一切变动和不安定中逃出后，一方面退隐在日常普通经验中，另一方面在达到"道"的边界时便停止谈论与思索。

> 唯达者知通为一，为是不用而寓诸庸。庸也者，用也。用也者，通也。通也者，得也。适得而几矣，因是已。已而不知其然，谓之道。

这是一种禅的特殊心境，我们将在下文中看到。事实上，它是禅的本身而不称为禅。

（三）生与死。庄子谈及死这个问题时，常有些十分高妙的文章。它清楚地从上文所讨论的对立事物的相等而来，这样，生与死只能是同一事物不同的两面，于是庄子不得不作结论，认为灵魂遗下死的肉体而去，可能是作"回家大旅行"，有什么可惜？

予恶乎知说生之非惑邪？予恶乎知恶死之非弱丧而不知归者邪？

丽之姬，艾封人之子也。晋国之始得之，涕泣沾襟。及其至于王所，与王同筐床，食刍豢，而后悔其泣也。予恶乎知夫死者，不悔其始之蕲生乎？

梦饮酒者，旦而哭泣；梦哭泣者，旦而田猎。方其梦也，不知其梦也，梦之中又占其梦焉，觉而后知其梦也。且有大觉而后知此其大梦也。而愚者自以为觉，窃窃然知之。"君乎！牧乎！"固哉！丘也与女皆梦也，予谓女梦亦梦也。是其言也，其名为吊诡。万世之后而一遇大圣知其解者，是旦暮遇之也。

又有一段说生与死是互为伴侣的。

生也死之徒，死也生之始，孰知其纪？人之生，气之聚也，聚则为生，散则为死。若死生为徒，吾又何患？故万物一也。是其所美者为神奇，其所恶者为臭腐。臭腐化为神奇，神奇复化为臭腐。

最后几句听来好像圣保罗的话，但事实上是"庄子"的直译，但他阐述得多好！

在这篇文章的背后，当然是庄子的常变观念"物化"。在一个故事中，庄子假做孔子发表他自己的意见说：

> 且方将化，恶知不化哉？方将不化，恶知已化哉？……安排而去化，乃入于寥天一。

在这里我们看见一种宗教顺服的腔调。在另一个故事中，庄子谈及四个已得到宇宙统一的观点，"以无为首，以生为脊，以死为尻"的朋友。其中之一得了一种可怕的病："曲偻发背"。

> 子祀曰："女恶之乎？"
>
> 曰："亡，予何恶！浸假而化予之左臂以为鸡，予因以求时夜；浸假而化予之右臂以为弹，予因以求鸮炙；浸假而化予之尻以为轮，以神为马，予因以乘之，岂更驾哉！且夫得者，时也；失者，顺也，安时而处顺，哀乐不能入也。此古之所谓县解也，而不能自解者，物有结之。且夫物不胜天久矣，吾又何恶焉！"

如庄子所描写，他们是四个非常伟大的哲学家。我以为在他们第三个人得病时的插曲中，庄子做出了基督教所谓"接受上帝意旨"的姿态。

> 俄而子来有病，喘喘然将死。其妻子环而泣之。子犁往问之曰："叱！避！无怛化！"倚其户与之语，曰："伟哉造化！造物又将奚以汝为？将奚以汝适？以汝为鼠肝乎？以汝为虫臂乎？"
>
> 子来曰："父母于子，东西南北，唯命是从。阴阳于人，不翅于父母。彼近吾死而我不听，我则悍矣，彼何罪焉？

夫大块以载我以形，劳我以生，佚我以老，息我以死。故善吾生者，乃所以善吾死也。今大冶铸金，金踊跃曰：'我且必为镆铘。'大冶必以为不祥之金。今一犯人之形而曰：'人耳！人耳！'夫造化者必以为不祥之人。今一以天地为大炉，以造化为大冶，恶乎往而不可哉！"成然寐，蘧然觉。

这不是很像圣保罗谈陶土和陶工吗？

庄子事实上相信神的无所不在，他再用开玩笑的态度说：

东郭子问于庄子曰："所谓道，恶乎在？"

庄子曰："无所不在。"

东郭子曰："期而后可。"

庄子曰："在蝼蚁。"

曰："何其下邪？"

曰："在稊稗。"

曰："何其愈下邪？"

曰："在瓦甓。"

曰："何其愈甚邪？"

曰："在屎溺。"

东郭子不应。

庄子曰："夫子之问也，固不及质。正获之问于监市履狶也，每下愈况。汝唯莫必，无乎逃物。至道若是，大言亦然。……"

庄子完全知道他的教训是"其来不蜕，芒乎昧乎，未之尽者"的。但他是不多不少地像牛顿在谈及原子中电子的活动时所说："某些我们不知道的东西正在做我们所不知道的事情。"庄子可被称为神秘主义者，任何一个敢于和神有交往而在祷告时说"你"的人，事实上都是一个神秘主义者，这包括一切基督徒在内，如果曾有过或可能有"理性主义者"的宗教的话。

庄子智慧的美在于当他到达"道"的边缘的时候，知道在什么地方什么时候"停止及休息"。基督教神学的愚蠢在于不知道何时何地当止，而继续用有限的逻辑去把上帝定义得像一个三角形，且为了求本身知识上的满足，而说怎样 B 是 A 所生，而 C 又怎样来自 B 而非直接来自 A。庄子说得对："汝唯无必。"帕斯卡再加上警告：差不多所有哲学家都对事物有混淆的观念，用灵性的言语来谈论物质的事情，而用物质的言语来谈论灵性的事情。

道教的历史是很奇怪的。从老子智慧的高峰降到民间道教的神秘学、法术、驱邪逐鬼，从来没有一个宗教退化得这样厉害。今日道教道士最大的用途是驱鬼。如果哲学家拒绝制造神，民众常自行想象制造他们所需要的神，中国固有思想最固执的倾向是相信阴阳五行（金、木、水、火、土）及它们的相生相克。这种信仰先于儒家与道家，而渗透进二者之中。但在老子，特别是在庄子的书中，显然提及精神保养法、灵性的修养、呼吸的控制以及冥想与注视那个唯一等，为相信神秘学与精神保养的人开路，使他们在自己的身上贴上道教的标签。

第五章　澄清佛教的迷雾

以一般人对"宗教"一词的概念来说，可以说每个中国人都是佛教徒。佛教是民间的宗教，而所谓民间的宗教，我的意思是指它有一个教会与一个信仰系统，这包括庙宇与修道院、祭师、天堂与地狱，祷告与崇拜，一种从现世的"痛苦"与"无常"中得救的方法，一种圣徒与天使的完美圣秩制度（菩萨与阿罗汉），以及不少男神与女神（佛与大慈大悲观世音菩萨），还有一个主张仁慈不自私，否定世界种种繁华，教人苦修，压抑一切罪恶的欲望，以及艰苦的自我克制、自我训练的信仰系统。佛教在现在的形式中具备一切。

道教崛起，与佛教竞争，想同样提供许多神祇、精灵鬼怪及一个道教的不朽的天堂，甚至想做到把某些印度神祇也兼收并蓄来胜过它。虽然中国学者鄙视道教与佛教的教人绝对迷信，但佛教的哲学有一套精美的形而上学的基本系统，所以能赢得中国学者的尊重，而使道教逐渐降格，成为书符念咒、逐鬼驱魔的术士。在故乡，我曾看到一种最低级的形式，用饮一碗"咒水"来医胃痛，那咒水是一碗清水，还有一张上面写满了玄秘符号的纸。道教最重要的贡献，是第三世纪炼金术的发展。他们找寻"哲学家的石头"，目的有二：一是找寻不老的良药，一是较为实际及有商业价值的，就是把那些贱价的金属变为黄金。这种"科学"，后来由阿拉伯人传到欧洲。

中国宗教是不排除异己的，这和基督教不同。对于大多数中国人，如果有人问他属于什么宗教，他将会迷惑而不知所答。没有教区，也没有教徒名册，就是出生名册也是由政府机关设置才有。没有一个家庭是纯粹的佛教的、道教的或儒家的。信仰的路线经过一个家庭，有点像政党在一个美国家庭里一样。或者也有一种情形，妻子是一个虔诚的佛教徒，为许下某种愿而在佛前持斋一月或一年，而她的丈夫是一个儒家的学者，宽容她。

佛教是对古代中国思想唯一心智上外来的影响，这是因为有一个我在上文已说过的好理由。佛教有一个正确的，有时太复杂的形而上学系统为中国学者所爱好。但无论学者阶级怎样想，中国人民却需要一个流行的宗教，要有神祇来向他祷告，有一个天堂来盼望；在较高尚的意识中，他们也需要对罪恶的忏悔，需要从痛苦、疾病、仇恨、贫乏及死亡中拯救出来的方法。佛教通过平民进入中国，有时则借助朝廷中的男人或女人。直至那些学者不得不面对及考虑它时，它没有侵犯到中国的学者阶级。

简言之，佛教进入中国时取道中亚细亚，经过帕米尔高原进入中国的西北。每一个中国暴君，由建筑长城的秦始皇开始，都希望长生。他们达到地上权势的巅峰之后，便想长生不死。有的想渡过中国海去寻取长生药，有的则从中国、土耳其斯坦①跨过帕米尔高原。当佛教在第一世纪传入中国时（按照中国的某些文献记载，大抵是在公元一年，虽然没有确实日期），佛教已在印度的大部分地区及中亚细亚很兴盛，特别是在阿育王统治之下（公元前二七二至公元前二三一年，摩揭陀帝国的皇帝）。一个中国皇帝正式派遣一位使者去西域，在公元六十五年把佛经带回。但为佛教在中国民间广布开路的，是在四世纪、五世纪及六世纪的五胡对中国北方的占领。龙门与云冈的一些伟大的雕刻品始于那个时代。公元四百年，大部分中国北方的家庭都已成为佛教徒。中国和尚法显在公元三九九年到印度去，而在十五年后把佛经带回来。印度和尚鸠摩罗什——佛经最早的翻译者，在公元四〇五年被中国西北一个王国的统治者立为国师，他为中国佛教文化事业的发展做出了不可磨灭的贡献。六世纪左右，佛教已广布整个中国，虽然短期内有来自儒家学者或某些统治者的迫害，但它已显露出自己是一个庞大的势力。从印度出发，它传播至锡兰②、缅甸、暹罗③、阿富汗、土耳其斯坦、中国西藏、中国内陆，且远至高丽。在五一七年至六一八年的一百年间，佛教《大藏经》已经出版了五种版本。且在六世纪最初二十年间，传说最多的达摩取道锡兰来到中国，成为中国禅宗的始祖。著名的皇帝梁武帝，曾两度剃发为僧，因他的朝臣们苦劝才不情愿地离开寺庙。

---

① 土耳其斯坦，又译突厥斯坦，这里指中亚古城之一，位于锡尔河下游右岸平原。
② 锡兰，一九四八年二月获得独立，定国名为锡兰。一九七二年五月二十二日改称斯里兰卡共和国。一九七八年八月十六日，改国名为斯里兰卡民主社会主义共和国。
③ 暹罗，一九三九年更名为泰国，后经几次更改，一九四九年正式定名为泰国。

对佛教的翻译与研究在第六世纪奠定了基础。想把大乘和小乘作具体表现的著名天台宗在这个世纪作了系统的说明。然后在第七世纪，哲学的华严派建立（现在应用的《华严经》版本，是由自大的武则天女皇下令第三次翻译，在公元六九九年完成。武则天僭称佛身临凡，而伪造一部佛经来支持它）。同时最著名的中国译经者唐三藏，曾到阿富汗与印度十六年，于公元六四五年带了六百五十七部佛经回国。他花了一生光阴和他的助手在朝廷的资助下将这些佛经译成中文。同时在这个世纪，有很多日本学生来到唐朝的京城长安研究佛教，且把佛学带回日本（佛教已经由高丽渗入日本）。接近公元八〇〇年时，十个佛教宗派已经形成，其中八个属于大乘，两个属于小乘。小乘宗派（以巴利语为基础），或初期的，或古典的佛教在十世纪完全绝迹，不能与能引起大众兴趣的大乘宗派竞争，尤其是溯源于鸠摩罗什的"净土派"。

这种发展的结果，在哲学领域兴起了大台宗，我可称它为历史学派。它想调解大乘与小乘的不同解释，认为两者都是表达佛教的同一真理。华严宗有一大堆圣诗与祷文，它们在将一切事物及其本性并入太初"一"的基本教义这一点上，清楚地显示出老子与庄子对其的影响。最重要的是，禅宗的原则可以直接溯源于庄子，它本质上是中国精神的产品，特别是庄子的幽默和对逻辑的否定，在佛教哲学之下起着作用。在民间，有一个上文已经谈及的净土宗，民间十分需要它。民间的想象力特别被一位男菩萨观世音所抓住。这位菩萨为人生的苦难所感，自愿不进入涅槃的幸福，而是回到人间直至把众生救尽为止。他然后变形为一个女神观音（大慈大悲救苦救难的女神），成为中国流行的女神（比较亨利·亚当斯在《蒙特·圣米歇尔及莎特尔》一书中，十一至十三世纪同样崇拜在欧洲发展的研究）。自此之后，观音对群众想象力的把握，因为她的慈悲，而变得无可抗御。我们必须提及念魔咒及做近乎降神术表演的真言宗。它在西藏与青海（班禅与达赖）有坚固的立足点，不能予以轻视，因为它是一个活的势力，有保持完整的修道院教育与训练——一般来说，比中国其他部分的流行佛教保存得好得多。

所有这些话，我不是谈及佛教在艺术与雕刻上对中国的影响，而是谈及它对中国哲学的影响，并且反过来谈及中国人把佛教演变成合乎他自己天性的情形。我在上文曾提及佛教形而上学对宋朝新儒学者的影响（公元九六〇到一二七六年），佛教哲学继续改变中国人心，直到儒学家为了保存自己起见，不得不考虑它且与它和解。虽然儒家的正统派常常攻击佛教为一种"外国"进口的宗教。佛教加深了中国的哲学且领导它注重意识、实在，以及心的问题。

新儒家所做的第一件事，就是把孟子的作品——《礼记》中的两篇《大学》与《中庸》，连同《论语》，合为给中国每个学童诵读的四书。第一本书《大学》，是以这几句开始：

> 大学之道，在明明德，在亲民，止于至善。知止而后能定，定而后能静，静而后能安，安而后能虑。

所有这些话中有令人惊异的佛教含义。那个"止"字和天台宗用来简括说明它首要教义的是同一个字。"至善"，朱熹用佛教的方式解释为"止于至善之地而不迁，盖必其有以尽夫天理之极，而无一毫人欲之私也"。后来在"致知"的讨论上，朱熹借经文显然有缺漏的机会，放入一点十二世纪宋儒的形而上学：

> 所谓致知在格物者，言欲致吾之知，在即物而穷其理也。盖人心之灵，莫之有知，而天下之物，莫不有理，惟

于理有未穷，故其知有未尽也……

这显然是中国的那些儒家学者为佛教哲学所排斥而被激起去找寻同样的东西。在《大学章句》《中庸章句》的序言上（写于一一八九年二月、三月）朱熹特别提到佛教思想的存在："而异端之说，日新月盛，以至于老佛之徒出，则弥近理而大乱真矣……"（某些程氏二子的门徒）"倍其师说而淫于老佛者……"这就是佛教对儒家所做的事。

但在佛教的形而上学中，有什么东西这般使中国的知识分子不能不尊重，且开了他们的眼呢？所发生的情形是释迦牟尼曾对意识与实体实行无情的测验，而笛卡儿与康德后来在那里停止。如果笛卡儿曾说："我思故我在。"他是一个庄子（但我觉得"没有一个人曾感觉到它们"，这是情感），或是惠特曼（我就是我）。但为什么笛卡儿要相信或证明它的存在呢？如果他曾怀疑那个能感觉的心或"能令人信服的理性"而再向前推进，他便可能已到达佛的殿堂。笛卡儿信任那个能感觉的心，佛却猛烈地怀疑它。

《楞严经》是一部哲学杰作，一本披露在康德理想主义之前的冗长作品，在其中空间范畴的本身已被较高的心，或"佛心"所消灭。有兴趣的读者可参考我已编入《中国印度之智慧》中长达五万字的摘录。这里是整个辩论中佛的话的概略。《楞严经》是非常吸引人的读物，不像康德这样难懂，而它常便于回溯原始的资料，使人对这些哲学杰作有直接的认识（本质的禅）。我在这里为它们在佛教理想主义中的意义，且为让我们对禅的教训有清楚的了解，提供几个没有包括在《中国印度之智慧》中的简短摘录。

尔时世尊欲重宣此义，而说偈言：

真性有为空，缘生故如幻；无为无起灭，不实如空华。

言妄显诸真，妄真同二妄。犹非真非真，云何见所见？

中间无实性，是故若交芦。

结解同所因，圣凡无二路。

汝观交中性，空有二俱非。

迷晦即无明，发明便解脱。

解结因次第，六解一亦亡，根选择圆通，入流成正觉。

陀那微细识，习气成暴流。真非真恐迷，我常不开演。

自心取自心，非幻成幻法；不取无非幻，非幻尚不生，

幻法云何立？

是名妙莲华，金刚王宝觉。

如幻三摩提，弹指超无学。

此阿毗达磨，十方薄伽梵，一路涅槃门。

（"弹指超无学"那句话成为禅宗发展的佛言根据，读下文便知。）

如果笛卡儿是这些阿罗汉之一，佛可能对笛卡儿说："如果你不相信你自己的存在，为什么你又信赖那个能感觉的心的本身呢？"因为那个能感觉的心，不过是和其他五个感官（眼、耳、鼻、舌及手指）并列的六个感官之一，它们扰乱我们对真理的知识。佛自己和佛教徒的努力是除去常态的扰乱，以及它的对记忆与感觉印象的负担，而把我们能感觉的心置于最佳的状态，达到完全自由及一个较高的心、神秘的心的本质。这一点是在下面一段说明中，由佛用一条丝巾有六个结的妙喻来讲述。佛是在一个门徒的大集会中演说的，这些门徒都已成为菩萨。

于是阿难及诸大众，闻佛如来无上慈诲，祇夜伽陀，杂糅精莹，妙理清彻，心目开明，叹未曾有。

阿难合掌顶礼白佛："我今闻佛无遮大悲，性净妙常真实法句。心犹未达六解一亡，舒结伦次。惟垂大慈，再愍斯会及与将来，施以法音，洗涤沉垢。"

即时如来于师子座，整涅槃僧，敛僧伽梨，揽七宝几，引手于几，取劫波罗天所奉华巾。于大众前绾成一结，示阿难言："此名何等？"

阿难大众俱白佛言："此名为结。"

于是如来绾叠华巾，又成一结。重问阿难："此名何等？"

阿难大众又白佛言："此亦名结。"

如是伦次绾叠华巾，总成六结，一一结成，皆取手中所成之结，持问阿难："此名何等？"阿难大众，亦复如是次第酬佛，此名为结。

佛告阿难："我初绾巾，汝名为结。此叠华巾，先实一条。第二第三，云何汝曹复名为结？"

阿难白佛言："此宝叠华缉绩成巾，虽本一体，如我思惟，如来一绾，得一结名。若百绾成，终名百结。何况此巾只有六结，终不至七，亦不停五。云何如来只许初时，第二第三不名为结？"

佛告阿难："此宝华巾，汝知此巾元止一条。我六绾时，名有六结。汝审观察，巾体是同，因结有异。于意云何？初绾结成，名为第一，如是乃至第六结生。吾今欲将第六结名，成第一不？"

"不也，世尊，六结若存，斯第六名，终非第一。纵我历生尽其明辩，如何令是六结乱名？"

佛言："如是，六结不同。循顾本因，一巾所造。令其杂乱，终不得成。则汝六根，亦复如是。毕竟同中，生毕竟异。"

佛告阿难："汝必嫌此六结不成，愿乐一成，复云何得？"

阿难言："此结若存，是非锋起。于中自生此结非彼，彼结非此。如来今日若总解除。结若不生，则无彼此。尚不名一，六云何成？"

佛言："六解一亡，亦复如是。由汝无始心性狂乱，知见妄发。发妄不息，劳见发尘。如劳目睛，则有狂华。于湛精明，无因乱起。一切世间山河大地生死涅槃，皆即狂劳颠倒华相。"

阿难言："此劳同结，云何解除？"

如来以手将所结巾偏掣其左，问阿难言："如是解不？"

"不也，世尊！"

旋复以手偏牵右边，又问阿难："如是解不？"

"不也，世尊！"

佛告阿难："吾今以手左右各牵，竟不能解。汝设方便，云何解成？"

阿难白佛言："世尊，当于结心解即分散。"

佛告阿难："如是如是。若欲除结，当于结心。阿难。我说佛法从因缘生。非取世间和合粗相。如来发明世出世法，知其本因随所缘出。如是乃至恒沙界外一滴之雨，亦知头数。现前种种松直棘曲鹄白乌玄皆了元由。是故阿难，随汝心中选择六根。根结若除，尘相自灭。诸妄销亡，不真何待？阿难，吾今问汝，此劫波罗巾六结现前，同时解萦，得同除不？"

"不也，世尊。是结本以次第绾生。今日当须次第而解。

六结同体，结不同时。则结解时，云何同除？"

佛言："六根解除，亦复如是。此根初解，先得人空。空性圆明，成法解脱。解脱法已，俱空不生。是名菩萨从三摩地，得无生忍。"

至于康德的空间的范畴，佛把它解释为一种"迷妄的"心境。

> 觉海性澄圆，
> 圆澄觉元妙。
> 元明照生所，
> 所立照性亡。
> 迷妄有虚空，
> 依空立世界。
> 想澄成国土，
> 知觉乃众生。
> 空生大觉中，
> 如海一沤发。
> 有漏微尘国，
> 皆依空所生。
> 沤灭空本无，
> 况复诸三有？

现在我们已接近对禅的研究，简言之，它是在一个闪光中对真正实在的直觉的把握。难就难在从任何感觉之一达到心的本质的自由。

> 香以合中知，
> 离则元无有，
> 不恒其所觉，
> 云何获圆通！

或者将人的沉思固于一个目的物之上，例如人的鼻尖。

> 鼻想本权机，
> 只会摄心住。
> 住成心所住，
> 云何获圆通！

用说明性的语句来达到真正了解或证实，特别困难：

> 说法弄音文，
> 开悟先成者。
> 名句非无漏，
> 云何获圆通！

最后，弟子之一的文殊，对另一大弟子阿难说法，警告他抵抗记忆，甚至包括对刚才他所听闻的佛所说的话的记忆。

> 阿难纵强记，
> 不免落邪思。
> 岂非随所沦，
> 旋流获无妄？

阿难汝谛听：
我承佛威力，
宣说金刚王。
如幻不思议，
佛母真三昧。
汝闻微尘佛，
一切秘密门。
欲漏不先除，
畜闻成过误。
……

却来观世间，
犹如梦中事。
摩登伽在梦，
谁能留汝形？
如世巧幻师，
幻作诸男女，
虽以诸根动，
要以一机抽，
息机归寂然，
诸幻成无性。
……

大众及阿难，
旋汝倒闻机，
反闻闻自性，
性成无上道，

圆通实如是。①

一、禅

摩诃迦叶在讲经讲到某一点时微笑，这是一种会心的微笑，禅宗在此追溯到它的起源。于是佛教最流行的一个宗派从此开始，因为迦叶被认为是禅的教义的第一位老师。经过了二十八代达摩来到中国，带来了佛心及会心的方法（严格地说是心印，吻合得像印版一样），而成为大家所知的禅宗的始祖。这事发生于六世纪。当时中国人与某些统治者已经信佛教，这种禅的教派在中国人心中得到了迅速的共鸣。这个宗派发展得很快，经过六代师弟相传，至伟大的六祖惠能止，由这一点起，在南中国与北中国各有丰富而不同的发展。②

经过十余代，铃木大拙教授来到哥伦比亚大学演讲禅学。用言语来传授一种言语无用的教义，且对具有逻辑观念的西文听众解释逻辑的无用，真是一项伟绩。对于释明某种超乎人类通常了解的无限真理而用某些字句，或只解释那些字句，都的确是无用的。禅所想成就的是得到一种在感觉的心以外的"无限制"的心境，而人愈用被文字限定的言语，会愈迷惑。因此，中国的大师们发展出让局外人觉得神秘的手势与谜语。当有人问一位大师什么是禅的时候，那位大师在他脸上打一巴掌作为答复；另一位大师只竖起他的

---

① 阿难与文殊在佛教万神殿中的地位，可与圣保罗与圣彼得在基督教的地位相比，他们的神像，在中国的佛庙中常站在佛的左右。

② 一九四四年，我在广东省北方边界的曲江看到一座寺庙，据说六祖的真身在那里。这里有两具做坐姿的真身（木乃伊），他们的躯体和面部都涂以厚厚的红色保护漆，表情栩栩如生。他们的身体被披上衣服，放入庵中，供人崇拜。我之所以提及它，是因为知道的人不多。

手指；另一位大师可能吐口水。所有这些都是教授一种否定一切教义的教义，传达一种本身避免一切言语与一切逻辑的探究真理的方法，用手势或动作来暗示日常生活中一个简单动作庄严、神秘超凡的性质。我知道铃木大拙教授不会给哥伦比亚大学生一个耳光作为传授神圣智慧的工具。其实他是应该这样做的。

禅完全是直觉。因此它发展出一种特殊技巧与目的不同的效果。禅是梵文"Dhyana"的中译，意义是入定，原是佛教徒六种修炼方法之一。但它比单是"入定"走得远得多。传说佛曾将这种"教外别传的特殊教训"传授给迦叶，以佛心教义为基础。因为人人皆有佛心，或佛心在他们之中。要想恢复这个心的原始状态，只是把一切由感觉印象、知觉心、区别心，言语、逻辑分析以及教义而致乱七八糟的心洗净。因此有人说："放下屠刀，立地成佛。"

当然，它简直是神秘主义，但却是其中很特殊的一种。佛所想教的，无论用禅或任何其他的方法，击倒思想先入范畴的本身，毁去一切由所闻、所见、声音以及一切其他感官而来的辨别力。换句话说，如果这种矛盾的字眼可被了解的话，佛努力在禅的悟字上成功的目的，是成为某种温和的超人。因为，如果一个人已消灭自己的知觉心，因此消灭空间与时间的概念，他已升到脱离一切有情与精神拘束的自由地位，而从一种超感觉的心的本质（就是佛性的本身）来看待这个世界与人生，他就是超人。我们必须承认人的时间观念和神的时间观念是不同的，因而可能得到一种超奥林匹斯山的看法，洞悉一切暂时的存在，一切区别、一切性质以及一切个性都不过是对事物有限或歪曲的见解。如果有人用这种超乎常人的努力这样做，即如果有人能使他的一切人类经验非人类化，他可以得到什么？一种像神一样的安定、宁静、和平，如迦叶所说的"身常圆满索金光聚"，它就是佛性的本身。当然，每个人都可以成佛。这样做是一种胜利。因为他已克服那个自我（叔本华与弗洛伊德所谓的鬼怪），且因此克服了一切恐惧、一切忧愁、一切欲望以及一切区别。一旦这个自我的感觉被消灭，便有小我成为大我的"升华"与"转移"。这个万物的行列中，包括一切人类、狗、猫以及其他动物。人获得了对整个宇宙的同情心。这足以解释观音的大慈大悲。观音在一个谈及他个人灵性上的解脱故事中这样描述自己（以观音菩萨的身份）：

> 初于闻中，入流亡所，所入既寂，动静二相，了然不生。如是渐增，闻所闻尽，尽闻不住，觉所觉空，空觉极圆，空所空灭。生灭既灭，寂灭现前。忽然超越，世出世间，十方圆明，获二殊胜……二者下合十方一切，六道众生，与诸众生，同一悲仰。

现在印度一个菩萨，可能仍是一个菩萨，仍在分析他自己的十八种精神领域、八十一种意境、三十一种变化、十四种大无畏境等。但对于一个中国人而言，它是纯理论的，会引起纠纷，并且非常不真实。世尊不是说它只是一种直觉的闪光吗？他不是也说虽然有些人以长年累月循序渐进的修炼才获得这种完全开明的心境吗？但也有人可以由睿智的人说"我已经得到它"。但当他的心再度被区别之见所累时，他可能再失去它；而在睿智的另一瞬间，他也可能再大声欢叫："我已经得到它！"

现在，对于中国人而言，佛的一句话，迦叶尊者的一个微笑，已经够了。为什么要有为否定言语而说的言语？为什么要有为分析现象的空虚而有的沉思系统？佛对知觉与此世的一切成分的无情分析，确是令人印象深刻的独创思想。中国的学者从未听过如来佛在申斥阿难的迷惑时所说的话：钟声，耳所听闻的声，心所了解的声，是声尘、耳根、心识三种东西。这是为什么所有弟子，那一大群菩萨，这样爱慕他崇高的智慧的原因所在，他对种种问题都能给予清楚的答复，他能逐一破除心的一切迷惑。当然这位大师是令人感动的。但他曾同时教人思虑是无益的，它是有如"自咬肚脐"一样徒劳无功。为什么还要什么天台宗与华严宗？庄子也曾说过，"筌者所以在鱼，得鱼而忘筌……言者所以在意，得意而妄言"。

因此，禅发展出一种革命性的教义。它不能忍受所有经典，所有思维系统，一切逻辑的分析，一切用木或用石造成的偶像，一切僧侣制度，一切神学，以及一切直接的修炼方法。它有一种毁灭所有教义的教义。正如铃木大拙教授所说："在经典中所提及的佛的教训，在禅看来，只是多费纸张。它们的用处是在乎抹去知识的污染而已。"那么禅所教的是什么？铃木大拙回答说："它不教什么，它只显示一个观点。直觉怎能教呢？觉悟的天国是在你心中。在一种高度的'寂灭'感中，一个禅的信徒不介意有无上帝，有无天堂与地狱，有无抽象的灵魂。他生存、感觉及知觉，他绝不推论或思考。"

事实上，这种禅的精神，这种禅的特殊方法以及特殊措辞都是庄子的。禅基本不信任用意义已被决定的言辞来解释未定的真理。这一点庄子已一再言之：

夫道未始有封，言未始有常。

孰知不言之辩，不道之道？若有能知，此之谓天府。

如果我们像庄子的学生一样来跟从铃木大拙教授，将有充分的证据证明庄子是禅的先驱者。我们在他《禅的佛教》的引言中读到：

我说在禅中没有神，那些虔诚的读者可能震惊，但这并非意指禅否认上帝的存在；禅是既非否认也不肯定。当一种东西被否认，那否认的本身会有某些未被否认的东西。对于肯定，也可以这样说。禅想超出逻辑之上，禅想找出一种较高的肯定，在那里没有任何反比。

这使人容易想起庄子的话，"因是因非，因非因是。是以圣人不由而照之以天"。庄子很讨厌儒家与墨家的是是非非。庄子相信，是与非同样混合于无限的一切之中。对逻辑的否定，万物与一切反比的齐一，刚好是庄子一切教训的核心和基础。我们再从铃木大拙那里读到关于入定的无用：

> 入定是人工的伪装，它不属于心的天然的活动。空中的鸟在哪里入定呢？水中的鱼在哪里入定呢？它们飞翔，它们游泳。这不够吗？

我们再想庄子强调从道是像对自然的方面不知不觉的践履。庄子说鱼相忘于江湖，人相忘于道术。用爱默生派的话来说，对道的跟从，应是没有刻意的努力而自然流出的善。庄子用一种更惊人的说法说："忘足，履之适也。忘要，带之适也。知忘是非，心之适也。"我们也记起庄子所讲的蚿蚣的寓言。蚿蚣动它的诸足，而不知道是怎样动它们的。有一天，蚿蚣知道自己有十七对、十九对或二十对足时，他便不能再动它们了。人们在铃木大拙教授的书中读到：

> 禅既非一神的，也非泛神的；禅反对所有这些名称。……禅是天空的一朵浮云。

　　铃木教授怕的是像一神教或泛神教这样的字眼，它们的意义可能人各一说，但你越多界说或争辩，带给你的心的迷惑便更多。我们记起有人同样问及庄子关于"道"的内在性的问题。如果"道"是内在于宇宙中，它是在这件东西中呢，抑或在那件东西中呢？庄子的回答是："汝唯莫必，无乎逃物。"关于这一切技术的最后结果，铃木大拙写道：

　　　　禅在街上一个平凡人最乏味、最呆板的生命之中，认识在生命之中生活的事实就是过活。禅有系统地训练那个心去看这一点，它打开一个人的眼去看那最伟大的神秘，因为它每天每小时都在表演。……

很奇怪的是，而最重要的是，庄子也刚好得出同样的结论：

　　　　唯达者知通为一，为是不用而寓诸庸。庸也者，用也；用也者，通也；通也者，得也。适得而几矣。因是已，已而不知其然，谓之道。

　　这把我们带到禅奇怪的最后产物面前。禅认为它的方法是直接、简单及实用的。一切禅的训练，包括入定，是为直接经验而作的准备。禅是一种突如其来的神秘经验，和每天的生命及每天的生活密切相关。因此禅终于寄托在简单的日常生活中，视它为幸福的恩赐，而享受它的每一瞬间。我想称它为对生活的感恩，东方存在主义的一种形式。生活的每一种动作都有神秘感。一个禅宗的和尚常以做卑贱的小事为乐。六祖惠能把生命的大部分花在把米捣白，做厨师的助手。有一个著名的禅宗诗人叫做寒山，他做厨师助手的工作，从山上把柴火带回来，且把他的诗写在厨房的壁上（他令人惊奇的简朴灵性的诗，现在仍然留存）。一个中国禅宗的诗人高呼："这是一个奇迹——我从井里把水汲上来！"这是禅的生活的典型，因为必须如此过活。一个牧童日落时骑在牛背上回家，是一个奇迹。蝇拥、草长，以及一个人饮一杯水，也是奇迹。一个人饮一杯水，不知道水是什么，也不知道杯是什么，甚至不知道他自己是什么，难道不是一件怪事、一个奇迹吗？一切生命与一切生活都是奇迹。人成为一个诗人，不过像那个农夫拭去他额上的汗而觉得凉风吹他的头，或像陶渊明差不多用狂喜的心情记录下早晨在田野中的散步，"朝露湿我裳"，把自己及一切有知觉的存在没入愉悦和宁静中就是佛性的本身。它对解释中国山水画的灵气有很大帮助。

二、罪与业

"业"在佛的教训中是指人所负的累赘。生命是种束缚，充满痛苦，受制于忧愁、恐惧、痛苦及死亡。这个世界是空幻的，而人在这个空幻的约束中和一切造物分享有知觉的生命，继续积聚行为、言语及业，沉溺于不正当的欲望与精神上种种形式的卑琐，因此注定要永久堕入轮回。但人可借逃出空幻与污染，借一种心智或一种直觉的努力使自己获得自由。他可让自己的本心支配自己的感觉与一般知识，以及辨别心，这样，那种从有限的为条件所限制的思想（无论对于死，或对于其他区别）超脱出来的自由心境就是无限制的，不受任何条件束缚的涅槃。这是等于法轮常转，最后解脱的途径在乎三宝：佛、法、僧。整个神学系统是合乎逻辑的，这和它的心智及灵性力量征服整个远东有关（请注意，佛教灵魂的轮回转生和庄子的"物化"不同。庄子的概念似乎较为原始，人的一部分在他死后成为一只老鼠的肝或一只蟋蟀的腿，或一种无生物，如孩子的弹弓）。

但最特殊的观念是业（Karma），意即孽障或"罪的重担"。一种较为简单而稍欠准确的译法是简单地用"束缚"两字。这种束缚驱逼我们继续做生活中形形色色的事，使我们愈陷愈深。"孽"是罪，而"障"则有一种障碍物或一道屏风之意，它妨碍我们看待真理。佛可以十分正确地运用《圣经》的经句：

你必须追求真理，真理也必使你重获自由。

我们可以不理会佛的道理教训。世界上从没有一个宗教教人欺骗、偷窃、奸淫、不诚实、憎恨，或报复，我们不必为此担心。我们只须指出轮回教义的结果，是教人对一切动物仁慈，且禁止杀生及吃被屠杀的牲口的肉。中国除了帝王的宫廷有动物园外，民间从来没有，唯一的就是佛庙的鱼类放生池。我常喜欢在杭州著名的放生池观鱼，那里有七八尾长达两三尺的鲤鱼，养在一个不断有山泉流过的池中，有机会来过它们宁静的日子，不致受人类的逼害。在一个佛教徒的眼中这些大鲤鱼中的任何一尾最后都会转生为人类，甚至会成佛。

我在上文说过，在佛教教训中最奇特的观念是业或罪。这种罪，如某智者所说，绝非新创，它是一切人类所同有的。佛对于这种世界性的束缚深为关切，这种驱逼人去追随动物，如叔本华所谓"求生意志"及"求繁殖的意志"的束缚，贪欲与色欲的束缚。叔本华的求生意志是披着欧洲衣服的佛教，而它著名的悲观主义与佛教怜悯的整个情调有同样的性质。佛对人类生命的评语可并合为四个字：怜悯一切！而叔本华也得出用苦行主义及克服自我来逃避的同样结论。

我以为基督教原罪的观念太神秘了。第一，亚当的罪当然在意义上是象征性的，因为我们生于这个肉体，生而具有同样的软弱、冲动以及从祖宗遗传而来的有害的本能。它在与生俱来的意义上是原始的，没有一种动物或人类生而不具有饥饿、求偶、恐惧、仇敌等本能，它是在丛林生活中求生存不可少的本能。但没有把这种"原罪"造成神秘实质的必要，好像每一个人都生而烙上罪印而命定要堕入地狱。也没有必要诽谤上帝，把他说成是因为一个罪人一次的行为而罚他千代子孙的暴君。即使假定这种犯罪的倾向是"遗传的"，是"原有的"，但在他没有发生触犯法律的行为以前，我们不能因为他有这种倾向而罚这个人。基督徒常缺乏智慧来了解这一点，他们使原罪成为一个神话，包在一个"拯救"的"包裹"里面，给来买的人拿走。人将只因为有遗传的倾向而受罚。这就是为什么我曾说："我是这般对宗教有深厚的兴趣，以至宗教常触怒我。"最使我愤怒的莫如一个新生的婴儿，带着他天真的圆眼，被一个全爱基督教的上帝送到地狱去的信仰。这种信仰违反母亲的每一种天性，违反人类的一切正当行为，而甚至上帝也不能违背一般人类正当的规律，上帝不是虐待狂。

但遗传的罪的事实，就是为了在丛林中谋生存的遗传的本能，仍然存在。这种本能（你称之为罪也可以），只有当它们终于违犯法律、正当行为及公共秩序的时候，才成为罪。一只狗可能在曼哈顿岛街道上做出讨厌的事，因为它是活在道中，不知不觉地遵从自然的本能。一个孩子却必须被教以不要这样做。对于一切大罪也是一样。罪恶是在每个人的心中，你想做某件愉快而与本能标准看齐的事就是罪，但它常被外在的社会法律或内在的道德律所制止。因此弗洛伊德打开了被抑制的升华及愿望完成的梦的世界。

我相信弗洛伊德帮助我们获得了对原罪更多的了解。在现在的思想界，只有四五个有独创思想的心——包括科学家在内，有佛、康德、弗洛伊德、叔本华及斯宾诺莎。我们所有其余的心，都只是复述别人说过的话，虽然有许多人已用某些自己的思想作为他们的新发现。"有独创思想的心"，我是指那些为人类的思想开辟未知的园地，那些思想飞翔到人们以前所未到过的其他地方的思想者。康德用寻根究底的德国方式，探讨所谓人类知识真正性质的界限。佛进一步探讨及发现一种逃出康德一切纯粹理性之外的方法。当然，他看见一种庄严的灵感的美，尽量接近上帝思想的知识的美。叔本华发现一切动物与人类生命的基础，在乎求生存、求繁殖的意志，实际上起自集体的种族本能多过人本能——这种本能必然逼使在最后的分析中释明鸟类的迁徙，鲑鱼回到原地产卵，尖牙、角、鳍与爪的生长，以及一千种生物学的事实。按照叔本华的说法，"一头公牛不是因为它有角才触，而是因为它想触才有角"。这就是我所谓的深度。斯宾诺莎像庄子一样，发现一切事物的合一，且只看见那个无限的实体（与"道"比较而言），对于它，那些有限的存在不过是样式或缺憾（与"德"比较而言）。但斯宾诺莎的"对上帝的知识的爱"只为人文主义者与知识分子而设。我敢说如果其他宗教不是在手边，民间的想象力将会使这种"知识的爱"变形，而且用圣者与幽灵包围它以使那个泛神世界有生气，使它易于崇拜。

要点是：佛、叔本华与弗洛伊德，虽然开辟了想及人类生命思想的新前线，但都面临罪恶与欲望的事实。而这三位也都发现人有某些东西来节制罪恶与欲望，这暗指在一切时间中都有一种奋斗在进行，而不必在本能的暴力面前屈膝。弗洛伊德在精神分析难解的连祷时被逼假定了一个"本我"（id，本能活力的源泉——超我的道德监察者）。佛与叔本华都提倡抑制欲望与苦行主义。这种观念我不大喜欢，因为那是假定欲望的本身是罪恶的，这显然不真实而且无法使近代人的良心信服。斯宾诺莎发现，人除了那些基本的本能外，还有为善的高贵本能来完善他自己。其他人——康德、孟子、王阳明——追溯"良知"是像罪本身一样为上帝所赐，即说它也是遗传的及"原有的"。为什么没有神学家发现一个"原良心"而让加尔文和他的"完全堕落"走开？如果他们不能这样，并非因为耶稣说得不够清楚与坦白。"天国是在你心中。"如果天国是在你心中，堕落又怎会是"完全"？这点真理要渗透进神学家的心是多么的难！（我必须说长老会比加尔文伟大。我信耶稣，但反对加尔文。）

我认为弗洛伊德是一个最奇怪的造物。他有土拨鼠的本能，能向黑暗隐藏的地方钻，搜出东西隐藏的地方，把一大堆污泥拨到地上。在千万人之中也找不到一个弗洛伊德。这些有独创思想的人的作品，读来很有趣，因为他们的思想是新鲜的，直到凋萎及变坏的时候，也未经人手一再接触——不当的接触。且弗洛伊德发现一个内在的我，所呈现的影像和佛的没有多大差别。一个多么讨人厌的蛋在其巢中！叔本华的未确知的、阴森的、原始的种族驱逼及种族督促，也同样是实在的。但至少我们已经从这些近代学者那里对于罪有了较佳的了解。我们明白为什么希伯来作者与其他人要谈及魔鬼的势力且把它们化为撒旦。弗洛伊德也谈及超乎理性控制本能的强暴而主动的力量。如果你喜欢，可把这些本能说成魔鬼，但人没有必要用言辞来自我催眠。

这是我对一切宗教特别是佛教所想说的。如果宗教是意味着超脱凡世的，我反对它。如果宗教是意味着我们必须从这个现世、知觉的生活中走出，且有多快就多快地"逃避"它，像一只老鼠放弃快要下沉的船一样，我是和它对立的。我认为一个人必须有中国人的共有意识，勇敢地接受现世的生活，且像禅宗的信徒一样和它和平共处。而我强烈地觉得宗教（任何宗教）一天固执于一个来世，趋向于否定现世，且从上帝所赐给我们的这般丰富且有知觉的生命中逃避，我们将因此种做法而妨碍宗教（任何宗教）与近代青年的意识接触。我们将是上帝真正不知感恩的儿女，甚至不值得禅宗的信徒称我们为堂兄弟。

　　如果我必须在逃避此世的灵性主义，包括以肉身为耻辱，与一个死硬的、异教的唯物主义之间作选择，又如果我必须专心地默想在我灵魂某一个黑暗角落里的罪恶，与在大溪地与一个半裸的少女同吃香蕉而对罪毫无觉察之间作选择，我愿选择后者。我个人的思想与感觉是不重要的，但如果这是许多近代人的感觉，那就值得那些宗教家去想一想了。圣保罗说："地上和其中的万物，都是主的。"

第六章　理性在宗教

一、方法在宗教

　　任何一个宗教讨论里，无论古代的或现代的，东方的或西方的，都必须采用某种方法来讨论。人不能用一根铁棍来撬开一个蚌，借用《圣经》里的一句比喻，人也不能带骆驼通过针孔。一个聪明的医生不会用一把金铰剪切开冠状动脉，这样做一定不成。但现代的西方人常试用笛卡儿的逻辑来接近上帝。

　　今天，在宗教领域，对方法的讨论是最重要的。因为现代人碰到宗教时的迷惑，大部分是由于基本方法上的错误，且可归因于笛卡儿方法的得势，导致过度把重心放在以认识理性为首要这方面，这样直觉的了解遂产生不适当的概念。帕斯卡说："我不能宽恕笛卡儿。"我也不能。因为在物质知识或事实的科学知识的范畴，用时间、空间、活动及因果关系等种种工具，推理是最好、最没有问题的，但在重大事情与道德价值的范畴——宗教、爱，人与人的关系——里面，这种方法奇怪地与目的不合，且其实完全不相关。对这两种不同知识范畴（事实的范畴与道德价值的范畴）的认识是最重要的。因为宗教是赞赏、惊异及衷心崇敬的一种基本态度。它是一种用个人的全意识直觉地认知的天赋才能，一种由于个人道德的天性而对宇宙所作的全身反应，而这种直觉的赞赏与了解比数学的推理精妙得多，高尚得多，且属于一种较高层次的了解。科学气质与宗教气质的抵触就是由于这种方法的乱用，以至于道德知识的范畴被只适于探索自然范畴的方法压制。

笛卡儿在假定人类的存在必须通过认识的推理来寻求它的实在证据上，首先就造成了严重的错误。他完全信赖认识的理性和这种今天仍是近代哲学的基础方法的优越性，结果造成近代哲学几乎退化为数学的一支，与伦理和道德完全分家，且有点羞于承认上帝为不可思议、不可量度、超过他们的方法所及之领域。因为在科学范畴中，人必须设法避开一切不可量度的东西，而上帝与撒旦，善与恶，都确是不愿受公尺的量度。在笛卡儿的方法中，还有较小的错误与缺点，因为甚至在科学中，对全局与对"物之适"合理的衡量，也是科学思想日常程序的主要部分。肉眼看不到的，必须用心眼来看，否则科学家不会有任何进步。而笛卡儿在完全不许可心物的分离这一点上，造成第二种错误，成为当代科学日益难以防守的理论。

中国人在许久以前已在宗教中完全摒弃逻辑的模式，我相信这是出于第二本能。如我们已知，佛教禅宗的发展，是不信任逻辑的任何分析与根据的，这使在笛卡儿推理方法之下受教育的西方人觉得禅宗很难了解。基督教最令东方人震惊的是，几乎所有基督教神学都对宗教做学院式的研究。那错误几乎是令人难以置信的，但在一个以理性为首多过以感情与人的全意识为首的世界中，这种错误甚至不为人所发觉及被忽视。科学方法并没有错，但它完全不适用于宗教的范畴。人常想用有限的文字来为无限下定义，像谈论物质的东西一样谈论灵性的东西，却不知道他所处理的题目的性质。

我对那些硬拖科学来维护宗教的人产生怀疑。热心宗教的人喜欢从自然科学里找出一点点证据来支持他们的古代信仰。这是一种出自尊重科学威望的习惯，而这种威望是完全应得的威望。但热心宗教者，不支持以人的全意识为首，常喜欢窃取一点自然科学的碎屑或自然科学家的承认，以为只要像卖药品的人那样用沙哑的声音高喊："四个医生有三个推荐……"民众就必然被感动，因此卖药的必须高喊他的货品。不，宗教不能屈膝去乞求科学的临床证据，它应有更强的自尊心。科学的武器是显微镜；宗教知识的武器，是人心低沉轻柔的声音与热情，是一种用直觉的能力来猜测真理的微妙警觉。但近代人缺乏的刚好就是这种技巧与机警。

因此，在现代世界中，关于宗教的思想惶惑不安，因此假定有一种科学与宗教之间的斗争，而这种斗争其实只有意或无意地存在于曾受教育的人们心中，存在于笛卡儿信徒的心中，或存在于学院式的推理方法之中。

就全体而论，中国人与西方人思想方法之间最特别的差异可用下表来表示：

	中国人	西方人
科学	不完全的	理性及数学

	中国人	西方人
哲学	在伦理上的直觉判断及对行为的严重关切	数学继续增长的侵犯，并与伦理分家
宗教	否定逻辑，依靠直觉	数学心与人的全意识之间的斗争

海涅在他的《游记》（*Reisebilder*）中，画了一幅有趣的关于上帝与宗教的争辩的漫画。

当肉烤得太坏的时候，我们为上帝的存在而争论。但我们的好上帝常是权威的。在这里进餐的人中只有三个有无神论的倾向，但如果我们最后有好的干乳酪来做餐后点心，这几个人甚至也会动摇。最热心的有神论者是小参孙，而当他和瘦长的范彼得辩论上帝的存在时，他常变得十分激动，在房子里走来走去，不断地呼喊："上帝知道，这是不对的！"瘦长的范彼得，一个瘦小的法国人，他的心灵平静得像荷兰运河里面的水，而他的话拖曳到像拖船一样懒散，从他曾在雷敦勤勉学过的德国哲学中抽出他的论据。他笑那些把个人人格的存在归于上帝的人头脑狭隘。他甚至控告他们侮辱，因为他们赋予上帝智慧、公道、仁爱以及其他同样属于人类而完全不适合上帝的德行；他们在一条只适合观察人性的路上走，而把上帝视为人类的愚昧、不公平以及仇恨的对比。但当范彼得申述他泛神论的观点时，他被肥胖的斐希丁阻挠。斐希丁坚决地指摘他散布在整个自然中上帝的模糊概念是错误的，因为这等于说上帝存在于空间中。……其实人想及上帝时，必须把他抽离一切实在，而不将他想象为一个占据空间的形式，只是一种事物的秩序。上帝不是存在，纯是动力——一个形而上学世界秩序的元素。

听了这些话，小参孙愤怒至极，疯狂地在房间里走来走去，大声地喊："上帝！啊，上帝！上帝知道，这是不对的！啊，上帝！"

我相信如果他的手臂不是这般瘦，他会为上帝的名誉而殴打肥胖的斐希丁。好像他真的想揍他，而那个肥家伙只是抓着小参孙的两只小臂，温和地捉住他，并没有把烟斗从唇上拿开，而是温和地申述他的见解，偶尔把他空洞的论据连同他的烟喷到小参孙的面上。于是那个小人儿几乎被烟与愤怒所窒息，更可怜地哀鸣："啊，上帝！啊，上帝！"但上帝并不来援助他，虽然他是这么勇敢地维护他的道。

这是为神性而辩争的不可用的一个例子。这些学者的大胆评论有什么价值？一个彻头彻尾的物质主义者，看见这三个宗教学生在咖啡厅里辩论，三个大概都是变形虫的后裔，争辩上帝的性质与性格的情景给人的感觉必然是奇观，十分有趣，而且能引发联想。但要注意的是，上帝永远不会来解救，而每一个稍具意识的人都知道这三个家伙永远得不出什么结论。

重要的是，那三个宗教学生的情形，与四世纪辩论雅典信条时的情形，仍没有什么两样。当时没有烟吹到别人的面上，但每一个人都像范彼得一样绝对地相信自己。他们所想做的是把三位一体的三个分子放入一种逻辑的关系，这是一个对主教很有价值的论题。他们同意的第一点是这三个上帝的成分，是三个个体（person），但只有一个"本质"。这一句在谈论上帝时是有点可笑，但我们必须承认它其实是有哲学意义的话。甚至"Person"（个体）一个词立刻牵涉到用人类的名词来界说神。最大的辩论是三位一体三个分子之间的区别。那是一个多么吸引人的论题！所有三个分子都不是被创造的。但是最困难的地方是区别三位一体中的两个分子和父神之间的逻辑关系，而它最后决定圣子不是被创造的而是父所"生"的，而"圣灵"既不是被创造的，也不是"生"的，只是从父而"出"的，用灭亡来威胁那些坏到不能同意此说法的人。当大家同意"圣灵"只是"出"的时候，辩论便环绕着它究竟是直接从父而出，抑或通过子而出。就在这个学院式的针尖上，东方希腊正教会离开罗马迦特力教会，而在十一世纪，罗马教皇与希腊正教的大主教都为上帝的光荣而交相将别人驱逐出教会。如果这不是不敬上帝，什么才是？

二、现在的姿态

事实上宗教思想的混乱，并非完全由于笛卡儿所推行的方法，而是因为它原来就是学院式的。只有那些太闲、太安定及有酒的修道士们，才能生出这样一个有头脑的孩子。宗教对无数人有无数种意义，所以宗教信仰的现状容许人在态度与意见上有广泛的差异。威廉·詹姆士在他《宗教经验之种种》的讲学中，曾呈现给我们一幅各种不同宗教设施与信仰的复杂图画，其中包括某些很荒谬的。在所谓宗教信仰与意见的繁茂丛林中，一切谬见，弗朗西斯·培根的"四个假象"，都被介绍了：一切偏见（种族的假象），例如上帝必然是一种人性的存在，一个神与人同性的上帝的观念；一切与个人的或国家的成见相符的信仰（洞穴的假象），例如做一个基督徒和做一个白人，事实上有同样意义的流行习惯；一切言辞的虚构及混乱（市场的假象）；一切以人造的哲学系统为根据的不合理的教条（舞台的假象），例如加尔文的"完全堕落"的教义。

《圣经》提供给我们的一些与耶稣同时代人的生活态度，今天仍然随处可见。第一是希律王的女儿莎乐美。她要施洗者约翰的头。这种莎乐美态度，她唯一的向往是看见宗教被苛责、被蹂躏。还有本丢·彼拉多的态度，因尼赫鲁而为人所欢迎的在任何善恶斗争中保持中立主义的态度。客观公正地说，我不以为本丢·彼拉多的地位不寻常或不普遍，按照他特殊的"洞穴的假象"（国家的立场）而论，它甚至可以说是做得很对的。他没有理由蹚入犹太人那摊浑水。

他撇清了自己跟这件事的关系，且曾说"你们看这个人"，这是一句讽刺该亚法的话，意思是："看，他的犯人在这里！"本丢·彼拉多的中立主义，至少比尼赫鲁的更为真实。尼赫鲁在苏伊士危机的时候，发出反对白色帝国主义的尖叫，而在匈牙利危机的时候谴责红色帝国主义却是勉强和敷衍的。亚基帕王与他的妻子百尼基的态度，好像稍微进步了些，当亚基帕对圣保罗说："你以为你稍加劝诱，我就会成为基督徒吗？"他似乎比较虚心。问题是他也是正在执行他世俗的任务，他本来可能释放保罗，但保罗已选择上诉恺撒，亚基帕不能再做什么。我相信亚基帕王的态度是一种非常现代的、容忍异己的态度。他是太忙了，没有进一步追问那个问题。

当然还有耶稣一再谴责的法利赛人的态度，一种认为宗教或基督教不过是一件虔诚外衣的态度。威廉大帝以波斯王子的身份第一次和俾斯麦对话时，谈到一个他不喜欢的人像一个虔诚者。俾斯麦问："怎么样才是个虔诚者？"王子回答："一个想在宗教的伪装中推进他个人私益的人。"海涅以他特有的讽刺天赋，用下面这首诗来描写那些虔诚者：

> 我知道那些聪明的家伙，
>
> 我知道那些文章，
>
> 我知道它们的作者。
>
> 我知道他们私下饮酒，
>
> 却公开宣传水。

我们可在乔治·福克斯身上看出一个被当做宗教的特殊事例。这个例子是极端的，但我认为在现代基督徒中这并不是一种十分罕见的现象。一天，乔治·福克斯正要到李吉斐尔特去。下面是他在日记中所写的：

> 然后上帝吩咐我脱去鞋子。我沉默地站着，因为那是冬天。但上帝的言语好像一团火在我身上焚烧，我就脱去了鞋，把它留给了那些牧人。而那些可怜的牧人发着抖，且惊骇莫名。然后我走了一英里左右。但当我一进入那座城市，上帝的话再次来到我身边说："喊吧，李吉斐尔特血城有祸了！"因此我在街上走来走去，大声呼喊："李吉斐尔特血城有祸了！"那天是市集，我走到市场去，在几个地方徘徊，找地方站着，照样呼喊："李吉斐尔特血城有祸了！"却没有人干涉我。我走遍大街小巷呼喊，觉得似乎有一道血流流到街上来，而那个市场看起来好像一个血池。当我已宣告上帝要我说的话，觉得自己已尽了责任时，我安心地走出城，回到那些牧人那里，给他们一点钱，取回我的鞋。但上帝之火遍布我的脚上，充满我的全身，我穿鞋与否已没有什么要紧，而是站着想应否把它穿上，直至我觉得上帝已经准许我这样做。然后我洗干净脚，把鞋穿上。

这真是最奇怪的。上帝所能做的事情多过人的宗教所梦想的，但宗教中也有许多归之于上帝的事情，上帝连做梦也没有想到要去做。我说这句话，并没有轻视朋友或创立者的意思，我对他们是非常尊敬和赞赏的。但许多属于这种类型的宗教已招来，且应该会招来较有理性的人的耻笑。我们不必列举一切被当做宗教的形形色色的经验，如精神病者的行为、幻觉、癫痫病发作，滚地，说方言，以及宗教兴奋的一切形态。

因为这种宗教信仰的混乱与教会的分门别派，我曾努力度过可诅咒的地狱之火的西拉险滩与法利赛党的女妖，而自称为异教徒。我站在理性主义与人文主义的立场，想到各种宗教互相投掷在别人头上的形容词，我相信"异教徒"一词可避免信徒们的非难。因为很奇妙的是，"异教徒"一词在英语的习惯上不能应用在基督教、犹太教及伊斯兰教等大宗教之上。

虽然"异教徒"常是一个表示轻蔑的名词，但它有一枚雅典的古指环，因为奥林匹斯山全部神祇的后代至少得到过近代基督徒的爱敬。因为这个名称和文艺复兴及十八世纪理性主义的关系，和雅典古代的关系，可能我所采取的立场，对许多理性主义者的心而言，暗示为某些人所羡慕的表示知识分子的解放与人的理性时代来临的立场。一个异教徒常是信仰上帝的，不过因为怕被误会而不敢这样说。

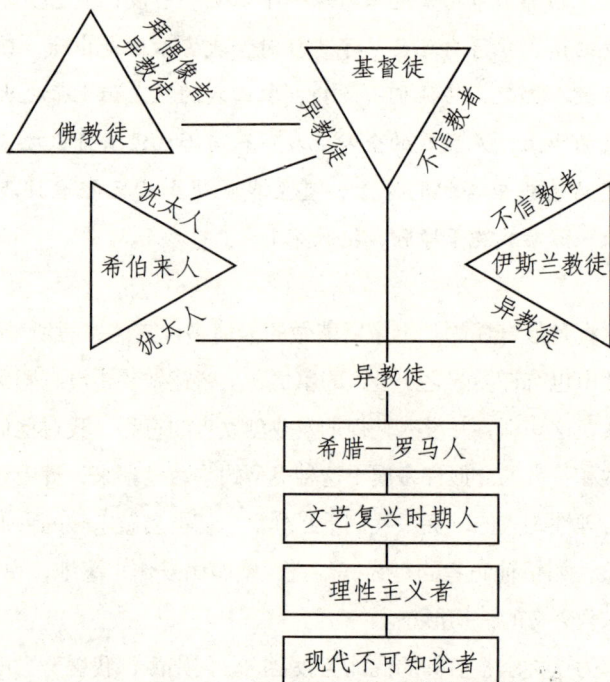

真的，在流行的宗教形式中一定有许多永远较清醒的心和曾受教育的近代人所怀疑的宗教出风头主义，同时，在人文主义与理性主义中，也一样有许多东西使一个近代人起敬。近代人的确容易尊重、赞赏孔子适度的人文主义，或马可·奥勒留斯多噶派的沉思，甚至留克利希·阿斯的唯物主义。现代人的确在下面那段马可·奥勒留的《沉思录》中找不出自然的可反驳之处，虽然他用呼吁宙斯之名来代替基督教的上帝。

> 啊，宇宙！每一件东西都和我协调。因为它和你协调。啊，自然，对于我，没有一件事情是太早或太迟，因为它遵守你的适当时间。每一样东西都为我结出果实，因为是你，季节带来的。一切东西由你而来，一切东西在你之中，一切东西都复归于你。诗人说：亲爱的西哥罗斯的城。难道你不说，亲爱的宙斯的城吗？

上面的引文显示那些所谓的异教徒是多么频繁地接近上帝，正如我在上文所谈及的中国人文主义者一样。《圣经》说："愚人眼中没有上帝。"但在思想史上，愚人却少得令人惊异。

这就是我想说的。让我觉得反常而且不安的是，在基督教的国家里，那些曾受教育的人对理性主义与人文主义比对同宗教的人更易于产生同情。在另一方面，一个自称为异教徒而公开转回宗教的人，可能被怀疑为已背弃对理性力量的充分信赖，或甚至是一种智力的衰退。我观望了好多年，我相信上帝，但觉得很难去参加任何教会。我永远不会十分满意这种情况，但在信仰、信条以及教义的混乱里，很难让我表达对上帝的信仰。

三、可理解的止境

在一个健全的社会里，一个有宗教信仰的人应该会比一个无宗教信仰的理性主义者，以及一个只顾他的世俗责任和物质享受的人活得心安；那些可以不理会渴望较高灵性的人，也比一个自甘与故意限制人类知识和睿智的范围，死守着冷淡的态度靠近炉火角落的唯物主义者，更能保有较高的荣誉。

我们知道方法的混乱已经能把我们引至什么地方。我们可以说一个接受上帝的人代表一个比单纯理性主义者更高尚、更圆满、更成熟的心智吗？如果是，为什么？或我们要说一个趋向上帝的人必须离开理性吗？人认为理性的意义是什么？在理性和宗教的概念之间有必然的对立吗？如果没有，它们之间的关系是什么样的？哪一种是人类智力的较高状态？一颗纯理性主义的心，抑或是一颗能接受较高直觉的宗教概念的心？什么是理性？什么是信仰？

我相信人的理性，相信如柏拉图所提供的，人有把握环绕他世界的实际能力。它是人类的心对现象世界所作与所不能作的描绘。由佛与柏拉图至柏克利与康德以至最现代的自然科学家，那张想及人类意识所能知道的现象世界背后真理能力的人类意识图，真的像一个人用自己的背对着一个洞口。柏拉图在他的《理想国》里这样说：

> 现在让我用一张图来显示我们的天性已离开蒙昧多远或者尚未离开：你看！人类生活在一个洞穴里，这个洞穴有一个口向光开放，光线可照进整个洞穴。他们从童年起就住在洞穴里，而他们的双脚与颈项都被锁着，所以无法转动，而只能看见前面的东西，因为被那条锁链所妨碍，不能转头。在他的上面及背后有火在远处发光，在这些囚

犯与火光之间有一条上升的路。如果你注意看，将会看见有一道矮墙沿着路旁建筑，像玩木偶戏的人前面那道屏风一样，他们在这道屏风上展示木偶。

我看见了。

我说，你看见人们正沿着那道墙走，携带着种种器皿，木质、石质以及其他材料制造的动物雕像，在墙外出现吗？

你给我看了一幅奇怪的图画，画里是一群奇怪的囚犯。

我回答说，像我们自己一样，他们只能看见火光投射在洞穴的后壁上他们自己的影子及别人的影子。

对，如果他们永远不能转动他们的头，除了影子之外，他们能看见什么东西呢？

对那些在同样的情形下抬过的东西，他们也只能看见它们的影子吗？

他说，对……

我说，对于他们，真理实在不过是形象的影子。

把柏拉图洞穴的比喻放在现代科学中来看，是否适用和正确是超乎我们所能估计的。爱丁丝说："真正了解到物质科学所谈及的是一个影子世界，是近代最有意义的进步之一。"而杰恩斯追求以太的量子及波长的时候说："人们已开始觉得这个宇宙看来像一个伟大的思想，多过像一架伟大的机器。"量子的确成为物理学上的困惑。量子让我们首次看到物质与能力渡过不可见的边界的地方，使我们确认对于物质的老概念已不再适用。当我们对物质做进一步的探究，到了把次原子的极小量充以一百万伏特的电，我们简直是失去了它。这是今天舆论的客观趋势。

柏拉图说得对，我们所能看见及知道的，只是一个影子的世界。我们感官的知觉，只能给我们一个现象世界的图，这是理性所能告诉我们的一切：在现象的背后是本性，是物体本身，而我们永远不能凭我们心的推理来知道绝对的真理。多么可怜！这是对人类缺陷的悲哀的宣判：它是以官觉的知识为根据，自然的东西的存在是知识而已，我们所认为存在的不过是知觉，且可能是一种幻觉，我们的体质注定我们要隔着一张幕来看东西，而且永远不能和绝对真理面对面。尽我们想做的来做，某些东西仍常留在后面，即那些可知世界的剩余区。这是对人类智力的侮辱，悲哀地宣判人的心智已至绝境。对此，人自觉无力反抗。佛曾宣讲它，柏拉图曾说明它，一群献身于对机械与攻击人类知识定律经历世纪之久的哲学家，伤心地承认它，而新近的科学也证实了它。因此让我们谦卑地接受它，而且知道我们站在什么位置。

我们是背着洞口而坐，而我们所能看到的，只是一行的影子——投射在洞壁上的人、动物、用具及植物的影子。我们可以把被锁在感官印象里的奴隶图扩大，除了光与影子之外，加上声音、臭味及对热和冷的感觉。我们可在一切东西的上升路上，学习把驴叫声与驴、牛叫声与牛、狗吠声与狗，联系起来。而我们可对自己说，那些长耳朵的动物作驴叫声，那些有角的动物作牛鸣声，而那些小而多毛的动物作狗吠声。用同样的方法，当一峰骆驼或一匹马经过的时候，我们可以嗅出一种不同的臭味，而在晴、阴、阵雨环境的比较中感觉到热和冷。我们可从经验中学习把幕上活动的骤雨的影子联想为雪，把断续的直线解释为降雨。虽然我们可以做这一切，我们对外面真实世界的认识仍然是完全靠感官的印象被一个能推理的心所接受，造成联想、认识，而成为我们所知的世界。

但在影子之上，是日出与日落之间光线与色彩的奇妙变换，我们甚至可描绘飓风与雷电摧毁一切的声音。而在这些被锁住、无法转动他们头的奴隶中，有的人拥有比别人更为不安的活泼的心，他们忙于思索风声与大风雪声的区别、气温与光线变换的关系以及日与夜的准确长短在连续季节上的意义。在这些奴隶中，一颗有点关于视觉知识的如牛顿的心，可能思考一种光源的存在——太阳，且从晚上扩散的光中推理出月亮与星星的存在。但我们必须注意，这些都纯粹是离开直接感官的智力活动。

现在，我们把这些对真理创造性的猜测叫做什么呢？它们不是我们实在知识的一部分，因为我们记得在柏拉图洞穴的比喻中，外面的世界代表本体，是绝对真理、物自身，而在洞壁上的影子代表感官认知的世界、现象。而那些较为深思的心对真理所作的创造性的猜测的努力——我们将称这些为什么？它们是思考的努力，它们是心智的所见，不能有直接的证据，但可能属于较高级的心力，一种比只观察影子、声音、臭味以及动作更大的了解力。我们将称这些信念为什么？它们是想象的无把握的奔放，知识分子雄辩的假设，抑或是人理性的较高表现？它们可能就是人的整个存在对宇宙的总反应吧？可能这种情景就像人的眼和它无法看见的紫外线与红外线的关系。有些人可能被赋予一种对红外光与紫外光超乎寻常人的广阔视野，正像有些人是色盲一样。这样的人将有心的视力，而在我们看来，他一定是个疯子，一定会被杀。在该亚法看来，耶稣显然是疯子，他甚至赦免人类的罪。这就是耶稣被钉在十字架上的原因所在。

四、知识所不及的剩余区域

这就是我所谓的知识所不及的剩余区域。有些东西常被留在后面而避过了我们的哲学分析。一旦我们进入伦理的范畴，便会觉得人只能走这么远，不能再往前走。知识的范畴，道德价值的范畴，永远不能被证实。我们只能作创造性的猜测及获得暗示。关于这种人的道德性对宇宙的总反应，我们没有适当可理解的称呼：有人称它为直觉，有人称它为信仰。

这种知识所不及的剩余区域，被学院派称为"信仰"，这实在是一种悲剧。它对推理的习惯方式没有必须服从的义务，而"信仰"一词却的确有某种已被接受的意义。因为"推理"是笛卡儿式的、数学范畴的，而那种不受这种推理管辖者排除狭隘及数学式推理的剩余区域却被称为"信仰"。于是一种信仰与理性的对立论立刻萌发。这种信仰与理性的对立论一被建立，就经常有把它神秘主义化，把许多难以相信的东西，例如一个不可知的自主的领域，全然神秘的、神圣的、圣洁的等放在其中的试诱。"信仰"一词即使不是对理性的否定，也曾达到几乎是理性的降服的意义。信仰也有硬化的、密封的、不能更易的，及用永远灭亡的可怕威胁来命令人相信的意义。信仰有强制人相信的味道，而在宗教裁判所的时代，它的确是指强制的意思。那种曾和信仰联结在一起的恶臭，尤其是基督教信仰的恶臭，因此发生。人们能了解伏尔泰愤怒的抗议："一个随便创设的机关有什么权力勉强别人持有像他自己一样的想法？"

这是一千六百年来神学在学院派的影响之下对我们所做的事。我们只要记得三十年战争和圣托罗缪大屠杀，以及斯宾塞在他生前不敢印行他的《伦理学》这几件事就够了。你看，一个人越信仰神学，也就同时成为更固执己见的；反之，越不虔诚的，却可以一点就通。所以耶稣对文士与当时的神学家说："税吏和娼妓倒比法利赛人先进神的国。"没有一个读过四福音的人，不曾看见耶稣对祭司与摩西律法教师常常表示出强烈的憎恶。

　　但世俗的哲学家都不称它为"信仰"，而称它为"直觉"。值得注意及庆幸的是，西方人经过三百年堂吉诃德式知识风磨的刺激之后，当他进入人的道德生活及道德行为时，就为普通常识在理性之外留下了一些余地。最高级的事例是康德《纯粹理性批判》及他著名的"最高命令"。（我的意见与康德相反，我认为称这些与已知的官感无关的"最高命令"为"纯理性"，称与自然事想发生关系的活动为"实际的理性"，较为清楚。）在西方哲学中的非常之事，始自笛卡儿。他本身是一个数学家，为知识机构机械地切分内容的分析，建立一种新花样，写了许多卷关于纯理性与实际知识限制的书籍，其中上帝常有成为伟大的几何学家之势。此后，那些和他同一类的纯理论哲学家，一旦进入道德知识的范畴，便立刻慷慨地抛去他们分析的利器，而倚靠在像"直觉"与"最高命令"（例如不要说谎，不要偷窃）等名词，以及我们生而具有，从普通常识中产生，我们知道但无法说明的直觉知识之上。这样，那些后来的洛克、柏克莱及休谟等，曾在佛后两千四百年，跟着作现象世界的分析而向佛表示认同，且在使尽全力进入形而上学的纯化的情境后，跌倒在地上，除了两点结论外，抓不着更可注意的东西。那两点结论是：A."合理"的信仰是以习惯、观察以及经验的预料为基础的（休谟确是比洛克或柏克莱好）；B.有一种"道德意识"和直觉，以及未说明或不能说明的良心的命令。

　　没有人曾不惮烦劳去剖析那个称为直觉或道德意识的东西。它是上帝所赋予的，是无条件的，是至高无上的，是一个命令。纯理性哲学家立刻放下他们的工具，接纳直觉与道德为真实、可信、不必分析的证据。我对此绝不反对。但如果他们曾前后一致地把普通常识的直觉那个角式，例如你和我是否存在，一块儿同吃、同呼吸的问题，纳入绝对知识的范畴，他们可能已使自己免于对所谓认识论知识的劫掠性追求。经过一切说和做之后，常识胜利了。笛卡儿实际地说："我在这里，且我正在思考，因此我知道我必然是真实的。"照柏克莱所说，我知道你也是真实的，因为你正在和我讲话。而我知道上帝是真实的，因为上帝借广大的创造物对我们说话。但官感如果不过是一种幻觉，我又怎能真正知道你是对我讲话呢？我们假定某些事情如何？一方面是无情的分析，另一方面把一些未确定的事情视为当然，二者相辅相成。

道家哲学家庄子和诡辩家惠子，曾有过一次辩论：

庄子与惠子游于濠梁之上。庄子曰："儵鱼出游从容，是鱼之乐也。"

惠子曰："子非鱼，安如鱼之乐？"

庄子曰："子非我，安知我不知鱼之乐？"

惠子曰："我非子，固不知子矣；子固非鱼也，子不知鱼之乐，全矣。"

庄子曰："请循其本。子曰'汝安知鱼乐'云者，既已知吾知之而问我，我知之濠上也。"

我觉得西方的诡辩家似乎永远不会采取惠子的最后一步。这个难题因庄子回到实际经验而被解开。

但我喜欢西方的诡辩家不像神学家，把道德意识的全部反应称为"直觉"而不称为"信仰"，不是较为适合吗？我们可简单地称它是分辨是非的良心。叔本华的人类爱、同情心，是以直觉为根据的，一种吾民同胞的直觉。还有，康德称它为"直觉"与"内心的微声"，这是一种直接的、未经考虑的、不计后果的命令。（在康德看来，一切理性与直觉的形式都是先天的。）休谟称它为"道德意识"。休谟首先想表示善恶的分辨是自私的，如那些对我们自己较有益的选择，但在发现人虽然是宇宙中一点微尘，却有一种对道德的善的无私选择，不求自己的利益且不希望有所得的惊人事实之前抛弃了。在这里，我们面对一种宇宙的奇怪的事实，就是人有纯洁的、神圣的为善之欲，而爱人与助人是无须解释的事实。人努力趋向善，觉得内心有一种力量逼他去完善自己，几乎像鲑鱼一样本能地要到上游产卵一样。信仰的欲念，是否也能像叔本华的求生及求繁殖的意识，是种族的基本冲动之一呢？

这是人本身、人灵性的发展以及寻求上帝的惊人事实，它不是信仰。它不是一种与理性的对立，它只是一种健全的本能，是天赋的道德意识。它是人通过道德性对宇宙的完全反应。它不是与理性的对比，它是高级的理性。它是佛教禅宗的三昧，是看见真物自身睿智的一瞥。而这种知识所不及之处，偶尔会成为人类知识与道德意识最有意义的区域。上帝、灵魂、永生，以及人的整个道身，都包蕴其中。

第七章　物质主义的挑战

　　我们可以顺溜地说：属灵的东西归灵性，属物的东西归物质。可不幸的是，我们不能这样断言。当耶稣说"把以撒的东西归还以撒"的时候，暗示一个以撒的国及一个上帝的国，这句话只是用来回答恶意的问题。耶稣的意思并非认为以撒的国和上帝的国是有同等范围甚或分离的，也并不意味着它们不是互相重叠的。他的意思是，像在一个异邦征服者统治下的犹太人，应有一条可行行为的界线。犹太人为独立而奋斗的问题属于政治范畴，和耶稣所急于关切的上帝的国相距很远。

　　我怀疑近代思想和宗教的一般冲突，是从一种对宇宙唯物的解释——认为整个宇宙可机械地用物理化学的公式来说明而没有剩余的解释——滋长出来的。这不是直接把上帝赶出宇宙，却间接地导致这种想法。

因此这个问题的提出是十分重要的。无论我们是为物质或为灵性，那种物质与灵性信仰的拥护者离开物质来建构他们的灵性时，是行在不安全的地面上。他们在沙上建筑房屋，它或迟或早会被科学的潮流冲走。人类的生命与意识是一种物质与灵性的事实、生理与心理的事实的互相依赖，以一种极奇妙、极复杂的方式混合起来——生理学家最能清楚地告诉我们它是如何的特殊和复杂。人可能在今天像婆罗门一样用完全轻蔑的话语去谈衣食与其他一切属于物质的东西。第二天他可能读到镇静剂或胰岛素对糖尿病的处理有效，证明化学是疯狂的，而使婆罗门没有地方躲。

我认为一切对宇宙的解释，除了真正的宗教解释之外，可作如下分类：

（一）拜偶像者——神太多。

（二）人文主义者—— 一种中间地位。

（三）唯物主义者——神不够。

第一类属于万物皆神论。第二类在宇宙与人类生命中，都为上帝留有余地，一个完全无神论的人文主义者是很少见的。第三类，唯物主义，不是怀疑上帝的存在（不可知论），就是坦白地断定没有神（无神论），后者在思想史上也是比较少见的。孔子、苏格拉底以及伏尔泰都有点站在中间，不相信偶像或民间的神祇，也不否认一个较高概念中的神，而且有时十分愿意参加某种宗教集会。另一方面，纯无神主义，纯粹是一个特殊时代的人造的产物，只限于一种思想的特殊方式。与普通的信仰相反，唯物主义甚少是一个把宇宙问题推到逻辑结论的思想家的立足点，更多的是当事情开始显得奇怪、不熟识或混乱的时候在临近边界的地方止步之人的立足点，因为一百个说"我不知道神"的唯物主义者中，大抵只有一个断然地说"没有神"，而他是勇敢的。

事实上，在第一类与第三类之间，大体说来，拜偶像者比唯物主义者更接近真理。野蛮的万物皆神主义者相信每一株树都是一个灵（指到处充满它自己的感情和能力），这比那个只关心观察所得的事实及那些不问促成那株树的最终原因的唯物主义者更接近事实。对于一个愚蠢的唯物主义者而言，那株树只是一根有厚皮的棕色树干，把根插到土里吸收下面的养料，张开枝在空中呼吸空气。他把自己变成一个记载树生长的事实及试图了解影响树在花、种、树的循环中，或春、夏、秋、冬的循环中，生长或再繁殖的物理化学过程的记录者或一本书。一个知道到今天已经发现的一切关于树的事实的植物学家，是一个好的植物学家，但如果他为真正明白这一切现象背后的理由而满足，他必是一个浅薄的科学书记及记账员。你不能不认为这样的人没有智慧。这样的植物学家当然大多数不缺乏才智，他们私下里有对第一原因的看法，而且在许多地方相信上帝。当国际植物学家代表大会开会的时候，它的会员显然只像一个科学的书记及记账员一样集合，对正确的资料如数家珍，且严格地保持在他们能力所及的领域。他们没有宣告他们对上帝的无知，也没有宣告他们在试图找出理由时的失望。

当欧洲知识界的毛病从笛卡儿把宇宙切分为心与物两个方便的部分开始时，它没有清楚地说这种演绎的方法也应用于人类生命与人类意识范畴，像应用于自然的考察一样。但趋势是如此。这种趋势达到了上帝的"灵"与人类的"灵"必须服从笛卡儿方法的程度。它是知识的一部分，但情形刚好相反。人的注意力从精神的转移到物质的，而精神的逐渐和超自然的相联合且被贬斥。如我们所知，这种趋势逐渐变成十九世纪的唯物主义。上帝与道德价值在这个世纪确定失势。但完整的结果还未出现，因为维多利亚时代的道德仍然完整。女孩们仍命名为"信仰"及"忍耐"。但尼生爵士仍然歌唱，《蓝童》（一张名画）的优美仍未为艺术家所鄙视。前拉斐尔派的分子表面上是"灵性的"，而罗斯金实际地"宣讲"真、善、美，卡莱尔仍雷鸣着人类精神的伟大。维多利亚皇室仍未崩溃，而人们仍未被失望之骨所鲠。最后在一千九百年左右写了一本书谈及失望即将来临及世纪末的犬儒主义的，是麦克斯·诺多。

随着二十世纪的进步，这种趋势逐渐形成道德的犬儒主义之一。人性的优美与光明已经过去。任何谈及优美与光明的人，现在听来都是可怜的老样式。除了艺术家，任何人都可以看见女人大腿的美，任何人若不赞赏毕加索画里挺着大肚子和笨重大腿的怀孕妇人，就是毫无希望的反天才的无知者。于是毁灭的时代来了，毕加索用像一个把钟表拆开，把轮子、指针、螺旋钉及弹簧抛在他面前的顽皮孩子的欢欣心情，分切那个物质的世界，而称它为"内视"。斯特拉文斯基嘲笑和谐，斯坦因破坏文法，康明斯破坏标点符号，而特里破坏心智健全。每一个人都撕破一些东西，以此来博得群众的喝彩。这是一个"勇敢的"新世界和对"勇敢"一词的侧重。什么东西被毁灭并不重要，重要的是撕破，因为只有借撕破，人类才能表示他的"进步"。这些人是我们的领导者，是我们知识分子中的精英，是我们精神的先锋。艺术家与作者如果想成为进步的，便要着意找寻可以着手而尚未为别人所毁坏的东西来毁坏。我想发明一种用像变形虫的污点一样来铺满画布的新艺术派，但一个美国人已经偷去了我的镜头，他新近用同样形式的画来暗示一个原子的世界，在巴黎大吹大擂。有一天将会有诗人发明一些诗句，颠倒放置其中的字母，想到一种幸好康明斯尚未有的形式。而那些跟随者当然不会找不出话或公式来暗示这些颠倒的字母灵性上的意义。我可以为这一派想一个名字——超语意学派——意即一个字的功能，不是表达感觉，而是表达超感觉。

弗洛伊德在一般的破坏中扮演一个奇怪的角色。他把图书馆设在厕所里面，而可以分析关于人的许多事情。现在任何一个这样做的人，都不能不尽量接近关于人的某些生物学的事实。弗洛伊德有些事情要说，而他仍必须创造出他自己的语言。他发现"灵魂"一词被滥用，而非常聪明地用"精神"一词来代替。于是他进而谈到本能的冲动，本我、自我以及超自我。最伟大的词当然是"下意识"。他开辟了人类知识的一条新战线。大体说来，下意识的世界主要是原始的"本能"的世界，但由于把它和意识世界及有意识的理性活动相对立，显现出深藏不露的合理化、自卫机构、愿望完成以及自卑情结等新景色。这样，我们对心智的进行，意识与下意识的知识，变得相当敏锐。当一个人发现一个全新的世界时，结果并不单纯。它们不能单纯。直接的结果并不可爱——并不比解剖手术可爱多少。它发出恶臭，但仍很迷人。它就像做外科手术的助手，看见了人染血的内脏。它显出人在本能力量下的情形，躺着打开他的自我欺骗，显示出他是一个有一颗很不完美的心的野蛮人。人的行为是纯非合理的。如果人是一个有思想的动物，他的思想则十分低级。弗洛伊德派对于人类灵魂的报告，事实上刚好和一个公爵堡垒里面的女帮厨的报告差不多。我在别的地方曾这样写：

> 人心和人体已再没有什么隐私。
> 心理史的学生们已经剥去了无花果树的叶，
> 吹散了一切秘密，
> 已经把赤裸的、正在发抖的灵魂送到厨房的洗涤室，
> 而把厕所改为公共走廊；

他们已使爱的魅力钝化，

把浪漫的酒弄酸，

拔去了骄傲的羽毛。

把高贵的人们心的内部圣所暴露在人的眼前，

把它从高坛上推下来，

而让发恶臭的本能冲动戴上皇冠坐在它的宝座之上。

但长时间之后，弗洛伊德的发现所形成的趋势，是导向对人类灵魂（精神）较好较深的了解，对于罪恶，对于内在的斗争，对于那个道德监察，有了充分的了解。而且由于瑞士心理学家荣格对于生命较多"神秘"及较少物质主义的看法，使得对直觉那个角式及那共有的下意识——人的种族的欲望——有较高的评价。换句话说，任何对个人心理较深的理解，必然适用于人与同伴的关系，导致控制人心较深的势力。提高下意识的重要性，自然会减少人对宇宙全部反应中理性的重要性。它领导人离开唯物主义（特别是借荣格），向着对人生较为灵性与神秘的看法方面走。

物理学、天文学、生物学、化学的进步也有同样的发展趋势。唯物主义永远不敢赶尽它的全程去追求这个题目以到达它"逻辑的结论"，因为怕物质会被"灵"走。以科学而论，这种态度是正确且甚至可赞美的，即对于没有物理的工具来获知的事不作最后断言的态度。自然科学家像一个忠实的向导，他把你带到可知的最前面一道关闭的门前，坦白地告诉你："此门以外我不知道，且不能告诉你。"

如果我是上帝，我会非常感兴趣地看那些地上的化学家、物理学家、天文学家及生物学家，进而打开我的秘密。我当然保持缄默而不给予任何帮助，但我很有兴味地看着他们的科学发明，给他们一两个世纪的时间来窥探及打开我的秘密，把它们想通。什么东西都可以——一只蚁，一只蟋蟀，一只蜘蛛，一条蚯蚓，或简单的一片草叶，以一只蜘蛛为例，人类的科学家可能用一种纯粹在机械基础之上物理化学的解释来穷究蜘蛛的秘密。我可以告诉人，蜘蛛显然是机械的，就是说蜘蛛是为物理化学的机械所发动的。它当然是如此。他首先说明上颚的结构、消化系统及自卫系统等，除了黑寡妇的毒液，它们都是比较简单的。那黑寡妇怎样想到这种毒液的化学公式而用极其简便的方法来制造它，可能令他感到困惑。但我猜他不会停止思考它，直至他满意地找到了这些毒液的化学公式。然后是那不会干燥的黏丝的问题，因为如果它暴露在空气中，会完全干燥，蜘蛛会很不方便。一代将会过去，而杜邦公司会起来给我们一个答案。然后是反胶黏的问题，没有它，蜘蛛的脚会被固定住，蜘蛛将不能在网上活动。这个问题并不新鲜：胃里的酸消化肉，但不消化胃壁，因为胃自我提供消毒剂来抵抗酸。另一代将会过去，斯伦—克德林基金会在对癌症肿瘤的研究中会偶然发现反胶黏剂的化学公式，且可能综合地制造它。斯伦学院的教授甚至可能凭这种发明的功绩而要求准许和上帝作一次会见，但他可能被谢绝进入。

我能为上帝与科学家之间发生的事情绘一张图。那个仍然探寻蜘蛛秘密的科学家，可能现在在面对着一个真正困难的问题。如果上帝准他进去，他和上帝的对话就是讨论这一点，他们全神贯注地讨论那只小蜘蛛在没有母亲教导的情况下怎样学习结网。那只小蜘蛛必须知道怎样结网，无论它的母亲支持与否。他们便沉迷在本能、遗传因子、遗传性及后天习得的特性能否遗传的讨论中。他们将沉迷于生物演化、生物化学的深奥原理，且可能要处理精确的化学公式。如果为适应生存而在后天习得的特性不能遗传，则它们对蜘蛛的种族并无用处；如果它们是可以遗传的，那就应在某些地方有一个记忆的"贮藏所"来供应消息给那些小蜘蛛，准确地告诉它们怎样做，什么时候做。约七十年后，在奥斯陆或柏林会有一些科学家能解开种族记忆的贮藏所的化学公式，以电报收报纸的形式藏在遗传因子中。一英寸包含大概十亿个电码符号，对某种酵素的构成发出命令来使某种化学反应成为可能，然后从现场撤退而隐遁。根据此项说明，奥斯陆或柏林已获得诺贝尔化学奖金的教授将被准许来到上帝的面前，且被给予许多称赞及勉励的话。这位教授大受感动，从和上帝的对话中学习到了更为复杂的化学公式，这些公式只对他显示——无论如何比耶和华显示给摩西的十诫复杂得多。在那位教授临走的时候，上帝可能对他说：

"我已经让你看到隐藏在遗传因子里面的化学公式。"

"你已经让我知道，万能的上帝。"

"而且我已经帮助你对蜘蛛的本能及本能的行为有了完美机械的说明。"

"你已经给我很多帮助，上帝，我的神。"

"而你是很满意了吗？"

"我满意，你不认为我应该如此吗？"

"这样你以为你现在已经知道了。"

"我以为我知道了。我常想如果我能把握各物的化学公式，我们人类就可以解释每一件事情。"

"你曾感到惊异吗？"上帝问。

"的确如此。"

"我的意思不是这样。"上帝说，"我给你这些化学公式，只是让你知道这些事情怎样发生，而不是它们为什么发生。因为'怎样'和'为什么'这两个问题是不同的。我让你知道了'怎样'，但你仍未找出'为什么'。"

泪水充满了那个教授的眼,他问:"啊,上帝,为什么?为什么?"

"这个'为什么'你永远不能从化学公式中找出。"上帝说,"但如果你不能找出那个'为什么',你就不知道蜘蛛的秘密。"

"是的,我不知道。"

我不是庄子。但下面是庄子可能写下的结论:"那个教授从睡梦中醒来,满身大汗。他的妻子发现他连着七天默默无言。到第七天他开始进食,但终身不敢出门再进入花园。他得了一种医生宣告无法医治的蜘蛛恐惧症。"

特别是在近数十年,由于科学所开辟的新远景,灵性和物质接近了一点。而且奇怪的是,这种接近是由于物质让步给灵性,多过灵性让步给物质。物质常有消失之兆,以太及实体的旧见解不再适用。主张物质可靠的强硬而未成熟的唯物主义,似乎无法持续,而这个时候,灵性不再是超自然的。灵性没有变得清楚些,而物质都较透明了。最近四五个世纪以来,思想趋势大致如下图:

偶像崇拜

／

人文主义（十八世纪）

＼

唯物主义（十九世纪至二十世纪早期）

／

宗教（二十世纪后期）

为支持上面这张图,我必须引用英国大生物学家哈尔登的话。他在一九三二年所著的《唯物主义》序文中,想到他书中的论据时说:

唯物主义虽然陈腐得像一个哲学系统，但在科学家及实用方面，仍十分活跃，我就是从这一方面来研究这个问题的。有几本很著名的新书已考虑到关于我们所区分为无机世界传统物理概念的最后背景，虽然这种区分是人为的。那些新书并非直接处理这一特殊方面的分析。它们所处理的是用物理的概念来解释生命及有意识行为的不可能，而最后必然要有一种对我们宇宙的灵性解释。

由唯物主义到上帝及一种对宇宙的灵性解释，是一条多么奇怪的旅行路线！但事实似乎就是如此。这当然是一个简化图。在启明时代和今天失望时代之间发生过几件事。

当伏尔泰、狄德罗及达朗伯开始编《百科全书》的时候，大家抱着很高的期望，盼望可以容忍陈旧的"超自然"宗教，人们依赖已解放的理性，盼望有一个理性的、合理的、健全清醒的、真正启明的新时代——一个领先于黑暗时代的时代。

为什么不可以？中国人文主义已经持续了将近两千年，没有任何人和唯物主义的哲学让步。中间只有过一个活在公元五百年左右的无神论者范缜。中国人始终整体是哲学的理想主义者，把较高的评价放在"道德"上面，而不是物质上——至少在学者们的理论中是如此——而一般民众，则宁愿崇拜偶像与精灵，而不愿要一种死硬的、无神的唯物主义，主要是因为这种无神论比一种健康丰富的异教精灵崇拜更没有意义。在欧洲，改变对人灵性的历史路线的，是由自然科学提供的唯物主义者的展望，因为自然科学坚定而光荣的进步，逐渐侵犯人文科学与对人生的一般看法。结果人文主义的适当发展，被在后一世纪——十九世纪——

唯物主义的进步所截短。

我们回忆一下，一八五〇年左右，唯物主义方法的威望，每天往上爬，且侵入道德科学与人性的研究。所有学者都想在人的事情中找寻"生长"与"有机体"的基本定律。实证哲学家孔德，想用否定形而上学及启示的宗教来把人文主义建立为一个人道教。孔德说社会像一个有机体。蒙森在一八五〇年写他的罗马史。泰恩于一八五六年在他的《英国文学史》的序言中说，"罪恶与美德是一种产品，正像硫酸与糖是一种产品一样。"多么动听！于是道德变成了物理，而人类社会或人类个人的灵魂生长正像一株植物一样得病与腐化。泰恩不但有文学天赋，他还建立了一个包括种族、环境、时机及个人天才的物质公式。泰恩给人的印象是坦诚地仿效自然科学家。他说："自然科学家曾用同样的方法来观察……历史学家也可以……自然科学家用同样的方法显示……历史学家也可以……"

一、死巷

近代原子与电子的发明，不只改变人们对宗教或生命的看法，而且推翻了一切。当我说新近发明的结果是使心灵和物质移动得较为接近，而这种移动的较为接近，是在"物质让步给心灵，而不是心灵让步给物质"的时候，似乎这就是在宗教方面的一种情形。但它并非完全如此。我们在不知不觉中把心灵等于能；当我们看到物质消灭在能中时，我们肤浅地以为这也是心灵的一种情形。我们真的只曾改变对物质的观念，物质是百万伏特无法说明的能量驾驶着无限小的电子显显藏藏，这种发现改变了我们对物质的观念。但一个完全为能所组成的宇宙，确是一个机械化的宇宙，也就是物质的宇宙。因此我说心灵仍未比较清楚，只是物质已减少了不透明，也就是说，减少它的固定性。这样的一种物质的启示，不一定要推翻唯物主义。

但就广义而言，物质和心灵仍然很接近。关于心灵，我们没有发现什么事物，但对于物质，习惯的看法已经动摇。它不是固定的，它事实上是空的，而且并非常常可见。物质已经改变了它的色彩与外观形态。心灵又有什么遭遇呢？心灵减少了它的超自然性，进入物质本身的组织，或者起码我们可以说可见与不可见已有融合为一的趋势。在这种意义上，我们现在至少可以得出一个对宇宙与人生的一切较有学识的看法。曾成为"超自然"的不是心灵，而是物质本身。如果一杯水包含足够把一列火车由纽约开到华盛顿的核能，便成为奇迹，而一切奇迹都是自然。我们现在已准备接受任何事物。我们已赋予奇迹一个崭新的意义。我在广岛事件前数年，读李科克一篇在《大西洋月刊》谈原子的论文时，曾试着把这种思想表现在下面的诗句中：

> 现在可以讲述科学的神仙故事，
> 超过青年男儿时代的勇敢的梦。
> 当信仰是对真理创造性的猜测时，
> 大自然和古代的精灵笼罩着神秘的色彩，
> 或我们童年自由而勇敢的幻想。
> 当家庭的爱使整个宇宙转动，
> 当闪烁的小星在高空歌唱，
> 甲虫的背比金子还要漂亮；
> 直至青春期放射出冷淡的颜色，
> 像盲目的理性使魔术的戏法失色，

一切都死硬得实实在在，

一切神秘都过去了，再没有什么奇怪的事了。

但那个地是活的！

我们能再度获得古人的快乐与惊异。

大自然是奇怪的，肉体中有魅力！

原子是囚禁仙人离子的一座牢——

我们的科学用来编织成一张轻灵的网

——宇宙——无实质的纤维。

当她用百万伏特锤炼那解释密码的钥匙，

来击破那虚幻的堡垒，

撬松那无限小的螺丝钉，

这样，离子便被释放而重新服务人群。

这是圣者所见的异象，

物质披上了灵性的色彩。

而现在得到教训，我们重新站在一点尘埃之前

畏怯地蹒跚着。

这样的新信仰，天上的星辰们倒下来的金流，

和一片稻草没有什么分别。

我喜欢它，我完全为的是有一个比较进步、比较好、比较清楚、比较明快或是比较真实的宇宙观。我并不摒弃物质，如果物质成为能力，我也喜欢能力。简言之，如果有可能，我想了解那个我生活在其中的宇宙。开放的宇宙观加深了它的神秘。达尔文只是加深了创造的神秘。一种对宇宙的机械解释，由宇宙光从四面八方射出开始，而最后发展成为人类的意识，也加深了神秘性。

但顽强而有恋栈之势的唯物主义面临着一个难题。如果在我有

生之年，有哪位科学家能帮助解决这个难题，我将非常感谢。我喜欢能理解的事。我不是一个科学家，但像任何曾受教育的近代人一样，渴望知道，渴望找到满意的解释，而不愿被带到一道"关起来的门"前。我想了解这个宇宙，它如何运行，生命又是如何产生的。

我想唯物主义者的难题是顽固而无法解决的。在上文那个与上帝的对话中，我指出一切物理化学的解释只能显示"怎么样"，而不能显示"为什么"。例如，对于草的内涵，我们已经知道它用叶绿素行光合作用的化学特性。可能我们还不知道化学反应的精确细节，但我们知道它确实已经发生。它帮助我们增加对植物生活的知识。至于"为什么"那片草能有"超自然"的能力来执行这种化学反应，我们却一无所知，而且永远不可能知道。事实上我们已发现叶绿素，但我们并不比已经知道一株植物需要阳光来帮助它生长的非洲野蛮人知道得多。而这个难题仍继续困扰着我们。

达尔文主义把这个难题放进一种清明的光线里。我像一般的现代人一样拥护达尔文及达尔文主义。我想教皇也相信生物进化论。继续创造的程序当然是比在七日中创造世界的比喻说法更感动人。大体上看来，适者生存的概念无法否认，但物种（常态的）的由来，相对来说是一种信仰的问题，一种直觉的猜测，易于招致质问，可能对，也可能不对。我不知道有没有科学家可以确知。在这个"信仰"中有几点概念的困难。在赫克尔的手上，这个信仰无疑地已成为一种美好的、差不多是诗的结构——生物的奇迹。但以学理来谈论，进化仍然只像一只幸运之轮，有无限的时间，盲目地碰撞机会来搅出对的号码，简直充满了漏洞。我喜欢看到一种可理解的学说。一个有资格的人告诉过我（他的资格并不逊于长期流连在蒙特卡洛游乐场的人），在他一生中曾看见过一次连续搅出五次零的号码。我自己曾见过连续搅出三次零的号码。在轮盘赌中仍未有人看见过一二三四五六七八九的号码连续按次序出现。但在一百万年中，这样的情形也可能发生。但把生命科学的理论建立在这种盲目碰撞机会的基础上，却令我震惊。盲目碰撞机会的意义是靠"幸运"，而一个有庞大形体的宇宙靠"幸运"而建立，听起来像盲信多过客观的科学。如果一二三四五六七八九的号码按序出现，外行人直觉的反应，是怀疑赌场主人有意作弊。

进化的基本概念是站得住的，但关于进化过程及它们怎样发生的解释，却似乎是错误的。它假定及推测了太多的事情。一到九的连续出现是很简单的，它可以因机会发生。但长颈鹿的颈的进化却包含着复杂得多的过程。我们所见的是每一个想解释自然变形的人都会有形而上学的意味，即我们一问到进化为什么会发生的时候，除了盲目碰撞机会之外，便超出严格的"物理"范围。我们问到"为什么"的那一瞬间，我们便不得不假定许多事情。在"盲目碰撞机会"的理论中，确实有许多矛盾。第一，它假定一个有机体"适"于某种目的而存在，而这归根结底是适于没有目的的目的。目的的存在或不存在纯粹是形而上的，而所谓进化便成为为一种没有目的的目的而改变，这甚至更难令人理解。第二，常态（物种）原来未被连接二者之间的形态支持着，甚至在百万年的化石中也找不到。在理论上，我喜欢这种大胆假定它们是这样进化的学说，只是缺乏证据。于是人被逼着说从一道没有梯级的楼梯下来，或从有梯级而没有连接东西支撑的楼梯下来。第三，叔本华在"自然的意志"中假定形态的进化常为了生存而适应生活环境，据而推测有"适应的意志"，我同意这一说法。换句话说（而这也是形而上学），适应说假定有适应的意志，否则适应说将只是在一个盘子里，里面堆满五百张锯形谜板，而希望在无限次中，就说一万次吧，这些谜板终于各就各位一样。这将是一种奇迹，而科学不能像奇迹。在理论上，我可以相信那两块首先相合的，可能显示适应性；在假定上，这样的两块是坚固地联结在一起。第四，无穷的变化是可厌的目的论。伏尔泰说鼻子是上帝造来戴眼镜的，而腿是造来穿长袜的，它们是多么完全地互相适合，他以此来嘲弄目的论。但无论如何，人们不能否认，一种便利，例如人类的鼻尖向下的事实，总有一点"留存"的价值。正当的看法有无限的机会使鼻子生向一切方向，向上、向左或向右，机会都和向下一样多，而最后只有一种"保存"，只因为它较能"适应"生活的环境。一个向上的鼻子在下雨时显然是非常不方便的。如我所说，变化是可厌的目的论。一个鼻尖向下的鼻子，不过是万种在人体里发生的其他物理化学事实中一个较小的事实，甚至发生在身体能适当地做有效的活动之前。

或者我能以列举达到最适（the fittest）的诸多困难来总括而言之。我不知道响尾蛇毒液的化学成分。姑且这么说，一个化学家会将用人工复制这种毒液称为一种高度复杂的过程，来碰一碰运气。这种毒液帮助蛇生存，虽然我希望它不必有这样的危险性。在盲目碰撞机会的理论上，蛇制成这种毒液，没有经过思考，而仰赖在千万分之一的机会中盲目碰撞机会。它那为了有效注射毒液的枪样舌头与毒液囊纯粹偶然的相遇，其概率也只有万万分之一。然而凭侥幸继承这种能耐，以使下一代的身体里准确地形成这化合的混合物，其概率可能只有十万万分之一。一种这样简单的东西，在所有圣者与天上天使的帮助下产生机会，以一次盲目碰撞的机会再加上跟着要盲目碰撞的机会来并算，将是一之后跟着二十三个零分之一，或 1/100 000 000 000 000 000 000 000。数学上的概率是相当危险的，而这种机会必须发生在我们能有一条有毒的响尾蛇之前。生存是容易的，但要得到这种机会却是难上加难。而这对于任何维持生命所必需的自然特性而言，例如臭鼬的放射物或墨鱼的黑墨汁，都是如此。因此叔本华说得很对："一头公牛并不是因为它有角才触，而是因为它想触才有角。"这真的是科学的吗？它是完全形而上的。进化是好知识，而它甚至可能是显而易见的，但并非如人所想象的这般简单。有许多人被迫以假定生机说的某种形式来说明如何达到最适，如化学家杜马（巴斯德的老师，当他想找出生命的原始时对巴斯德说"我不劝任何人在这个题目上花太多的时间"）所谓的"超机械的势力"，许多人（包括萧伯纳在内）所谓的"生命力"，及赫克尔在"结晶体"中所说的"灵魂"。

生机说不答复我的问题。我们把事情看得过分简单化，创造一个词来回答一个问题，而没有通过在每一种情形之下考验它来证明它确是令人满意的。有一种小鸟，被中国人称为画眉。这种小鸟，在北美洲是黑白旋木鸟的变种，眼上有条白色的条纹，它的中文名正是由此而来。这画眉可使哲学家停下来想，因为这道眉的进化所牵涉的事情，是极端难于作机械或化学上的解释的。花的美，可被解释为由于对称，但这道眉不是如此。这条白线看上去像画上去的，但事实上，由于几条分离的羽毛各自在某一点某一长度变了颜色，因此当它们集合在一起的时候就构成了一条白色的直线。将其中的任何一根羽毛分开来看，每一条黑线都被一段有一定长度的白线分隔，白线被放在不同的位置，所以当鸟的羽毛生长的时候是黑的，然后在中间的某一段却转为白色，经过那一段时又转变为黑色，连在它所经过的地方的一切小羽枝都是如此。

这不是一个化学问题，是当羽毛为同样的成分所培养时由黑转白后又由白转黑的问题。在任何一根羽毛在那准确的点上转白的决定，是非常难以用机械的或任何其他方法来解释的。

即使酵素方面的解释是存在的，只是把未定的问题暂时作为论据而已。而在一切鸟类及其他动物中，有线条、圆圈或某种图案，是一种很普遍的现象（例如有条纹鲈、孔雀的金圈等）。

这是我个人的死巷。我不知道答案。我只把难题指出，不再想它。我不准备越过这一点而进入神秘主义的气氛。简单地说，牵涉到进化规律的程序，最好由一个严肃的学者来观察，如果他不是随意地接纳，便常导向且终归于形而上学，即在物理定律之外的假定。

二、虚无

让人文主义发展而没有唯物主义的鬼魂跟着它才是好的。反之，我们如果已能达到对所有自然现象都有适当的机械解释而没有遗漏的程度，而且我们知道我们站在什么地位，那也很不错。但我们现在停留在悬疑与无知中。在普通人的眼中，我们对物理的宇宙知道得很多，但科学家认为，我们最多只知道所应该知道的十分之一，尚待研究东西的百分之一。

在我看来，现今道德信念的消失不是因为自然科学的进步，而是因为社会科学在方法与展望上模仿自然科学的趋势。任何一位科学家都可以告诉你自然科学只问真假，不问善恶或是非。科学方法必然是一种与道德无关的东西，超乎善与恶，且只问事实而不问价值，不问商业的价值或道德的价值。科学并不关心一颗金刚石的商业价值，而只关心它的重量、它的硬度及它对于光线的吸收或反射情况。当孔德宣布他从事建立社会学的伦理时，他的意思并非开始那种毁坏价值的姿态——相反，反面才是他的意思，但他已经把社会说成一个"有机体"，假定它像一株植物或一只动物。一经采取这个立场，人文科学——历史、社会学、心理学等——的研究趋势，不免成为"客观"与"超道德"的。长时间过后，这种趋势必然以信念、道德及宗教的消灭为止境。在石头的研究中没有任何道德，但在人的研究中有，且应有道德。一个科学家可以隐在他客观性的堡垒的后面，而当他研究那些石头时，于世无害。但当一位研究人类社会及人类心理的学者躲在这种客观性的堡垒的后面，认为赞美和谴责不是他所关心的事，无论他愿意与否，也不免把路引导到虚无的价值层面上去。而且当这种思想成为一般时尚时，社会必然逐渐倾向于失去一切信念。

现在所有心理学家与社会学家学院式的术语，都显示出一种科学的愿望，一种想了解而不是想评判道德意义的愿望。我可能守旧，但我想，要让一个教育心理学家敢于说一个孩子的行为是"对"或"错"，是"自私"或"不自私"，将会经历很长一段时间。说某种行为的形态是对或错，会暗示缺乏客观性，是一种谴责或赞美的趋势，而非科学的事情。"自私"二字暗示谴责，但"不善适应的个性"则不是。因此当一个人自私时，他不过是不适应而已。这样我们继续为行为造型，"恋母情结""情绪不稳""童年抑制""隔代遗传"，一直到"健忘症""人格分裂""临时疯狂"，最后甚至可以宽恕杀人凶手。重点常是趋向把过失归罪于遗传与环境，而永不会归于个人的意志与责任，如果报纸同意停止用"少年过失者"一词，而开始用"青年违法者"或"少年罪犯"来代替，我们的少年罪案可能会减少一半。显然，没有一个十余岁的少年会介意被称为"少年过失者"，这个词属于拉丁词源，可爱得毫无感情色彩，而且很轻微，而他们之中的每一个（我曾见过这些有六英尺高的"少年过失者"站在曼哈顿岛的马路上）都憎恶被加上"少年罪犯"的招牌。心理学家是想说他是环境不幸的牺牲者，且是少年一时的过失，他不知道什么是对、什么是错。我想这些六英尺高的家伙清楚知道什么是对、什么是错，并且他们在杀人抢劫的时候确实知道他们是在做什么。任何一个十二岁的亚洲儿童都知道什么是对、什么是错，却说一个十六七岁的美国少年仍不知道什么是对、什么是错，并且因此对他的行为不负道德责任，显然是对美国人的讽刺，并暗示那些纵容的"社会科学家"尚未成熟。在社会上不善适应的个人，不只是不善适应社会的个人，用浅显的说法来说，他是一个坏蛋。人类的性情是这样的：如果你称坏蛋为坏蛋，坏蛋便消灭；但如果你称一个行为鬼祟、躲避责任的坏蛋为情绪不能平衡的人，他便会有点喜欢它，且引以为荣，并留一种时髦的发型，穿一种时髦的衣服来宣扬它。

我是守旧的，我不能欣赏艺术的颓废或道德犬儒主义的美的魔力。我甚至喜欢在学校里面的一个小巴掌，它不会使身体受伤，却能在孩子们的心中深深地刻下一种错误与羞耻感。公平地说，我认为英国以一个社会而论，在那里不可见的标准仍然有效。在英国社会，某些理想及价值仍然存在，不是存在于纸上，而是存在于人的实际行动中。没有一个人类社会是完美的，但在英国，"绅士"一词不就是不只存在于纸上，而是具体表现在一种真实的、一种生活的理想之上吗？我们对人还有什么更高的期望呢？不是在世上某些地方——或者在英国——人类的教养已经达到真正文明的阶段，有一种始终一贯且可持久的明确的理想，而使那些幼小者可以瞻望着它来成长吗？这不是真正教养的精华吗？教养的精华不是在优良的形式中见到美吗？而那些理想不存在的地方，受苦的不是整个社会吗？

道德热情的逐渐消失，以像是一种对甜美与光明矫揉造作的畏惧姿态开始，人们可以将之归因于两次世界大战。这两次大战也确实可能促成这样的后果。因此，凡尔赛之后造成失望，波茨坦之后造成"垮掉的一代"。"垮掉"的这一代，自称为"被打垮"，只是指出他们已发现一个道德的空隙，缺乏值得为它而活、为它而战的可信、善良、新颖的东西。自由主义在美国的悲剧是，今天美国人没有为它而战的东西。自由主义在三十年或四十年前并非如此。自由主义是一个孩子，必须有东西玩弄来使他免于恶作剧。没有为它而战的东西，且发现时间沉重地压在它手上，自由主义，甚至教会的自由主义，正在战斗。道德的价值在哪里？一个善良的基督教竟不重视判定千万人去受极权主义的奴役。似乎没有任何道德原则被涉及，即使有，他们也因被教以"客观地"想而不觉得。但为什么惊奇呢？道德原则在我们打第二次世界大战的时候已经消失了。没有一个领袖试图令我们觉得我们打仗是为了使世界安于民主，严格地说，我们是在为野蛮的生存而战，为无条件投降而战，而不是为以民族自决作为一种主义而战。"二战"中道德原则的模糊，和"一战"领袖们公开宣言的明朗比较，它的本身是道德犬儒主义逐渐增进的一个表征。

我认为道德的混乱是违背人类本能的。我认为人喜欢拥有一种强有力的生活理想。一个有清楚理想的社会，是比没有理想的社会更易于生活的。它产生较少的神经衰弱者，较少的挫败感及较少的精神崩溃。我相信崇拜某些东西的本能存在于每一个人身上，不存在于一个不崇拜任何东西的社会，甚至一个无神的社会也是有崇拜对象的。

高尚信仰的断代——这是我们已达到的虚无。现代自由主义似乎已被虚无所吸引。自由主义自觉不自在。而我们知道大自然痛恨真空。在这个世界上，真空是最危险的一种东西。不是在可怕的黑暗中某些地方有光来拯救人类了吗？孔子说："不曰'如之何，如之何'者，吾末如之何也已矣。"

第八章　大光的威严

"把蜡烛吹熄，太阳升起来。"当尧帝登位的时候，一位隐遁的大先知说。这是当人类看见一个无可比拟的光芒时很自然的反应。耶稣的世界和任何国家的圣人、哲学家及一切学者比较起来，是阳光下的世界。像在积雪世界的冰河之上，且似乎已接触到天本身的瑞士少女峰，耶稣的教训直接、清楚，又简易，使想认识上帝或寻求上帝者一切其他的努力感到羞愧。

把耶稣放入一切人类教师中，他那种独特的、炫目的光是从哪里来的呢？那如爱默生所称道的耶稣吸引人的魅力是从哪里来的呢？我以为这种光、这种力（炫目的光常有力）和耶稣教训的内容没有多大关系，而是来自他教训的态度与声音，来自他自身的典范。耶稣说话时不像任何教师。耶稣从来没有解释他的信仰，从来没有申论它的理由。他用了解知识的平易与确信的态度来说话。他最多是说："你们怎么还不觉悟呢？"他教人不用假设，也不用辩论。他用极度自然和优美的态度说："人看见了我，就是看见了父。"他用完全简易的态度说："我这样吩咐你们，是要叫你们彼此相爱。""有了我的命令又遵守的，这人就是爱我的。爱我的必蒙我父爱他，我也要爱他，并且要向他显现。"这统统是在历史上的一种新的声音，一种从前没有听过的声音："孩子们啊，我跟你们在一起的时候不多了。你们要找我，但是我对犹太人说过，现在也照样对你们说：'我去的地方，是你们不能去的。我给你们一条新命令，就是要你们彼此相爱；我怎样爱你们，你们也要怎样彼此相爱。'"这和他后来在十字架上所说的"父啊！赦免他们，因为他们所做的，他们不晓得"是同一种声音。这种简明的话非常有力，例如下文：

> 我留下平安给你们，我将我的平安赐给你们。我所赐的，不像世人所赐的。你们心里不要忧虑，也不要胆怯。

它拥有一种高贵的声调，例如："凡劳苦担重担的人，可以到我这里来，我会使你得安息。"这是耶稣温柔的声音，同时也是强迫的声音，一种最近两千年来超过人所能支配的声音。

这些经文之所以是这种语气，是因为圣约翰把它们收入他的作品，对此我想该不会有任何争论。的确，这些话由四福音的作者之一圣约翰写下来，而且不是一字不漏的抄录，却是圣约翰所听的，或在多年后还回忆得起来的。关于这个问题，正如苏格拉底的对话也不是苏格拉底一字无误的话。我常会想到柏拉图所作的《斐多篇》

与《约翰福音①》十三至十七章，因为它是谈两位大思想家临死时交谈的最动人的一段，虽然圣约翰不是一个像柏拉图一样的作者，但在这五章《约翰福音》里却是无可比拟的、最令人感动的东西。它们和《斐多篇》不同，理由很简单，它们包含一种卓越的美，一种这个世界自耶稣死后再也没听过的美声。让我们姑且承认圣约翰在写他的福音时已懂希腊的逻辑哲学，像"我就是道路、真理及生命"这样的经文可能是希腊哲学（马太也谈到同样的信息，但没有记载在《马太福音》中）。可是在《约翰福音》中有令人惊异的笔触，例如，当耶稣开始洗门徒的脚的时候，或当在言语上有突然转变的时候，耶稣称他的门徒为"朋友"，"你们若遵行我所吩咐的，就是我的朋友了。以后我不再称你们为仆人，因仆人不知道主人所做的事，因此我称你们为朋友。"这并不是说约翰可能把它虚构。在他的福音中可以读出一种可靠性，正如某些小说给我们的感觉。

因此，在耶稣的世界中包含着力量与某些其他的东西——绝对明朗的光，没有孔子的自制、佛的心智的分析或庄子的神秘主义。在别人推理的地方，耶稣施教；在别人施教的地方，耶稣命令。他说出对上帝的最圆满的认识与爱心。耶稣传达对上帝的直接认识与爱慕，而进一步直接地并无条件地把对上帝的爱和遵守他的诫命，即彼此相爱的爱，视为相同。如果一切大真理都是简单的，我们现在是站在一个简单真理的面前，而这真理包含一切人类发展原则的种子，那就够了。

他的教训是属于一个与以往哲学家的教训完全不同的层次。它不再是孔子的实证主义及常识，不再是他的只对人与人的关系持续的研究，或他的逐渐自我教育的忠言；不再是道家的一个不断变形

---

① 天主教译作若望福音。

的世界的幻影，及它的对于无的复归；也不再是佛的强烈的理智主义，以及他在逃入无限与绝对之中的英勇努力。所有这些都曾对于人类的心飞进神圣的真理的较高层有所贡献，对于试图解释生与死的性质有价值。儒家显然是实际的，不抽象的，容易遵行及了解的，但它妨碍对人生与宇宙的真正性质作任何进一步的审察。它教人以忠诚、责任感及一种向着我们人类的至善的继续努力。道家与佛教刚好相反，它们教人要以灵性的自由作为最终目标。二者之中，佛教除了禅宗之外，是智识的多过神秘的。不错，庄子的道家，最直接地有助于灵性的解放。他有一种很难在一般理性哲学家中看到的大悟。庄子的立足点，像帕斯卡一样，是真正宗教的，正如我们在上文所看到的。老子有时在他对爱与谦卑的力量的信念中，在他因给予人类和平而蔑视一切人类的措施，如政府、刑罚，及战争中，升到非常高的层次。老子和耶稣在精神上是兄弟。耶稣说："我心里柔和谦卑。"而老子说："守其雌，为天下溪。"二者都建立在灵性贫乏的国上，一句使尼采发怒的话，但耶稣用为门徒洗脚来示范，那是一件老子在意料中可能做过的事，但没有他曾这样做的记录。

我们生活在一个没有信仰的世界中，一个道德犬儒主义而且正当是人类理想崩溃的世界。我们所有的人都要为人类理想的崩溃付出代价。以我们常因为改良这个世界来提高生活标准而接受种种观念而论，以现代思想家建议用经济的设施来解决社会的病态而论，大体上说我们生活在一个唯物主义的时代是不错的。当然，西方世界也相信两种灵性的价值，民主与自由，但都给二者加上了限制。一般的假定是白种人需要自由，黄种人需要米，这直接地显示白种人并不知道自由是天赋的本能，而只是一种盎格鲁撒克逊人特殊的灵性渴望。现代的学者一再断言亚洲人最关切的是米，而不知道自由的意义是什么，也不关心它。所以白种人痛恨暴政，黄种人却可容忍。这只足以证明西方的观察是如何唯物主义及普遍肤浅的，而他们对亚洲人心态的了解是多么的错误。按这个标准，西方的思想家比孔子更唯物主义，因为后者说一个国家在不得已的时候可以弃兵，甚至可以弃食，但没有一个国家可以缺少信仰而立足。

这是唯物主义做不到的。我们知道，除了耶稣的基本教义之外，没有任何东西可以改变它。孔子说："声色之于化民，末也。"孔子，如我所曾试图显示的，与耶稣共信沉默的改革，从人的内部开始的改革，而孔子是用他自己的方式。施韦泽是伟大的基督徒，一九三二年，他在歌德百年纪念祭的演说中说：

> 在一千种不同的方法中，人类曾被劝诱放弃他和实在的自然关系，而在某种经济与社会巫术的魔法中寻求福利。用这种方法，只会使他自己摆脱经济与社会的困苦的可能性更为渺茫。
>
> 无论它们是属于哪一种经济与社会的巫术，那些魔法的悲剧意义常只是如此，就是个人必须放弃他自己物质与灵性的人格，且必须只活得像精神不安的唯物主义的群众之一。

雷南，耶稣的另一个伟大的学生说：

> 一切人类的社会革命，应像果树接枝一样，被接在"上帝国"那个名词之上。

我们所需要的是深度，而我们所欠缺的就是深度。

只要有一天西方人相信自由与民主，他们会直接地追随耶稣的教训的核心，虽然西方人并非完全相信。如果阿拉斯加的自由受到威胁，美国将会为此而战，但如果匈牙利人或俄罗斯人的自由被牺牲，我们却不敢相信他们会在乎。因此自由仍然没有成为世界性的，它至少在现在十余年间不是一种深切的信仰。这种自由、民主的世界性宗教的根是在乎耶稣的话，这一点他们有一天将会感觉到这二者有何关系，我将在下文弄清楚。

基督教支持普通人民。在西方世界过去的历史中，我们熟识基督教的势力。但甚至更重要的是，在今时此地这种势力仍是一种经常活跃的势力，它是经常准备发动沉默的革命来使人类进步的。奇妙的是，耶稣的教训不能被任何思想方式的变换，或被经济或物理的概念所影响。耶稣没有信条，也没有仪式。耶稣只教人一个原则，或两个原则并合为一的原则，也就是天国是在你心中，及差不多是用同一口气说出来的，温柔与谦卑的人将承受土地，前者教人心灵内在的自由，后者教"我弟兄中最小者"的价值。换句话说，谦卑的人在心灵上是自由的，而最谦卑的人将会获得胜利。这些是在一切自由与民主背后的灵性原则。

唯物主义者相信反面的。他相信如果那些最谦卑的人得到了米，便一切都妥当了。真诚的唯物主义者如果必须在二者之间作选择，他是赞成更公平地分配财富而反对个人更大的自由的。人如果有了米，就必然快乐。

我相信任何人研究耶稣的教训，即使只认他是人类的一名教师，一定会惊异于没有人曾像耶稣那样教导人。甚至以雷南而论，我们可在他身上做一种绝对客观的公平考验，但我们可以看见耶稣的生平与教训逼得这个法国的学者说："耶稣为人类留下了一个道德重整的用之不竭的原则。"他在他那本书结尾的时候综述了耶稣的生平，真的可成为耶稣的代言，即使他否认基督的神性：

这位崇高的人物，每天仍监管着这个世界的命运。我们可称其为神，意思不是说耶稣已吸收一切神性，或他已堪称为神，而是因为耶稣是一个领导他的同伴大步趋向神的人物。以人类全体而论，表现出的是一群低级存在——自私，其较高于动物的地方只是他的自私是较为深沉的而已。在这一片平凡之中，有一些升向天空的柱，证明人类可能有较高贵的天命。耶稣是这些柱子中最高的一根，对人显示他是来自何处及他应趋向何处。在我们性格中的一切善良与崇高都浓缩在他的身上。……

至于我们，这些永远不长进的孩子，像我们这样无力的人，劳苦而没有收获，播种而永远看不见果实的人，俯伏在这些半神的面前吧。他们能做我们所不能做的事：创造、断言及行动。伟大的创造力将会再生，这个世界将会遵由古代勇敢的创造者所开辟的路而从此满足它自己吗？我们不知道。但无论将来无法预料的现象如何，耶稣都无法被超越。对他的崇拜将经常更新他的青年。而他的生平故事将不断使人流泪。他的受苦将使最好的心变软，世世代代将在人类的子孙中宣传他。比耶稣更伟大的人物永远不会产生。

雷南写到耶稣的死：

现在安息在光荣中，高贵的创始者。你的工作已经完成，你的神性已经建立。不必再怕你努力建筑的大厦会因一条裂缝而崩解。自此以后，在脆弱的人类所能及之外，你将从你的神性和平的高处，显现在你行为的无限影响中。在数小时的苦难代价之下（这种苦难甚至未触及你伟大的灵魂），你已经获得了最完全的永生。千万年后，这个世界也颂扬你。我们反抗的大旗，你将成为猛烈战争环绕着你而进行的记号。自从你死了之后，你比你在这世界旅行时更活跃一千倍，更可爱一千倍，你将成为人性的屋隅首石。那些想把你的名字从世界除去的，将会被击破。

除了细腻深沉的法国之外，还有谁能把这段表达得这么美好、这么动人的？

无论哪一种神学，都常削弱了耶稣教训的力量与平易。不错，这使信徒经常产生许多问题与答案。在耶稣自己的话中却没有要询问的事情，甚至没有野蛮人不懂的事情。在耶稣的话中没有神秘的定义，没有危险的推论。分析它们，等于杀了它们；改善它们，等于毁了它们。如果那些神学家知道自己所做的是什么该多好！因为没有哪位神学家（无论他是怎样的伟大）有耶稣的心地。只要他加入讨论，情调和声音都马上改变了。我们谈论灵性时，必定好像它们是物质一样，我们没有办法超越自己。

我们中有些人必须学习莎士比亚，而得到的却是永远对莎士比亚倒胃口，使我们终生不愿意再接触他的作品。于是有一天约翰·基尔吉或罗兰斯·欧里维亚进来，他不教授莎士比亚，只宣告莎士比亚自己的话，我们眼中的翳膜就除去了，我们拒绝相信这就是莎士比亚。为什么莎士比亚是美的？为什么我们在学校里从来不欣赏他呢？我曾和耶稣的教训保持距离，正像学生对莎士比亚产生永久的畏惧一样。我曾觉得被神学家的信条包围的耶稣的教训，是像雷姆卜兰特的肖像用一个一角半钱的框子镶起来一样。那个一角半钱的框子，削弱且遮蔽了雷姆卜兰特的德行。我曾说过，在耶稣的话中没有任何一点是文盲无法明白的。如果有些表达不大清楚，并不重要；如果詹姆士王的《圣经》译本有点晦暗，那等于相片阴影的一部分。我们要修复它吗？我喜欢它原来的样子。

　　与其说我讲的是基督教会在教义上的差异，倒不如说我谈的是一切教义上差异的无益探讨。这种讨论太通俗，像是陈列过久的旧货，但最重要的是它们毫无好处。参加这种讨论是把自己降低到烦琐哲学的层次而冒犯真理。我现在所想说的是，妨碍了人认识耶稣的刚好就是这些纯理论家的喋喋不休，就是他们信条的混乱使我离开基督教三十年，而他们一角半钱的神学妨碍了我看见耶稣，且不止我一个人如此。哈兰登，他为承认上帝与基督的神力在人事中运行而竭尽所能地辩论，为什么他却觉得无法参加任何教会呢？一九三二年五月，他在伦敦特拉法加广场圣马丁教会的午餐座谈会上说："你们可能知道，我不是任何教会的教友，因为和现存的教会相关联的神学中，有许多我无法接受。"施韦泽也强烈地感觉到了这一点。他在一九三四年十一月二十一至二十八日的《基督教世纪》中说：

　　　　我现在正想讨论在我们时代灵性生活与文化中的宗教。因此第一个要面对的问题是：宗教在我们这一世代的灵性生活中有必要存在吗？我用你的及我的名义来回答："没有。"……但是许多不再属于教会的人却对宗教有一种渴慕。

　　现在我可以做某些个人观察。事实上，中国从来没有人因教义而信基督教，中国人信教，都是因为和一个基督徒有过亲密的接触，而那个基督徒是遵守基督"彼此相爱的"教训的。当我在清华大学离开基督教的时候，一位正统的孔教徒——我的同学，正改信基督教，怎样信的？不是由于教义问答。我知道孟君，正像其他任

何一位知道他的同学一样，他的中文很好，而他是来自一个临近苏
州的儒家旧家庭，且因为他姓孟而被戏呼为孟子的后裔。他曾到圣
约翰大学学习英语，但他的背景完全与我相反。在清华我们都是英
语教员，而且分住在同一栋房子里，每人占一间房，我的房门和他
的房门相对。我穿西装，他从来不穿，我常赞赏他整天笔直地坐在
他的硬椅子上，这是他严肃的儒家训练的一部分。一种中国家庭彻
底严谨的教育培育了他。而他聪明且高度正直，每一个人都尊敬他。
在圣约翰大学的时候，我们同笑艾迪的激烈的布道战术。他的诡计
之一是突然从他的大衣袋里拉出一面中国国旗（那时候是五色旗），
宣告他爱中国，这种通俗剧的手法不适用于我们，因为孟君是一个
知识分子，虽然有几个学生在演讲完毕时站起来且签名信耶稣。为
什么孟君会成为一个基督徒？我对他的心理背景再了解不过了。一
位来自美国的女同事领他信了耶稣——一个有圣徒性格，在声调
与语言中显示出基督徒的爱的女人。"爱"是一个已被贬值的字眼，
这里并没有些微罗曼蒂克的成分。我相信那个女人有五十多岁了，
她只是一个善良的女基督徒，而她深切地关怀那些清华学生。她对
每一个人的关心是很显而易见的。这个美国女人有基督徒爱的美德。
她教孟君《圣经》，而《圣经》赢得了他。这是一个和他所知的世
界完全不同的世界。孟君的儒家家庭生活非常严厉。那是一个负责
任、守纪律及受道德训练的世界。他不能不感到那个在他面前开放，
其中用基督教的律取代了严肃的儒家生活方式的新世界的温暖。我
相信他像起初的基督徒感觉有一种律代替摩西律一样的欢喜。

我自己也是这种情况。看见一个仁慈的基督徒，关切每一个人
的基督徒，常带领我对基督教会更亲密一点。没有任何教义的偏方
能那么有效。甚至反面也证明了这个定律。在我童年的时候，有
些传教士除了想让中国人信教之外，什么东西也不关心，也不像

耶稣那样把人当做个体一样一个一个地爱，其实传教士是应该这样做的。中国人是一个切务实际的民族。我们量度与评判那些传教士，不是凭他们所讲，而是凭他们所为，且把他们简单地分为"好人"或"坏人"。你不能避开最后这些称呼。我童年的时候，有两个女传教士从来没有爱过为她们工作的中国男孩女孩，我想她们这样做，是以为自己为上帝而禁欲。她们给我们一种恶劣的印象，而我们男孩子则用不堪入耳的诨号来给她们命名。她们住在一座俯瞰海滨美丽风景的大厦中，且有中国的轿夫、厨子及女仆服侍。基督教的福音与"白人特权"的并合体是很古怪的。无论哪里有对人的爱心、对别人的关切，人们立刻就可以感觉到，现在我们男孩子在这座房子里面所感觉到的是不断地对中国人的讨厌。而这两个女传教士完全符合我们所称呼的她们的名字。反之，在我异教徒的时代，使我记得另一个世界的，是我和一个女基督徒的相逢。我记得当我横越大西洋的时候，遇见一个想劝我信基督教的女人，而且几乎是因她的谦卑和温柔而成功的。我敢说如果这一次的海上旅程延长十天，我就会在当时当地重回基督教。说到这里，我必须提及一位可敬的妇人，现在她已经九十四岁，住在新泽西州。她在二十世纪初，当我还是一个孩子的时候就认识了我，当时她是在厦门的一位女传教士。现在这位妇人仍闪耀着关怀别人的基督教的精神。可惊异的是分离了半个世纪之后，她仍用我童年的乳名来称呼我。这证明她完全记得我！我敢断言，我在上文所说的那两位包裹在自己和上帝的交谊中的女传教士，如果她们现在仍活着，一定记不得我的乳名。如果你们记得我的诫命，你们将彼此相爱，就是如此而已。第一次接近这伟大的妇人，我就觉得自己是站在真正的基督教精神的面前，像一个失去的世界的备忘录一样。换句话说，基督教能产生基督徒，而基督教神学却不能。

我不能太过强调对耶稣教训的核心保持接近的必要性。我十分相信这种精神就是在施韦泽背后督促他到非洲丛林去工作的精神。让我们尊重施韦泽所说，因为他的话非常重要且蕴涵着许多意义。

> 我们现在是在黑暗中，但我们彼此都有向着光明行进的信念。宗教与伦理思想联合的时刻将会再来。这一点是我们所深信、所盼望的，且因此为它工作，我们要维持一种信念，就是如果我们使伦理的理想在我们的生活中发生作用，人们有一天就会像我们这样做。让我们瞻望那光，且为它反射在为我们准备的任何思想上而感到安慰。

在他非常重要的结语中（这结语是每一个有思想的人所应读的），施韦泽关于"思想"的结论如上述所指示，且显示一种不放弃思想而希望有一天再集中人类的思想于人对生命、对上帝及对宇宙关系的一种"新理性主义"。他显示为什么现代人已失去了这种形态的思想的能力，又为什么他做纯理论的哲学、心理学、社会学及自然科学的研究时好像不是生活在这个世界，而只是像被安置在近处或从外面来注视它的人一样看人生的问题。但在上面所援引的话中，他还着重指出"宗教与伦理思想"的联合同样重要，且指出怎样去做。在我看来，似乎基督教神学要负大部分的责任，它把基督放在"结果"及遵行他的诚命的重点，移到某种容易获得且近乎法术的得救方法之上。这种方法不需要个人方面的道德努力，因而是悦耳的。不错，基督教教会也常教诲人忏悔和更生，但在整个看来，重点放在方法上。那方法是：因为某人已经为你死，无论如何你会得救的，只要你信他，或借他的名呼吁"主啊，主啊"便成。赎罪教义的作用显然是机械的，愚人也懂，所以那些祭司想让他的会众们相信它。耶稣所教的却不同。在关于葡萄树、种子及无花果树等的寓言中，他把拯救及赦罪的条件放在"结果"及遵行他的诫命之上。赦罪是不分机械的或简明的。崇拜并不比服务重要："把礼物留在坛前，先去同弟兄和好，然后来献礼物"，"你若不饶恕人，你们的天父也不饶恕你们的过错"，"你们不要定人的罪，就不被定罪；你们要饶恕人，就必蒙饶恕"。这是耶稣放在伦理生活及个人努力上所强调的。如果一个人不遵行他的爱与宽恕的诫命而只悔改与诚信，羔羊的血绝不能洗去他的罪。拯救既不是机械的，也不是呆板的。一旦这个重心恢复，基督徒在他的生活中"结出果子"，没有任何东西能抵抗基督教的势力。

因为这本书写的是我从异教回到基督教的旅行，对于这种改变我必须再说一句话，读者可能已觉得我从来没有停止过信上帝，而我也从未停止过寻求满意的崇拜形式。但我被教会神学所拦阻，我被冷酷地傲慢地演绎的以及甚至不被上帝宽恕的东西所排斥。我所处的地位，和许多生而为基督徒，但由于种种不同的原因觉得在教会中有些东西直觉地使他离开的人一样。我坦白地说，我相信有千百万人像我一样。我被那个可怕的叫做框子的东西阻止注视雷姆卜兰特。事实上没有剧烈的信仰的改变，没有神秘的异象，没有某人把红炭堆在我头上的感觉。我重回我父亲的教会，只是找到一个适合我而不用教条主义来阻拦我的教会而已。这发生得极其自然。

我必须提到，在我的异教时期，我偶尔也参加教会侍奉，但结果常令我失望。这种感觉很可悲，在基督教会中常是这样欠缺甜美的人情味。妻子常在床上读《圣经》，而无论在什么地方她都参加教会侍奉。我赞赏她且暗中嫉妒她内心虔诚的真精神，我相信它产生的要素是谦卑。偶尔我会陪她去参加，但常失望而返。抱着对此世的最佳希望，我不能忍受次级的布道词。看见我在座位上局促不安，她想她还是自己一个人去的好。偶然有一次，我拨收音机拨到一个节目，只听见一个声音狂喊罪与永远的惩罚，用乡下市集叫卖者典型的声音劝我亲近上帝。我不以为这是一种不公平的描写，我以为今天在美国大部分的宗教仍然用对永久的惩罚的恐惧来劝人信教。许多美国人接受它，但也有许多美国人不接受。最不应该的是，在耶稣世界中真正基督的友谊与上帝的爱，竟像温柔的露珠从天而降这般稀奇，人们很少谈到所有人心中的神性，却常常强调惩罚。但情形似乎就是如此。教会礼拜式大部分仍然还是由一个愤怒的声音宣讲一个愤怒的上帝的刑罚。罪恶对于一个牧师而言基本上像病与死对于一个医生一样。耶稣自己从没有提及罪，只是宽恕它。我记得他似乎没有定过任何人的罪，甚至包括加略人犹大。犹大事实上是从十字架上被赦免了。

现在我必须找寻一间坐在座位上不会局促不安而能由始至终高兴地专心倾听的教会。我听过大卫·利达博士第一篇布道词之后，每个礼拜天都去，因为我每次都能有丰富的收获。被容许走到上帝的面前像我常常想崇拜他一样来崇拜他，是一种万虑皆释的轻松感！它自然地发生，因此当正式参加教会的问题被提出的时候，甚至没有经过一次家庭讨论。在我参加且愉快地参加之前，我们曾每个礼拜到麦迪生街长老会教会去，持续半年之久。我只想说利达博士在他的布道词中常固守基督徒生活上的问题，他不像在哈佛纪念教会的牧师，当我数十年在那里时，他有时用乔治·哀利奥特做他的布道词的题目。有这么多基督徒生活上的问题可谈，没有必要去讲一些不相干的话。因此到礼拜堂去便成为一件令人愉快的事，因为在教会等于接近耶稣基督的真精神。我相信在纽约及其他地方仍有这样的教会，受教育的人进去时怀着崇拜的心情，出来时因为有了新的感触便觉得自己成了一个较好的新人，而不是更像一个由于别人的努力而幸逃罪责的被定罪的罪人。否认这种可能，等于否认基督徒生活，否定基督世界的丰富。基督的奇异之处，不正是他使一个人在他面前觉得自己更好、更有价值而不是罪人吗？

关于教义的差异，我情愿接受基督而把一切罪人留给加尔文。我知道加尔文主义知识的骨架已有决定性的削弱，现代的长老会教会已不再坚持为那个曾处塞维塔斯火刑的傲慢人所创的"人皆堕落"的信仰，及对"自由意志"的否定进行辩护。用预定说与自由意志可以并存的说法来维护加尔文主义，只是一种模棱两可的话。我对于任何坚持一种"全然"这样，一种"无条件"那样及一种"不可抵抗的"某些东西的人，有一种直觉的不信任。佛对他的弟子断言："没有不仁慈的教训是佛的真教训。"加尔文曾可怕地对上帝及人"不仁慈"。得了加尔文的允许，他的上帝将会乐于多将几个像塞维塔斯这样诚实而倔犟的人绑在更大、更好的火柱上烧死。

同时，一种令人信服的人生理想是在耶稣无可比拟的教训中，在人曾有权利听到的教训中最高的。我们常倾向于认为耶稣的上帝的启示是一种属于过去的行动。但无论谁今日读福音书，都会觉得上帝现在的启示清楚无误，而且令人信服。而且他的全部生活，本身就是一种启示，就是上帝的显灵，真实地给我们看。当耶稣教人"这些事你们既做在我这弟兄中一个最小的身上，就是做在我身上了"的时候，我知道且觉得他真是那位主，我也明白为什么他不但被人敬重，而且被任何地方所有听过他的话的人所崇拜。上帝真理之光是灵性的纯洁之光，在人的教训中没有可以比拟的。当他进一步教人宽恕且在他自己的生活上示范时，我接纳他为真主及我们众人的救世主。只有耶稣能带领我们这样直接地认识上帝。这是一个道德的而且伦理的、无可比拟的美的世界。如果这个世界仍想要一个理想，这里是一个领导人类的完美的理想。

这教义是足够的，也是恰当的。其中有大光的威严，但它同时大过这个人的世界所能消化实现或付诸实行的。它的目标曾被放得够高而成为万世人类精神经常遵从的指标。那种在大马色路上炫花了圣保罗的眼的光，现在仍在世世代代照耀，没有暗晦，而且永不会暗晦。这样，人的灵修借耶稣基督而接近上帝的心灵。人的基本价值被证明。因为这个理由，人类将永远崇拜他。而人的基本价值无论怎样卑微，将仍被证明是历史上最大的解放力。

我再说几句话便结束。任何宗教都有自己的形式与内容，而宗教常借形式来表现它自己。在基督教中，内容是由耶稣的一切丰益所赐，形式却是人加上去的。耶稣建立他那没有信条，只有他在使徒中所创造的以爱的伟大力量为基础的教会。这种使徒们对主不得不爱的爱，是基督教教会的开始。至于形式，照耶稣的意见，是人用心灵与诚实自由崇拜，"也不在这山上，也不在耶路撒冷"。现在形式已用传统与历史的发展为基础来制定。在这件事上曾有过许多固执己见的行为，导致迦特力教会和改正教会及改正教会各宗派间的分裂。我相信今天没有一个有知识的卫理公会教友会以为一个长老会教友，或一个圣公会教友，或一个天主教教友，是邪恶的。形式会这么重要吗？人必须用心灵和诚实来崇拜上帝，而形式却是像人崇拜上帝所选择的语言一样，无论是用德语、英语、法语，还是用拉丁语，都没有什么关系，不是吗？每个人都必须寻找最适合自己的形式，我的意思是指找一个不太妨碍自己崇拜习惯与信仰习惯的形式。即使对形式表示外表上的服从时，每个人信上帝仍然照着他自己的方式，以及他由过去经验所决定的偏重部分。这一定得这样。如果人用心灵和诚实来崇拜上帝，形式只是一种用来达到同一目的的工具。人人各不同。形式有没有价值，全赖它们能不能领导我们达成与基督建立友谊的目标。

林语堂自传

弁　言

　　我曾应美国一书局邀请写这篇个人传略，因为借此机会我得以分析我自己，所以我很欢喜地答应了。一方面，这是为我自己多过于为人。如果一个人想知道自己的思想和经验究竟是怎样的，最好是拿起纸笔一一写下来。另一方面，自传不过是一篇自己所写的增幅的碑铭而已。中国文人，自陶渊明《五柳先生传》始，常好自写传略，借以遣兴。如果这一路的文章含有乖巧的幽默和相当的"自知之明"，对于别人那便确是一种可喜可乐的读品。我认为这种说法足以解释现代西洋文坛自传之风气。作自传者不一定就是夜郎自大的自我主义者，也不一定是自尊过甚的，写自传的意义只是作者为对于自己的诚实计而已。如果他

恪守这一原则，当能常令他人觉得有趣，而不致感到作者的生命是
比其同人较为重要的了。

第一章　少之时

从外表看来，我的生命是平淡无奇、极为寻常且极无趣味的。
我生下来是一个男儿——这倒是重要的事——那是在一八九五年。
自小学卒业后，我即转入中学，中学完了，赴上海入圣约翰大学，
毕业后到北京任清华大学英语教师。其后我结婚，复渡美赴哈佛
大学读书一年（一九一九年至一九二○年），继而到德国，在耶拿
和莱比锡两大学从事研究工作，回国后在国立北京大学任教授，
为期三年（一九二三年至一九二六年）。教鞭执厌了，我到武汉投
入国民政府服务，那是受了陈友仁的感动。及至做官也做厌了，
兼且看透革命的喜剧，我又"毕业"出来，而成为一名作家——
这一半是由于个人的喜好，一半是由于个人的需要。自此以后，
我便完全托身于著作事业。人世间再没有比这事业更为乏味的了。
在著作生活中，我不致被学校革除，不与警察发生纠纷，只是有
过一度恋爱而已。

在造成今日的我的各种感染力中，要以我在童年和家庭所身
受者为最大。我对于人生、文学与平民的观念，皆在此时期得受
最深刻的感染力。究而言之，一个人一生出发时所需要的，除了
康健的身体和灵敏的感觉之外，只是一个快乐的孩童时期——充
满家庭的爱和美丽的自然环境便够了。在这一条件之下生长起来
的人，没有走错的。在童年时我的居处逼近自然，有山，有水，

有农家生活。因为我是农家的儿子，我很以此自诩。这样与自然有密切的接触，令我的心思和嗜好俱十分简朴。这一点，我视为极端重要，令我建立一种立身处世的超然的观点，而不致流为政治的、文艺的、学院的和其他各种各样的骗子。在我一生，直迄今日，我从前所常见的青山和儿时常在那里捡拾石子的河边，种种意象仍然依附在我的脑中。它们令我看见文明生活、文艺生活和学院生活中的种种骗子而发笑。童年时这种与自然接近的经验，足为我一生知识的和道德的强有力的后盾，一与社会中的伪善和人情之势利比较，足令我鄙视之。如果我有一些健全的观念和简朴的思想，那完全是得之于闽南坂仔秀美的山陵，因为我相信我仍然是用一个简朴的农家子的眼睛来观看人生。那些青山，如果没有其他影响，至少曾令我远离政治，这已经是其功不小了。当我去年夏天住在庐山之巅时，辄从幻想中看见山下两只小动物，大如蚂蚁和臭虫，互相仇恨，互相倾陷，各出奇谋毒计以争"为国服务"的机会，心中乐不可支。如果我会爱真、爱美，那就是因为我爱那些青山的缘故了。如果我能够向着社会上一般士绅阶级之孤立无助、依赖成性和不诚实微笑，也是因为那些青山。如果我能够窃笑踞居高位之愚妄和学院讨论之笨拙，都是因为那些青山。如果我自觉能与我的祖先同信农村生活的美满和简朴，又如果我读中国诗歌而得有本能的感应，又如果我憎恶各种形式的骗子，而相信简朴的生活与高尚的思想，总是因为那些青山。

一个小孩子需要家庭的爱，而我所拥有的多很多。我本是一个很顽皮的童子，也许正因这缘故，我父母十分疼爱我。我深识父亲的爱、母亲的爱、兄弟的爱和姐妹的爱。生平有一小事，其印象常镂刻在我的记忆中，就是我已故的次姐出阁。她比我长五岁，当我十三岁正在中学念书时，她年约十八岁，美艳如桃，快乐似雀。她和我常好联合串编故事——其实是合作一部小说——且编且讲给母亲听。这本小说是叙述外国一对爱人的故事，被敌人谋害而为法国巴黎的侦探所追捕——这是她从读林纾所译的小仲马的名著而得的资料。那时她快要嫁给一个乡绅，那是大违她的私愿的，因为她甚想入大学读书，而吾父以儿子过多，未能偿其大愿。姐夫之家是在西溪岸边一个村庄内，刚好在我赴厦门上学之中途。我每由本村到厦门上学，必须在江中行船三日，沿途风景如画，颇具诗意。如今有汽船行驶，只需三小时。但是我从不悔恨那多天的路程，因为那一年或半年一次在西溪民船中的航程，时至今日仍是我精神上最丰富的所有物。那时我们全家到新郎的村庄，由此我直往学校。我们是贫寒之家，二姐在出嫁的那一天给我四毛钱，含泪而微笑着对我说："我们很穷，姐姐不能多给你了。你好好地用功念书，因为你必得要成名。我是一个女儿，不能进大学。你从学校回家时，来这里看我吧。"不幸她结婚后约十个月便去世了。[①]

那是我童年时所流的眼泪。那些极乐和深忧的时光，或只是欣赏良辰美景的片刻欢愉，都永远地镂刻在我的记忆中。我以为我的心思是倾于哲学方面的，即自小孩子时已是如此。在十岁以前，为上帝和永生的问题，我已斤斤辩论了。当我祈祷时，我常常想象上帝必在我的顶上逼近头发，即如其远在天上一般，人常说上帝无所不在。当然，觉得上帝就在顶上令我产生一种不可言说的情感。在很早的时候我便会试探上帝了，因为那时我囊中钱不多，每星期只得铜圆一枚，用以买一个芝麻饼外，还剩下铜钱四文以买四颗糖果。

---

① 这里所述的内容与《从异教徒到基督徒》中有出入，如林语堂二姐给四毛钱的时间、临别嘱咐及其去世时间等。

可是我生来便是一个伊壁鸠鲁派的信徒（享乐主义者），吃好味道的东西最能给我无上的快乐。——不过那时所谓最好味道的东西，只是在馆中所卖的一碗素面而已，而我渴想得有银一角。我在鼓浪屿海边且行且默祷上帝，祈求赐我所求，而令我在路上拾得一只角子。祷告之时，我紧闭双目，然后睁开。一而再，再而三，我都失望了。在很幼稚时，我也自问何故要在吃饭之前祷告上帝。我的结论是：我应该感谢上帝，不是因其直接颁赐所食，因为我明明白白地知道我目前的一碗饭不是由自天赐，却是由农夫额上的汗而来的，但是我会拿人民的太平盛世感谢皇帝圣恩来做比方（那时仍在清朝），于是我的宗教问题也便解决了。按我理性思索的结果是：皇帝不曾直接赐给我那碗饭的，可是因为他统治全国，致令天下太平，因而物阜民康，丰衣足食。由此观之，我有饭吃也当感谢上帝了。

童时，我对于荏苒的光阴常起一种流连眷恋的感觉，结果常令我自觉地和故意地一心想念着有些特别甜美的时光。直迄今日，那些甜美的时光还是活现脑中，依稀如旧。记得，有一夜，我在西溪船上，方由坂仔（宝鼎）至漳州。两岸看不绝山景、禾田与村落农家。我们的船泊在岸边竹林之下，船逼近竹树，竹叶飘飘打在船篷上。我躺在船上，盖着一条毡子，竹叶摇曳，只离我头上五六尺。那船家经过一天的劳苦，在那凉夜之中坐在船尾放心休息，口衔烟管，吞吐自如。其时沉沉夜色，远景晦冥，隐若可辨，宛如一幅绝美绝妙的图画。对岸船上高悬纸灯，水上灯光掩映可见，而喧闹人声亦可闻。时则有人吹起箫来，箫声随着水上的微波乘风送至，如怨如诉，悲凉欲绝，但奇怪得很，却令人神宁意恬。我的船家，正在津津有味地讲慈禧太后幼年的故事，此情此景，乐何如之！美何如之！那时，我愿以摄影快镜拍照永留记忆中，我对自己说："我在这一幅天然图画之中，年方十二三岁，对着如此美景，如此良夜。将来在年长之时回忆此时岂不充满美感吗？"

尚有一个永不能忘的印象，便是在厦门寻源书院（教会办的中学）最后的一夕。是日早晨举行毕业典礼，其时美国领事阿诺德（Julean Arnold）到院演说。那是我在该书院的最后一天了。我在卧室窗门边坐着，凭眺运动场。翌晨，学校休业，而我们均须散去各自回家了。我静心沉思，自知那是我在该书院四年生活的完结日。我坐在那里静心冥想足有半点钟工夫，故意留此印象在脑中作为将来的记忆。

我父亲是一个牧师，是第二代的基督徒。我不能详叙我的童时生活，但是那时的生活是极为快乐的。那是稍微超出寻常的，因为我们弟兄也不准吵嘴。后来，我要尽力脱去那一副常挂在脸上的笑容，以去其痴形傻气。我们家里有一眼井，屋后有一个菜园，每天早晨八时，父亲必摇铃召集儿女们于此，各人派定古诗诵读，父亲自为教师。不像富家的孩子，我们各人都分配一份家务。我两位姐姐都要做饭和洗衣，弟兄们则要扫地和清扫房屋。每日下午，当姐姐们由屋后空地拿进来洗净的衣服分放在各箱子里时，我们便出去从井中汲水，倾倒进一条小水沟里，让水流入菜园小地中，借以灌溉菜蔬。不做家务时，我们孩子们便走到禾田中或河岸边，远望日落奇景，而互讲神鬼故事。那里有一起一伏的山陵四面环绕，故其地名为"东湖"，山陵皆为岸。我常常幻想一个人怎能够走出此四面皆山的深谷中呢？北部的山巅当中裂开，传说有一仙人曾踏过此山，而其大趾却误插入石上的裂痕，因此之故，那北部的山常在我的幻想中。

第二章　乡村的基督教

我已说过，我父亲是一个基督教牧师，但他绝非一个寻常的牧师。他最好的德行乃是他极爱他的教友。他之所以爱众人，并不是以此为对上帝应尽之责，他只是真心实意地爱他们，因为他自己也是穷家出身。我在这简略的自传中也不得不说出这句话，因为我以为这是十分重要的。有些生长于都市而自号为普罗①作家者尝批评我，说我不懂得平民的生活，只因我常在文章里面说及江上清风与山间明月，不禁令我发笑。在他们看来，好像清风明月乃是资本家有闲阶级的专利。可是先祖母原是一个农家妇，膂力甚强，尝以一根竹竿击败十余男子汉，而将他们驱出村外。我父亲呢，他在童时曾做过卖糖饵的小贩，曾到牢狱中卖米，又曾卖过竹笋。他深晓得肩挑重担的滋味，他常常告诉我们这些故事，尤其是受佣于一个没有慈悲心的雇主的经验，好作为我们后生小子务须行善的教训。因这缘故，他对穷人常表同情。甚至在年老之时，他有一次路见不平，几乎同一个抽税的人打起来。因为有一老头儿费了三天工夫到山上砍了一担柴，足足跑了二十里路，而到墟场只能卖二百文铜钱，可那抽税者竟要勒索他一百二十文。我母亲也是一个最简朴不过的妇人，她虽然因是牧师的妻子而在村里有很高的地位，可是她绝不知道摆架子是怎么一回事。她常常同农人和樵夫们极开心地谈话。这也是我父亲的习惯。他二人常常邀请这些农夫和樵夫们到家里喝茶，或吃中饭，我们相处都是根据极为友善的、完全平等的原则。

在内地农村里当牧师，无异于群羊的牧人，其工作甚有意义。

---

① "普罗"是法语普罗列塔利亚的简称，意思为无产阶级的。

我父亲不只是讲坛上的宣教者，而且是村民争执中的排难解纷者、民刑讼事中的律师和村民家庭生活中大小事务的帮闲者。他常常为人做媒，他最喜欢做的事就是令鳏夫寡妇成婚，如果不是在本村礼拜堂中，就是远在百里外的教堂中。在礼拜堂的教友心中，他很神秘地施行佛教僧人的职能。据村民陋习，凡有失足掉进野外茅厕的，必须请一僧人为其换套新衣服，改换一条新的红绳为其扎辫子，又由僧人给他一碗汤面吃，如此可以逢凶化吉。有一天，我们教会里有一个小童掉进茅厕，因为我父亲要取僧人的地位而代之，所以他便要替他扎红绳辫子，而我母亲又给他做了一碗汤面。我不相信我父亲传给那些农民的基督教和他们男男女女一向信奉的佛教有什么分别，我不知道他的神学立场究竟是怎样的，但是他的一片诚心确无问题——只须听听他晚上祷告的声音与言辞便可信了。然而也许连他自己也不知道他是为情势所逼，要宣传独一种的宗教而为农民所能明白的。这位基督教的上帝，犹如随便哪一所寺庙中的佛爷，是可以治病、赐福的，而尤为重要的是可以赐给人家许多男孩的。他常对教友们指出许多基督徒虽遭人逼害，但结果是财运亨通而且子嗣繁多的。在村民中信教者看来，如果基督教没有这些效力，简直全无意义了。又有不少的信徒是来到治外法权的藩篱影子底下求保护的。今日我已能了解有些反基督教者对我们的仇恨了，然而那时却不明白。

　　有一个在我生命中影响极大且决定命运的人物——那就是一个外国教士 Young J.Allen。他不知道他的著作对我们全家人有何影响。我早年知道他的中国名字叫做林乐知——似与我们同姓本家，直至近年，我才知道他的本名。大概他是居于苏州的一个教士，主编一个基督教周刊——《通问报》，兼与华人助手蔡尔康翻译了好几种书籍。我父亲因受了范礼文牧师（Rev.W.L.Warnshuis）的影响而得初识所谓"新学"，由是追求新知识的心至为热烈。林乐知先生的《通问报》，报费每年一元，独为吾父之财力所能订阅的，而范礼文牧师与吾父最友善，将其所能得到的"新学"书籍尽量介绍。他借林乐知的著作而对西方及西洋的一切东西皆极为热心，甚至深心钦羡英国维多利亚后期的光荣，因而决心要他的儿子个个读英语和得受西洋教育。我想他对于一切新东西和全世界的好奇心和诧异之情，当不在我之下。

一日，他在那周刊上看见一个上海女子所写的一篇论说。他放下周刊，叹一口气，说："哦，我怎能够得着一个这样的媳妇呢！"他忘记他原来有一个一样聪明而苦心求得新教育的亲生女儿呢。只是他因经济支绌，又要几个男孩得受高等教育，也是无可奈何，这我也不能埋怨他啊。令自己的女儿不能受大学教育，是他一生最痛心的大憾事——这是做父亲的才能明白。我还记得当他变卖我们在漳州最后的一座小房子以供给我哥哥入圣约翰大学之时，他泪流满面。在那时，送一个儿子到上海入大学读书，实为厦门人所罕见的事，这可显出他极热的心肠和长远的眼光了。而对于一个牧师而言，每月受薪仅得十六至二十元（只是我如今给家中仆人或厨子的工金），更是难上加难了。然而领得一个学额，加以变卖旧产，却筹得送家兄入大学最低额的学费了。后来家兄帮助我，而我又转而帮助我弟弟，这就是我们弟兄几人得受大学教育的小史，然而各人都幸得领受学额才能过得去。

我由基督教各传教会所领受的恩惠可以不必说出来了。我在厦门寻源书院所受的中学教育是免费的；照我所知，在那里历年的膳费也是免缴的。我欠教会学校一笔债，而教会学校（在厦门的）也欠我一笔债，即不准我看中国戏剧。因为我在基督教的童年时代，站在戏台下或听盲人唱梁山伯祝英台的恋爱故事，乃是一种罪孽。

不过这笔债不能算是大的，他们究竟给了我一个出身的机会，而我现在正图补救以前的损失，赶上我的信"邪教"的同胞，以求与他们同样识得中国的戏剧、音乐和种种民间传说。到现在我关于北平戏剧的知识还有很大的缺憾。在拙著《吾国与吾民》一书中我已写到，当我在二十岁之前，我知道古犹太国约书亚将军吹倒耶利哥城的故事，可是直至三十余岁我才知孟姜女哭夫以至哭倒长城的传说。我早就知道耶和华令太阳停住以使约书亚杀尽迦南人，可是尚不知后羿射日十落其九，而其妻嫦娥奔月遂为月神，女娲炼石——以三百六十五块石补天，其后她所余的那第三百六十六块石便成为《红楼梦》中的主人公宝玉等故事。这些都是我后来在书籍中零零碎碎看得，而非由童年时从盲人歌唱或戏台表演而得的。这样，谁又能埋怨我心中愤恨被人剥夺我得识中国神话的权利的感觉呢？然而，我刚说过，传教士给我出身的机会，后来我大有时间以补足所失，因为年纪愈长，求知愈切，至今仍然保留小孩子的好奇心啊。多谢上天，我还没有失了欣赏"米老鼠"漫画或是中国神仙故事的能力。

第三章　在学校的生活

父亲决心要我们进圣约翰大学，因是那时全中国最著名的英语大学。他要他的儿子获得最好的东西，甚至梦想到英国剑桥、牛津和德国柏林诸大学。因为他是一个理想主义者。当我留美时，因经济支绌迫而离美赴法，投入青年会为华工服务。后来写信给他说，我已薄有储蓄，加上吾妻的首饰，当可再去德留学。我知道这消息会带给他未曾有的欢喜，因为他常梦想着柏林大学啊！吾父与我同样都是过于理想化的人，因为我父子俩都欣赏幽默并同具不可救药的乐观。我偕同新妇出国留学之时，赤手空拳，只领有半个不大稳的清华学额和有去无回的单程旅费。冒险是冒险的了，可是他没有阻止我。这宗事凡是老于世故的人都不肯轻试的，然而我居然成行了。我顾忌什么？我常有好运道，而且我对自己有信心，加以童年贫穷的经验，足以增吾勇气和魄力，所以诸般困难俱不足以令我胆寒而使我不勇往直前。

吾父既决心要我学英语，即当我在小学时已喜欢和鼓励我们弟兄们说英语，识得几个词就讲几个，如 pen，pencil，paper 等，虽然他自己一词不懂。他尝问我一生的志向，我在意时回答，我立志做一个英语教员或是物理教员。我想父亲必曾间接暗示令我对英语热心。至于所谓物理教员，我的原意是指发明机器。因为当我在小学的时候，我已经学得吸水管的原理。有好几个月，我都以此为戏，深想发明一个改良的吸水管可以使井水向上流升，自动地一直流到我们园内。虽未成功，可是我到现在还是念念不忘要解决其中的难题。虽然以我现在年纪已可以看见这宗事的愚蠢，可是那问题仍常萦绕我心，即如一切其他尚未解决的问题一样。自从小孩子的时候，我一见机器便非常开心，似被迷惑，所以我常常站立不动定睛凝视那载我们由石码到厦门的小轮船上的机器。至今我仍然相信，我将来最大的贡献还是在机械的发明方面。至于我初入圣约翰大学时，我注册入文科而不入理科，那完全是一种偶然的事罢了。我酷好数学和几何，故对科学的分析的嗜好，令我挑选语言学而非现代文学为我的专门学科，因为语言学是一种科学，最需要科学的头脑在文学的研究上去做分析工作。我仍然相信我将来会发明最精最善的中文打字机，其他满腹满袋的发明计划和意见可不用说了。如果等我到了五十岁那一年，在我从事文学工作的六七年计划完成之后，我忽然投入美国麻省理工学院里当学生，也不足为奇。

十七岁，我到了上海。从此我与英语的关系永不断绝，而与所有的中文基础便告无缘了。照现在看起来，当时我的中文基础其实也是浮泛不深的。实际上，我的中学教育是白费光阴。我所有的少许经书知识乃是早年由父亲庭训所得。当投入圣约翰大学时，我对苏东坡的文学已真的感到兴趣，而且正在读司马迁的《史记》，但一旦入学，这些阅读便要完全停止了（这一半是那大学之过，一半亦是我自己之过）。我虚耗了在学校的光阴，即如大多数青年一般，这一点我只能埋怨那时和现在的教育制度。天知道我对于知识真如饥者求食一般的，然而现代的学校制度是基于两种臆断：一是以为学生对各门功课是毫无兴味的；次则是以为学生不能自求知识。因此课程编排是贬低程度，专为着那些对功课毫无兴味的学生而设。除此两弊之外，更有极端费时无益的学制，即要学生背书和给予积分（强要学生默记事实和番号，此皆是为便于教员发问而设的）。这都是分班的教育制度的结果，因而有非自然的考试和积分用做量度知识的工具，而教员个人对于各种学生在心灵进步各时期的个性的需要与各人的真正所得，就被完全忽略了。我自知对于自然科学和地理学是兴味最浓的，我可以不须教员的指导而自行细读一本十万字的地理书，然而在学校里每星期只须读一页半而费了全年工夫才读完一本不到三万字的地理教科书。其余各门功课，都是如此。此外，强迫上课的暗示，或对教员负责读书的暗示，皆极为我所厌恶的，因而凡教员所要我读的书我俱不喜欢。直至今日，我绝不肯因尽责之故而读一本书或一个人的著作，无论其在文学史上如何有价值。我们学生都觉得应该读书至最少限度，仅求积分及格便足

够。按我的天资，我一向无须虑及积分及格问题，我自入学校以来
积分从未低过及格的。结果，我便比别的学生工作反做少了。我吃
饭、睡觉，日复一日，年复一年，而由一级升高一级，都常是名列
前茅。我努力求学的动力只有由我父亲寄给我的示函而得，因为他
常常以为我所写的家信是极可羞的。我在学校得到很高的积分或升
到很高的一级，对于他并无意义，他是对的。如果当时有一图书馆，
充满好书，任我独自与天下文豪神交，我当得特殊的鼓舞。不幸在
中学时，没有图书馆设备，而厦门这一所教会学校与其他非教会学
校极大的不同在于我们教会学校学生不看中文报纸，或其他一切
报纸。

我在中学以第二名毕业，在圣约翰大学亦然。毕业第二名似是
我一生学校教育中的气运，我也曾分析其因果如下：大概在各学校
中都有一个傻小子，如我一样聪颖，或稍逊一筹的，然而比我相信
积分，而且能认真攻读课堂内的功课而为我所不能的。我相信如果
我肯在功课上努力一点，便不难得到冠军，不过我不干。首先，我
向来对课程不大认真。其次，凡做什么事我一生都不愿居第一的。
这也许是由于我血液里含有道教徒元素。结果，无论在家或在校，
每当考试的一星期，其他学生正在"三更灯火五更鸡"中用苦功之
时，我却逍遥游荡，到苏州河边捉鳝鱼，而且搅风搅雨引诱别的好
友一同去钓鱼。那时我真是不识得知识的魔力和求学的妙处，有如
今日引我入胜，使我深入穷知探奥之途，迷而忘返。

我之半生，或在校内或在校外，均是一贯不断的程序，从不知
道身在校，抑或出校，在学期中，抑或假期中。这对于我看书的习
惯而言没有多大的分别，只不过在假期中我可以公然看书，显露头
面，而一到学校开课便须秘密偷看而有犯规之虑。但是即使最好的
教员和最优的学校，也莫能完全禁止我看些自己爱看的书。偶然用

十分或二十分钟工夫来预备功课，并不搅扰我。但这却令我得了一种确信（现今我常在报章论说上所发表的意见），学校是致令学生看书为非法行为的地方。那地方将全日最好的光阴作上课之用，由早晨八时至下午五时，把学生关闭在课堂内。凡在校时间偷看杂书，或交换意见（所谓课堂闲谈）者，皆是罪过，是犯法。在中学课堂之中只许身体静坐，头脑空洞，听着别的学生错答问题而已。至在大学，这时间乃用在课堂听讲演。我相信这乃是人类虚耗时间的最大的发明。一个小子能够紧闭嘴唇，腾空头脑，便被称为品行优良，得甲等操行积分，而课堂中最优的学生乃是一个善于揣摩教员心理和在考试答案中迎合教员的意思者。在中国文字上，课堂中最优良的学生正是"教员腹内的蛔虫"，因为只有他知道说教员要他说的话，思想教员要他思想的意思。凡是离开这一道，或不合教科书的，或者是有些独立思想的，皆被视为异端。由此不难知道，我为什么屡次毕业总是不能名列第一了。

圣约翰大学的中文课堂是我的极乐世界，其间我可以偷看些书籍。我们的中文教员是老学究，也许是学问深邃的，可是就我看来，均是十分怪诞可笑。他们都是旧式的温静文雅的君子，可是不会教授功课，加以他们不懂世界地理，有一位居然告诉我们可以用汽车由中国到美国去。我们饶有地理知识，忍不住地哄堂。记得有一位金老夫子，身材约四尺十寸高，费了整个学期的时间只教了我们四十页大字印刷的《中国民法》。我十分愤怒。每一点钟，他只讲解其实不必讲解的十行，即使他最善虚耗光阴也不出十分钟工夫便可讲完。其他的时间他却作为佛家坐禅入定之用，眼睛不望着学生，不望着书卷，也不望着墙壁上。这真是偷看书籍最好不过的形势了。我相信我在此时看书是于人无损、于己有益的。在这时期，我的心思颇为发育，很爱看书。其中有一本我所爱看的乃是张伯伦（Chamberlain）的《十九世纪的基础》（*The Foundations of the 19th Century*），却令我的历史教员诧异非常。我又读赫克尔（Haeckel）的《宇宙之谜》（*Riddle of the Universe*）、沃德（Ward）的《社会学》（*Sociology*）、斯宾塞（Spencer）的《伦理学》（*Ethics*）及韦斯特马克（Westermarck）的《人类婚姻史》。我对进化论和基督教的明证很感兴趣。我们的图书馆内神学书籍占了三分之一。有一次在假期回家，我在教会登坛讲道，称应当将旧约《圣经》当做各式的文学作品读，如《约伯记》是犹太戏剧，《列王记》是犹太历史，《雅歌》是情歌，而《创世记》和《出埃及记》是很好的、很有趣的犹太神话和传说。——这宣教词把我父亲吓得惊慌失措。

我在英语课堂中也不见得好一点。我爱法语和心理学，可是我忍受法语和心理学两堂功课即如忍受中文课程一般。我相信我那时是个不合时宜的分子。最同情我的教员乃是一位历史教授 Professor Barton，他就是见我读张伯伦的巨著而诧异的那位。可是他对于我在他讲演时间常向窗门外望，也不能释怀。总而言之，我由课堂的讲演中得益无多。在那里我没有很多发问的机会，又不能如同对付一本书的著者那样剖开教员的心腹而细细察验，也不能如在书中自由选择我所要知道和要搜寻。当我听讲演听到有合意的有趣的语句时，又不能一个字一个字地用笔记起来。而看书时遇到合意的、有趣的几行话，我可以用笔随意加以标记，借以慢慢萦回咀嚼。我最恨积分，虽然各种考试我都合格。有时我认为自己确实已成功愚弄教员，令其相信我知晓功课，但有时我以为我的教授并不是那样的傻子。我所需要的乃是一个完备的图书馆，可是那里没有。后来到了哈佛大学，得在那图书馆的书林里用功，我才悟到过去在大学里遭受的损失。

第四章　与西方文明的初次接触

　　然而入学校读书，对我个人究竟没有什么损害。在学校所必须学的东西，很不费力便可叼了去。我很感谢圣约翰大学教我讲英语。其次，圣约翰大学又教我赛跑和打棒球，因此令我的胸肌得到锻炼，如果我那时进了别的大学，恐怕没有这机会了。这是所得的一项。至于所失，我不能不说它把我对于中文的兴味完全中止了，致令我忘了用中国毛笔这一项。后来直到毕业，浸淫于故都的旧学空气中，我才重新执毛笔，写汉字，读中文。得失两项相比对，我仍觉圣约翰大学对我有一特别的影响，令我将来的发展有很深远的影响的，即是它教我对于西洋文明和普通的西洋生活具有基本的同情。由此看来，我在成年之时，完全中止读中文也许有点利益，那便是令我确信西洋生活为正当的，而故乡所存留的种种传说则为一种神秘。因此当我由海外归来，从事重新发现我的祖国的工作时，我转觉刚刚到了一个向所不知的新大陆从事探险，其中的每一事物皆似孩童在幻想国中所见的事事物物般新鲜，觉得紧张和奇趣。同时，这基本的西方观念令我自海外归来后，对于我们自己的文明的欣赏和批评能有客观的、旁观的态度。自我反观，我相信我的头脑是西洋的产品，而我的心却是中国的。

　　我这对于西方文明的基本态度不是由书籍教的，却是由圣约翰大学的校长卜舫济博士和其他几个较优的教授而得，他们都是真君子。而对于我感力尤大者则为两位外国妇人，一为华医生夫人，即李寿山女士（Mrs.Harmy, then Miss.Deprey），她是我第一个英语教师，一个文雅贤淑的灵魂。其次则为毕牧师夫人（Mrs.P.W.Pitcher），即寻源书院校长的夫人，她是温静如闺秀的美国旧式妇女。完全令我倾倒的不是斯宾塞的哲学或爱伦·坡（E.A.Poe）的小说，却是这两位女士慈祥的音调。在易受影响的青年时期，我易受女性感力，自是不可免的事。这两位女士所说的英语，在我听来，确是非常的美，胜于我一向所听得的本国言语。我爱这种西洋生活，在圣约翰大学的一些传教士的生活——仁爱、诚恳而真实的生活。

我与西洋生活的初次接触是在厦门。我所记得的是传教士和战舰，这两分子轮流威吓我和鼓舞我。自幼受教会学校熏陶，我自然常站在基督教的立场，一向不怀疑这两者是有关系的，直到后来才明白真相。当我是一个赤足童子时，我瞪眼看着一九〇五年美国海军在厦门操演的战舰的美丽和雄伟，只能羡慕赞叹而已。我们对外国人都心存畏惧。他们可分为三类：传教士，身着清洁无瑕、洗熨干净的白衣；醉酒的水手，在鼓浪屿沿街狂歌乱叫，常令我们起大恐慌；其三则为外国的商人，头戴白通帽，身坐四人轿，可随意足踢或拳打我们赤脚的顽童。

然而他们的铜管乐队真是悦耳可听。在鼓浪屿有一个运动场，场内绿草如茵，其美为我们所从未看过的。每有战舰入口，其铜管乐队即被邀在此场中演奏，而外国的女士和君子——我希望他们确是君子——即在场中打网球，而且喝茶和吃冰激凌，而其中国西崽①衣服之讲究洁净远胜于多数的中国人。我们街上顽童每每由穴隙窥看，心中只有佩服赞叹而已。然而我在中学时期最为惊骇的经验，就是有一天外国人在他们的俱乐部办了一个大的舞会。这是

---

① 旧时欧美人在中国开设的洋行、西式餐馆所雇的男仆被称为西崽，此称呼含有贬义。

鼓浪屿闻所未闻的怪事，由此辗转相传，远近咸知外国男女半裸其体，互相偎抱，狎亵无耻，行若生番了。我们起初不相信，后来有几个人从向街的大门外亲眼偷看才能证实。我就是其中偷看者之一，其丑态怪状对我的影响实是可骇至极。这不过是对外国人惊骇怪异的开端而已，其后活动电影来了，大惊小怪陆续引起。到现在呢，我也看得厌了，准备相信这些奇怪的外国人最坏的东西了。

第五章　宗教

我的宗教信仰的进化，和我离开基督教长远而艰难的旅程与此旅程所带给我内心许多的苦痛，在此简短的自传中不能认真详述了，只可略说其梗概。我在童时是一个十分热诚的教徒，甚至在圣约翰大学加入了神学院，预备献身于基督教。我父亲对此举的认同，是很为疑惑和踌躇的。我在神学班成绩不佳，因为我不能忍受那凡庸琐屑和荒谬的种种，过了一年半便离开了。在这种神学研究之下，我大部分的神学信念已经弃去。耶稣是童女所生和他肉体升天这两款是我首先放弃的。我的教授们本是很开朗的，他们自己也不信这些教条，至少也以为是成为问题的。我已得入犹太圣殿的至圣所而发现其中的秘密了（其中是空的，无偶像的）。然而我不能不愤恨教会比起那进步的神学思想竟如此落后，却仍然要中国教徒坚信耶稣是由童女所生和肉体飞升这两条才能领受洗礼，而它自己的神学家却不信。这是伪善吗？无论如何，我觉得这是不诚实的，是不对的。

大学毕业之后，在清华大学授课之时，我仍在校内自动担任一个星期日圣经班，因而大受同事们的非议。那时的形势实是绝无可能的。我在圣经班的恭祝圣诞会当主席，而我却不相信东方三博士来见耶稣和天使们，半夜在天上欢唱等圣诞故事。我个人久已弃置此等荒谬传说，此时却要传给无知的青年们。然而我的宗教经验已是很深的了，我总不能设想一个无神的世界。我只是觉得如果上帝不存在，整个宇宙将至彻底崩溃，特别是人类的生命。我一切由理性而生的信念亦由理性而尽去，独有我的爱，一种精神的契谊（关系）仍然存留。这是最难撕去的一种情感。一日我与清华一位同事刘大钧先生谈话。在绝望之中，我问他："如果我们不信上帝是天父，便不能普爱同人，行见世界大乱了，对不对呀？""为什么呢？"刘先生答，"我们还可以做好人，做善人呀，只因我们是人。做好人，正是人所当做的啰。"那一答语骤然便把我同基督教最后的一线关系剪断了，因为我从前对基督教仍然依依不舍，是为着一种无形的恐慌。以人性（人道）尊严为号召，这一来有如异军突起，攻吾不备，遂被克服。而我一向没有想到这一点，真是愚不可及了。由是我觉得，如果我们爱人是要依赖与在天的一位第三者发生关系，我们的爱并不是真爱；真爱人的，要看见人的面孔便真心爱他。我也要依这一根据而决定在中国的传教士哪个是好的，哪个是不好的。那些爱我们信"邪教"的人只因为我们是人，便是好的传教士，而他们应该留在中国。反之，那些爱我们不因我们是中国人和只是人的缘故，却因可怜我们或只对第三者尽责的缘故而特来拯救我们出地狱的，都应该滚出去，因为他们不特对中国无益，而且对基督教也没有好处。

第六章 游学之年

我长成后的生活范围太大，在此不容易尽述。约而言之，我与我妻在海外游学那几年是我最大的知识活动时期，但也是我社交上的极幼稚时期。我们俩本是一对不识不知、坦白天真的青年，彼此相依相赖，虽有勇敢冒险的精神和对于前途的信仰，然而现金甚少而生活经验也不足。我妻的常识比我多，所以她可以把银圆拿在手上逐个数数，借以知我们可以再留在外国几天，而我却绝对不知晓我们的经济支绌情形。我不知怎的，自信总可以过得去，到如今回想那留在外国神奇的四年，我以为我的观念是不错了。我们真个过得去，竟在外国留学四年之久。——那当然是要感谢德国马克跌价了。我们两在社交上共同出过几次丑，至少我个人是如此，因为直到今日我还不能记得清楚擦黄牛油的小刀是不可以放在桌布之上，而只可搁在放面包的小碟上的。而且我至今饮茶或喝酒之时还错拿别人的杯子。我们有一次走进一个教授的家里——在请帖所定时间一星期之前——告诉那个女仆我们是被邀请赴宴会而不会赶快退步走。我们俩在生活上合作：我妻为我洗衣服和做很好的饭食，而我躬任洗碗碟的工作。在哈佛之时，我绝不知道大学校里的生活，甚至未尝看过一次哈佛与耶鲁的足球战，这是哈佛或耶鲁教育最要紧的一部分。然而我从游 Bliss Perry, Irving Babbitt, Leo Werner, Von Jagemann 几位名教授，却增长了不少真学问。终于，我的半官费学额停止了——那半学额每月四十金元，是我在清华服务三年所博得的。因此我投车赴法国，即在"一战"告终之时。

在法国青年会为华工服务之时，我储蓄了些美国的金元，借以可到德国去。我们先赴耶拿——一个美丽的小市，过了一学期又转到莱比锡大学，因为后者以语言学驰名。在那里，我们一同上学，照旧日合作办法共同洗衣做饭。因为我们出卖金元太早，吃了亏，所以有时逼得要变卖我妻的首饰以充日用之资。然而此举是很值得的。外人不知道我们俩是夫妻还是兄妹，因为那时我们没有儿女。及至我妻怀孕而经费渐渐不支，乃不得不决定回国分娩。那便逼着我要在大热天气中为博士考试而大忙特忙了。然而那却是我的旧玩意儿——考试求及格，我绝不恐慌，可是我妻却有些儿心惊胆战，我们居然预订船位在考试之后两星期即从几内亚登轮回国。我们预定在考试完毕那一天的晚上，即行离开莱比锡，到威尼斯、罗马、那不勒斯等处游历两星期。我仍然具有从前坚定的自信。这一场博士论文考完，最后的口试中，我由一个教授室跑到另一个教授室，至十二点钟出来。我妻已倚闾而望。"怎么样啊？"她问。"合格了！"我答。她就在大街上给我一吻，双双并肩同到 Rathaus 餐室吃午餐。

第七章　由北平到汉口

于是我回国了，先在国立北京大学教授英语和语言学。在莱比锡时，我已读了许多中国书，并努力研究中国语言学，颇有所得，因在莱比锡和柏林两地都有很好的中国图书馆，而由后一处又可以邮借所需的书籍来使用。自任清华教席之后，我即努力于中国文学，今日能用中文写文章者皆得力于此时的用功。

当我在北平时，身为大学教授，对于时事政治，常常信口批评，因此我恒被人视为那"异端之家"（北大）一个激烈的分子。那时北大的教授们分为两派，披甲备战，旗鼓相当：一是《现代评论》所代表的，以胡适博士为领袖；一是《语丝》所代表的，以周氏兄弟作人和树人（鲁迅）为首。我是属于后一派的。当这两个周刊关于教育部与女子师范大学问题而发生论战时，真是惊心动魄。那里真是一个知识界发表意见的中心，是知识界活动的园地，那一场大战令我十分欢欣。我也加入学生的示威运动，用旗杆和砖石与警察相斗。警察雇用一班半赤体的流氓向学生掷砖头，以防止学生出第三院而游行。我于是也有机会施用我的掷棒球技术了。我以前在外国各大学所错过的大学生生活，至此补足。那时，北平的段祺瑞政府算得是很放任的，亦极尊重出版和开会的自由。国民党也是学生运动的后盾，现在南京国民政府有几位要人便是当年学生示威运动的主脑和领袖。

在这时期还有两件可述的大事。一是政府围堵请愿的学生，枪杀两名女生及伤残五十多名学生。他们埋伏兵士，各提大刀和铁链，等候学生抗议游行到执政府，然后关起外门挥鞭动剑，在陷阱中置他们于死地。那时的情景值得一篇特写文章。我个人亲见一个女生（刘和珍）于下午一点钟时被安放在棺木内，而在十二点时，我还看见她欢天喜地地游行和喊口号呢。还有一宗大事就是孙中山先生的出殡——这事对我心的震动比其他事都大。民国十五年（一九二六年）四五月间，狗肉将军张宗昌长驱入北平，不经审讯而枪杀了两个最勇敢的记者（邵飘萍和林白水）。那时又有一张名单要捕杀五十个言辞激烈的教授，我就是其中之一。此信息外传，我即躲避一月，先在东交民巷一个法国医院，后在友人家内。有一日早晨，我便携家眷悄然离开北平了。

回到老家后，我在那奄奄欲睡的厦门大学惹起一场大风潮，直至我不能再在那里安身，就于民国十六年春离开，投身于武汉的国民政府。我不能不把这一章纪事删去，只能说我那时身任外交部秘书，住在鲍罗庭的对门，不过我还没有见过鲍罗庭或汪精卫一次。

第八章　著作和读书

我初期的文字即如那些学生的示威游行一般，披肝沥胆，慷慨激昂，公开抗议。那时并无什么技巧和细心。我完全归罪于北洋军阀给我们的教训。我们所得的出版自由太多了，言论自由也太多了，而每当一个人可以开诚布公地讲真话时，说话和著作便不能成为艺术了。这言论自由究竟有甚好处？那严格的取缔，逼令我另辟蹊径以发表思想。我势不能不发展文笔技巧和权衡事情的轻重，此即读者们所称为"讽刺文学"。我写此项文章的艺术乃在发表关于时局的看法，刚刚足够暗示我的思想和别人的意见，但同时饶有含蓄，使不至于身受牢狱之灾。这样写文章无异于马戏场中所见的在绳子上跳舞，须眼明手快，身心平衡合度。在这个奇妙的空气当中，我已经成为一个所谓幽默或讽刺的写作者了。也许如某人曾说，人生太悲惨了，因此不能不故事滑稽，否则将要闷死。这不过是人类心理学中一种很寻常的现象罢了——在十分危险时，我们创制了自卫的机械，也就是滑口善辩。这一路的滑口善辩，其中含有眼泪兼微笑的。

我重新发现祖国的经过也许可咏成一篇古风，可是恐怕我自己感到其中的兴趣多于别人罢。我常徘徊于两个世界之间，而逼着自己选择一个，或为旧者，或为新者，由两足所穿的鞋子以至头顶所戴的帽子。现在我不穿西服了，但仍保留着皮鞋。至最近，我始行决定旧式的中国小帽是比洋帽较合逻辑和较为舒服的，戴上洋帽我总觉得形容古怪。一向我都要选择我的哲学，一如决定戴哪种帽子一样。我曾作了一副对联：

　　两脚踏东西文化
　　一心评宇宙文章

　　有一位好作月旦[①]的朋友评论我说，我的最大长处是对外国人讲中国文化，而对中国人讲外国文化。这原意不是一种暗袭的侮辱，我以为那评语是真的。我最喜欢在思想界的大陆上驰骋奔腾。我偶尔想到有一宗开心的事，即把两千年前的老子与美国的福特（Henry Ford，汽车大王）拉进一个房间，让他们畅谈心曲，共同讨论货币的价值和人生的价值。或者要辜鸿铭导引孔子投入麦克唐纳（英国前工党首相）家中，而看着他们相视而笑，默默无言，而在杯酒之间得完全了解。这样发掘一中一西原始的思想而作根本上的比较，其兴味之浓不亚于方城之戏，各欲猜度他人手上有什么牌。又如打牌完了四圈又四圈，不独可以夜以继日，日复继夜，还可以永不停息，没有人知道最后的输赢。

　　在这里可以略说我读书的习惯。我不喜欢第二流的作家，我所要的是表示人生的文学界中最高尚的和最下流的。最高尚的一级可以说是人类思想的源头，如孔子、老子、庄子、柏拉图，等等。我所爱的最下流的作品，有如 *Baroness Crczsy*，*Edgar Wallace* 和一般

---

① 月旦，亦称"月旦评"，最初指东汉汝南地区品评人物的风气，后来则泛指品评人物。

价极低廉的小书，而尤好民间歌谣和苏州船户的歌曲。大多数的著书是由最下流的或最高尚的剽窃抄袭而来，可是他们剽窃抄袭永不能完全成功。如此表示的人生中失了活力，词句间失了生气和力度，而思想上也因经过剽窃抄袭的程序而失却真实性。因此，欲求直接的灵感，便不能不向思想和生命的渊源处追寻了。为此特别的宗旨，老子的《道德经》和苏州船户的歌曲，对我均为同等。

我读一个人的作品，绝不因有尽责的感觉，我只是读令人心悦诚服的东西。他们吸引我的力量在于他们的作风或相近的观念。我读书极少，不过我相信我读一本书得益比别人读十本的多，如果那特别的著者与我有相近的观念。因此我用心吸收其著作，不久便似潜生根蒂于我心内了。我相信强逼人读任何一本书都是没用的。人人必须自寻其相近的灵魂，然后其作品乃能成为生活的。这一偶然的方法，也是发展个人的观念和内心生活独一无二的法门。然而我并不强逼别人与我同好一个著者。我相信有一种东西如圣·伯甫所谓"人心的家庭"，即"灵魂的接近"，或是"精神的亲属"，虽彼此时代不同，国境不同，而仍似能互相了解，比同时同市的人多些。一个人的文章嗜好是先天注定而不能自已的。

第九章　无穷的追求

有时我以为自己是一个到异地探险的孩子，而我探险的路程是无穷期的。我四十生辰之日，曾作了一首自寿诗，长约四百字，结尾语有云："一点童心犹未灭，半丝白鬓尚且无。"我仍是一个孩子，睁圆眼睛，注视这极奇异的世界。我的教育只完成了一半，因关于本国和外国仍有好多东西是要苦心求学的，而样样东西都是奇妙得很。我只得有半路出家的中国教育和西洋教育。例如，中国很寻常的花卉树木名目我好些不知晓，我看见它们时还是初次相见，即如一个孩子。又如金鱼的习惯，植兰技术，鹌鹑与鹧鸪的区别，及吃生虾的感觉，我都不会或不知。因此，中国对于我而言有特殊的吸引力，即如一个未经开发的大陆，而我随意之所之，自由无碍，有如一个小孩走入大丛林一般，时或停步仰望星月，俯视虫花。我不管别人说什么，而在这探险旅程中也没有预定的目的地，没有预定的游程，不受规定的向导限制。如此游历，自有价值，因为如果我要游荡，我便独自游荡。我可以每日行三十里，或随意停止，因为我素来喜欢顺从自己的本能，所谓任意而行，尤喜自行决定什么是善，什么是美，什么不是。我喜欢自己所发现的好东西，而不愿意人家指出来的。我已得到极大的开心乐事，即发现好些个被人遗忘的著者而恢复其声誉。现在我心里想着精选三百首最好的诗，皆是中国戏剧和小说里人所遗忘和不注意之作，而非由唐诗中选出。每天早晨，我一觉醒来，便感觉到有无限无疆的探险富地在我前头。大概是牛顿在身死之前曾说过，他自觉很像一个童子在海边嬉戏，而知识世界在他前头有如大海渺茫无垠。在八岁时，塾师尝批我的文章云："如巨蟒行小径。"他的意思以为我词不达意。而我即对云："似小蚓过荒原。"我就是那小蚓，到现在我仍然蠕蠕然在沙漠上爬动不已，但已进步到现在的程度也不禁沾沾自喜了。

我不知道这探险的路程将来直引我到哪里去。世界上只有两种动物，一是管自己的事的，一是管人家的事的。前者属于吃植物的，如牛、羊与思想的人；后者属于肉食者，如鹰、虎与行动的人。前者是处置观念的，后者是处置别人的。我常常钦羡我的同事们有行政和执行的奇才，他们会管别人的事，而以管别人的事为自己一生的大志。我总不感到那有什么趣。是故，我永不能成为一个行动的人，因为行动的意义是要在团体内工作，而我则对于同人的尊敬心过甚，不能号令他们必要怎样怎样做。我甚至不能用严厉的辞令摆尊严的架子以威吓申斥我的仆人。我羡慕一般官吏，以他们能作成几件关于别人行动的报告，及通过几许议案叫人民要做什么，或禁止人民做什么。他们又能够令从事研究工作的科学家依时到实验室，每晨到时必要签名于簿子上，由此可令百分之七十五点三的效率增加到百分之九十五点五。这种办法，我总觉得有点怪。个人的生命究竟对于我自己是最重要不过的。也许在本性上，如果不是在确信上，我是个无政府主义者或道家。

现在我只有一种兴趣，即要知道人生多一些——已往的和现在所处的，兼要写人生，多半在脾气发作之时，或发奇痒，或觉有趣，或起愤怒，或有厌恶。我不为现在，甚至不为将来而忧虑，且确然没有什么大志愿，甚至不立志为著名的作者。其实，我怨恨成名，如果这名誉足以搅乱我现在生命的程序。我现在已是很快乐的了，不愿再快乐些。我所要的只是些许现金，致令我能够到处漂泊，多得自由，多买书籍，多游名山——偕几个好朋友去。

我自知自己的短处，而且短处甚多，一般批评我的人大可以不必多说了。在中国有许多很厉害的、义务监察的批评家，这是穿上现代衣服的虚夸的宋儒遗裔。他们批评人不是以人之所同然为标准，却以一个完善的圣人为标准。至少至少，我不是懒惰而向以忠诚处身立世的。

附　记

　　这篇自传原是三十多年前应美国某书局之邀而用英语撰写的，我还不知道已经由工爻译出中文，登载在简又文先生所编的《逸经》第十七、十八、十九期。其中自不免有许多简略不详之处，将来有工夫再为补叙。但是可说句句是我心中的话，求学做人还是这些道理。文末所谓"甚至不立志为著名的作者……如果这名誉足以搅乱我现在生命的程序"，也是老老实实肺腑之言。就当它为一篇自述以见志之文读去，也无不可。

林语堂

一九六八年一月十四日

八十自叙

第一章　一团矛盾

有一次，几个朋友问他："林语堂，你是谁？"他回答说："我也不知道他是谁，只有上帝知道。"又有一次，他说："我只是一团矛盾而已，但是我以自我矛盾为乐。"他喜爱矛盾。他喜欢看到交通安全宣传车出了车祸撞伤人。有一次他到北平西郊的西山上一个庙里，去看一个太监的儿子。他把自己描写成为一个异教徒，其实他内心里却是个基督徒。现在他专心致力于文学，可是他总以为大学一年级时不读科学是一个错误。他之爱中国和中国人，其坦白真实，甚于其他任何一个中国人。他对法西斯没有好感，他认为中国理想的流浪汉才是最有身份的人。这种极端的个人主义者才是独裁的暴君最可怕的敌人，也是和他苦斗到底的敌人。他很爱慕西方，但是鄙视西方的教育心理学家。他一度自称为"现实理想主义家"，又称自己是"热心人冷眼看人生"的哲学家。他喜爱妙思古怪的作家，但也同样喜爱平实贴切的理解。他感兴趣的是文学、漂亮的乡下姑娘、地质学、原子、音乐、电子、电动刮胡刀以及各种科学新发明的小物品。他用胶泥和滴流的洋蜡做成彩色的景物和人像，摆在玻璃上，借以消遣自娱。他喜爱在雨中散步；游水大约三码之远；喜爱辩论神学；喜爱和孩子们吹肥皂泡儿。他见湖边垂柳浓荫幽僻之处则兴感伤怀，对于海洋之美却茫然无所感。一切山峦，皆所喜爱。与男性朋友相处，爱说脏话，对女人则极其正经。

生平无书不读，希腊语、中文及当代作家；宗教、政治、科学。爱读纽约《时代》杂志的 Topics 栏及《伦敦时报》的"第四社论"，还有一切在四周加框的新闻及科学医药新闻；鄙视一切统计学——认为统计学不是获取真理真情可靠的方法；也鄙视学术上的术语——认为那种术语只是缺乏妙悟真知的掩饰。对一切事物皆极好奇，对女人的衣裳、罐头起子、鸡的眼皮，都有得意的看法。一向不读康德哲学，他说实在无法忍受；憎恶经济学。但是喜爱海涅、斯蒂芬·李卡克（Stephen Leacock）和海伍德·布朗（Heywood Brown）。很迷"米老鼠"和"唐老鸭"。另外还喜欢男星莱昂内尔·巴利摩尔（Lionel Barrymore）和女星凯瑟琳·赫本（Katherine Hepburn）。

他与外交大使或庶民百姓同席而坐，全不在乎，只是忍受不了仪礼的拘束。他决不存心给人任何的观感。他恨穿无尾礼服，他说他穿上之后太像中国的西崽。他不愿把自己的照片发表出去，因为读者对他的幻象是个须髯飘动、落落大方、年长的东方哲人，他不愿破坏读者心里的这个幻象。只要他在人群中间能轻松自如，他就喜爱那个人群；否则，他就离去。当年一听陈友仁的英语，他就受了感动，参加了汉口的革命政府，充任外交部的秘书，做了四个月，弃政治而去，因为他说，他"体会出来他自己是个草食动物，而不是肉食动物，自己善于治己，而不善于治人"。他曾经写过："对我自己而言，顺乎本性，就是身在天堂。"

对妻子极其忠实，因为妻子允许他在床上抽烟。他说："这总是完美婚姻的特点。"对他三个女儿极好。他总以为他那些漂亮动人的女朋友，对他妻子比对他还亲密。妻子对他表示佩服时，他也不吝于自我赞美，但不肯在自己的书前写"献给吾妻……"，那未免显得过于公开化了。

他以道家老庄的门徒自诩，但自称在中国最为努力工作者之一。他不耐静立不动；若火车尚未进站，他要在整个月台上漫步，看看店铺的糖果和杂志。宁愿走上三段楼梯，不愿静候电梯。洗碟子洗得快，但总难免损坏几个。他说爱迪生二十四小时不睡觉算不了什么，那全在于是否精神专注于工作。"美国参议员讲演过了五分钟，爱迪生就会打盹入睡，我林语堂也会。"

他唯一的运动是逛大街，另有就是在警察看不见时在纽约中央公园的草地上躺着。

只要清醒不睡眠时，他就抽烟不止，而且宣称自己的散文都是由尼古丁构成的。他知道他的书上哪一页尼古丁最浓。喝杯啤酒就头晕，但自以为不能忘情于酒。

在一篇小品文里，他把自己人生的理想如此描写：
"此处果有可乐，我即别无所思。"

我愿自己有屋一间，可以在内工作。此屋既不需要特别清洁，亦不必过于整齐。不需要《圣米歇尔的故事》(*Story*

of San Michele）中的阿加莎（Agatha）用抹布在她能够到的地方都去抹擦干净。这个屋子只要我觉得舒适、亲切、熟悉即可。床的上面挂一个佛教的油灯笼，就是你在佛教或是天主教神坛上看见的那种灯笼。要有烟，发霉的书，无以名之的其他气味才好……

　　我要几件士绅派头儿的衣裳，但是要我已经穿过几次的，再要一双旧鞋。我须有自由，愿少穿就少穿……若是在阴影中温度高到华氏九十五度时，在我的屋里，我必须有权一半赤身裸体，而且在我的仆人面前我也不以此为耻。他们必须和我自己同样看着顺眼才行。夏天我需要淋浴，冬天我要有木柴点个舒舒服服的火炉子。

　　我需要一个家，在这个家里我能自然随便……我需要几个真有孩子气的孩子，他们要能和我在雨中玩耍，他们要像我一样能以淋浴为乐。

　　我愿早晨能听喔喔喔公鸡叫。我要邻近有高大的乔木数株。

　　我要好友数人，亲切一切如常的生活，完全可以熟不拘礼。他们有些烦恼问题，婚姻问题也罢，其他问题也罢，皆能坦诚相告；他们能引证希腊喜剧家阿里斯托芬的喜剧中的话，还能说荤笑话；他们在精神方面必须富有，并且能在说脏话和谈哲学的时候坦白自然；他们必须各有其癖好，对事物必须各有其定见。这些人要各有其信念，但也对我的信念同样尊重。

　　我需要一个好厨子，他要会做素菜，做上等的汤。我需要一个很老的仆人，心目中要把我看做伟人，但并不知道我在哪方面伟大。

我要一个好书斋，一个好烟斗，还有一个女人，她须聪明懂事，我要做事时，她能不打扰我，让我安心做事。

在我书斋之前要修篁数竿，夏日要雨天，冬日要天气晴朗，万里一碧如海，就犹如我在北平时的冬天一样。

我要有自由能流露本色自然，无须做伪。

按照中国学者给自己书斋起斋名的习惯，他称他的书斋"有不为斋"。在一篇小品文里他自己解释说：

我憎恶费体力的事，永远不骑墙而坐；我不翻跟头，体能上的也罢，精神上的也罢，政治上的也罢。我甚至不知道怎么样趋时尚，看风头。

我从来没有写过一行讨当局喜欢或是求取当局爱慕的文章。我也从来没说过讨哪个人喜欢的话，连那个想法都没有。

我从未向中国航空基金会捐过一文钱，也从未向由中国正统道德会主办的救灾会捐过一分钱。但是我给过可爱的贫苦老农几块大洋。

我一向喜爱革命，但一直不喜爱革命的人。

我从来没有成功过，也没有舒服过，也没有自满过；我从来没有照照镜子而不感觉到惭愧得浑身发麻。

我极厌恶小政客，不论在什么机构，我都不屑于与他们相争斗。我都是避之唯恐不及。因为我不喜欢他们的那副嘴脸。

在讨论本国的政治时，我永远不能冷静超然而不动情感，或是圆通机智而八面玲珑。我从来不能摆出一副学者气，永远不能两膝发软，永远不能装做伪善。

我从来没救少女出风尘，也没有劝异教徒归向主耶稣。我从来没感觉到犯罪这件事。

我以为我像别人一样有道德，我还以为上帝若爱我能如我母亲爱我的一半，他也不会把我送进地狱。我这样的人若是不上天堂，这个地球不遭殃才怪。

他在《生活的艺术》里说，理想的人并不是完美的人，而只是一个令人喜爱而通情达理的人，而他也不过尽力做那样的一个人罢了。

第二章　童年

我生在清光绪二十一年（一八九五年），时值清帝国末叶，光绪年轻，虽然在位，伯母慈禧太后独握大权，在国势岌岌可危之日，这位老太婆骄奢淫逸。我之降生，正值中日战争起，中国惨败，订《马关条约》，割台湾与日本。中日战争之前，慈禧太后将用以建立中国海军的款项，去修建颐和园。据记载，战争爆发后，中国一艘炮艇曾以仅有的两发炮弹参与战斗。腐败的清朝官僚曾自各国采购大小不同的炮弹，借以中饱自肥。日本则在明治维新之下励精图强，后来在一九〇四年日俄战争中击败帝俄，清王朝本已是行尸走肉，若干年之后依然是行尸走肉。

我生在福建南部沿海山区之龙溪县坂仔村。童年早期对我影响最大的，一是山景，一是家父，那位使人无法忍受的理想家，三是严格的基督教家庭。

坂仔村位于肥沃的山谷之中，四周皆山，本地称之为东湖。虽有急流激湍，但浅而不深，不能行船，有之，即仅浅底小舟而已。船夫及其女儿，在航行此急流之时必须跳入水中，裸露至腿际，真个是将小舟扛在肩上。

坂仔村之南，极目遥望，但见远山绵亘，无论晴雨，皆掩映于云雾之间。北望，嘉溪山矗立如锯齿状，危崖高悬，遮天蔽日。冬日，风自极狭窄的狗牙谷呼啸而过，置身此地，人几乎可与天帝相接。接近东南敞亮处，有一带横岭，家姐家兄即埋葬于此。但愿他们俩的坟墓今日仍然未遭毁坏。二姐之挣扎奋斗请求上学的经过，今日我依然记忆如新。

童年时，每年到斜溪和鼓浪屿去的情形，令人毕生难忘。在斜溪，另一条河与这条河汇合，河道遂展宽，我们乃改乘正式家房船直到县中大城漳州。到漳州，视野突然开阔，船蜿蜒前行，两岸群山或高或低，当时光景至今犹在目前。与华北之童山濯濯大为不同，树木葱茏青翠，多果实，田园间农人牛畜耕作，荔枝、龙眼、朱栾等果树处处可见，巨榕枝柯伸展，浓荫如盖，正好供人在下乘凉之用。冬季，橘树开花，山间朱红处处，争鲜斗艳。

父母让我和三兄弟到鼓浪屿求学，这样自然就离开了母亲。一去往往是一整年。坐在那种家房船里，我总是看见海上风浪女神妈祖的神龛被放置在船尾，不停地点着几炷香，船夫往往给我们说古老的故事。有时，我们听见从别的船上飘来幽怨悦耳的箫声。音乐在水上，上帝在天宫。在我那童稚的岁月，还能再希望什么更好的环境呢？

在《赖柏英》那本书里，我描写生在山间，是以高地的观点写的，而且是与生在平原以"低地"的观点相对的。这完全决定于你的性格。若想把高地和低地的观点说明，我最好是从《赖柏英》里引用几句了。细老那个男孩子在和阮娜说山的时候，他说：

"在黛湖我们有山。可是我在你们那个地方可没看见那样的山。我们附近的山是真山，不是你在新加坡看见的那种不像样子的山。我们那儿的山令人敬，令人怕，令人感动，能够诱惑人。峰外有峰，重重叠叠，神秘难测，庞大之至，简直无法捉摸。"

他以突然兴奋的心情说话，好像倾吐出多年藏在心中的秘密一样，所以听他说话的人竟觉得突如其来，迷惑不解。他则接着说："你一点儿也不知道。你若生在山里，山就会改变你的看法，山就好像进入你的血液一样……山的力量巨大得不可抵抗。"——他停下来，思索一个适当的字。他说："山逼得你谦——逊——恭——敬。柏英和我都在高地长大。那高地就是我的山，也是柏英的山。我认为那山从来没有离开过我们——以后也不会……"

阮娜听见这话，她的眼睛越睁越大。她简直没办法听懂。她只觉得细老越说越神奇，所谈论的山的影响力，是别人难以听得懂的。

"你意思是说你把对那山的记忆看得很珍贵呀！"

"不只是珍贵。那些山的记忆都进入我浑身的血液了。只要童年时成了山地的孩子，担保一辈子是山地的孩子，永远不会变的。你可以说天下有一种高地的人生观，还有一种低地的人生观。两者判若天渊，永无接近之日。"

阮娜神秘地微笑了。

她说："我不懂你说的是什么。我所知道的只是你这个家伙太奇怪。"

细老说："我给你说明白一点。我叔叔的人生观，就是低地的人生观。平的，什么都是平的，从来不抬头往上望。

"我再改个说法。比方你生在那些山间，你心里不知不觉评判什么都以山为标准，都以你平日看惯的山峰为标准。于是，你当然觉得摩天大楼都可笑，都细小得微不足道。你现在懂我的意思了吧？对人生其他一切你也是同样的看法。人、商业、政治、金钱等无不如此。"

阮娜把头向后一仰，低声嘻嘻地笑了。她说："噢，那么……可是人都赞美摩天大楼呢。他们不像你那样把摩天大楼和山相比啊。"

细老说："自然啦，我们童年的日子，童年时吃的东西，我们常去捉虾捉小鲛鱼，泡泡水使脚清凉一下的小河——那些简单幼稚的事情，虽然你并不常想，可是那些东西，那些事情，总是存在你心坎儿的深处的，并没有消失啊。"

在另一本书里，我也写过赖柏英她那山间的茅屋。《赖柏英》是一本自传小说。赖柏英是我初恋的女友。因为她坚持要对盲目的祖父尽孝道，又因为我要出洋留学，她就和我分离了。

你整个下午都在白鹭窠消磨过了。他们的茅屋在西山一个突出的地方。一个女孩子站在空旷处，头后有青天做陪衬，头发在风中飘动，就比平常美得多。她决不显得卑躬屈节摇尾乞怜的样子。她浑身的骨头的结构就是昂然挺立的。

我之所以成为这样一个人，也就是因此之故。我之所以这样，都是仰赖于山。这也是人品的基调，我要享受我的自由，不愿别人干涉我。犹如一个山地人站在英国皇太子身旁而不认识他一样。他爱说话，就快人快语；没兴致时，就闭口不言。

父亲是个无可救药的乐观派，敏锐而热心，富于想象，幽默诙谐。在那些长老会牧师之中，家父是以极端的前进派知名的。在厦门很少男孩子听说有个圣约翰大学之时，他已经送自己的孩子到上海去受英国语文的教育了。家父虽然并不健壮，他的前额高，与下巴很相配，胡须下垂。据我的记忆，我十岁时，他是五十几岁。我记得他最分明的，是他和朋友或同辈分的牧师在一起时他那悠闲的笑声。他对我们孩子，倒是和蔼亲切，但是若以一般年老的父母而论，他也有几分严厉。纵然如此，他还不至于不肯和我们开玩笑，他还会把一个特别的菜放在母亲面前，有时也给母亲布菜。厦门是道光二十九年中国五口通商后开放给西洋人传教的一个都市。父亲说的笑话之中，有一个是关于在厦门传教的先驱塔拉玛博士。当年的教堂里是男女分坐，各占一边。在一个又潮又热的下午，他讲道时，看见男人打盹，女人信口聊天，没有人听讲。他在讲坛上向前弯着身子说："诸位姐妹如果说话的声音不这么大，这边的弟兄们就可以睡得安稳一点了。"

家父很受漳州的基督徒所爱戴。他的话爽快有味，平常老百姓都能听懂。

据我所知，家父是个自学成功的人。他过去曾经在街上卖糖果，卖米给囚犯，获利颇厚。他也曾贩卖竹笋到漳州，两地距离十至十五里地。他的肩膀上有一个肉瘤，是由于担扁担磨出来的，始终没有完全消失。有一次，有人教他给一个牧师担一担东西，表示不拿他当做外人。那个基督徒对这个年轻人却没有怜悯心，让他挑得很重，那些东西里有盆有锅。那人还说："小伙子，你很好。你挑得动。这样才不愧是条好汉。"直到后来，父亲还记得在那个炎热的下午所挑的那一担东西。这就是他赞成劳动的缘故。

我记得他和当地的一个税吏打过一次架。那个税吏领有执照，得在每五日一次的集镇上由他自己斟酌收取捐税。有一个卖柴的人，费了三天工夫——砍柴，劈成棍状，烘熏成炭，由山中运到集上卖。每一捆卖两百铜钱，而税吏每捆炭要他纳一百二十铜钱的税。家父赶巧在旁经过，看见税吏欺负穷人，上前干涉，于是恶语相侵。人群围起来。最后，税吏表示尊重家父的长者地位，答应减低捐税——减低多少，已经记不清。但是父亲回家告诉我们这件事时，税吏的邪恶不义还让父亲怒火中烧。

家母出嫁得晚。她为人老实直率。她能看闽南语拼音的《圣经》。不管什么农夫，她都会请到家喝杯茶，在热天请人到家乘乘凉。她虽然是牧师的太太，但从不端架子。我记得母亲是有八个孩子的儿媳妇，到晚上总是累得筋疲力尽，两只脚迈门槛都觉得费劲。但是她给我们慈爱，天高地厚般的慈爱，可是子女对她也是同样感德报恩。我十岁，也许是十二岁时，我的几个姐姐就能够做家中沉重的劳务，母亲才得安闲度日。二姐和我总是向母亲说些荒唐故事，以逗母亲为乐。等母亲发觉我们逗弄她时，好像如梦初醒，恍然大悟，就喊道："根本没有这种事。你们说来逗我乐的。"母亲一向牙齿不好，每逢在大家面前笑时，总是习惯用手捂着嘴。

我们兄弟六人，姐妹二人，我是倒数第二。在家，按规定，男孩子应当扫地，由井中往缸里挑水，还要浇菜园子。把水桶系下井去，到了底下时，让桶慢慢倾斜，这种技巧我们很快就学会了。水井口上有边缘，虽然一整桶水够沉的，但是我很快就发觉打水蛮有趣，只是厨房里用的那个水缸能装十二桶水，我不久就把倒水推给二姐做。那时我们还不知道肥皂是什么东西。等我十岁左右，母亲用一种豆饼洗手时，有一种黏液。后来，我们用的肥皂，是由商务印书馆买来的。母亲总是在太阳里把肥皂晒硬，好能用得久些。

夏天，哥哥们回家来了，我们每逢上课前先打铃。父亲就是老师。他教我们念诗，念经书、古文，还有普通的对对子。父亲轻松容易地把经典的意思讲解出来，我们都很佩服他。快到十一岁时，我记得二姐常凝视着墙上的影子，用很惋惜、很不情愿的语气说："现在我得去洗衣裳了。"在下午，天晚一点的时候，她又看一看墙上的影子，几乎是自言自语地说："我该把晒的衣裳收回来了。"

晚上，我们轮流读《圣经》，转过身去，跪在凳子上，各自祷告。有时候，我弟弟会睡着，大姐就会骂他"魔鬼撒旦"，或"魔鬼撒旦的儿子"。我们兄弟姐妹是不许吵架的，实际上我们也没吵过架。理由是：每个人都要"友好和善"。后来，在上海圣约翰大学读书时，我不得不劝弟弟不要对每个人都那样微笑表示友好。这种理想主义者的色彩现在还依然植在他心里，由他的来信就显然可见。他还是相信人人若不遵照耶稣指出的道路走，世界和平便不可获致。也许他是对的。他是教友会和平主义论者。

我最早就有想当作家的愿望，八岁时我写了一本教科书。一页是课文，接着一页是插图。是我秘密作的，很细心不使别人看到。等大姐发现时，我好难为情。不久，所有兄弟姐妹都能背了。文句是：

　　人自高　　终必败

　　持战甲　　靠弓矢

　　而不知　　他人强

　　他人力　　千百倍

以所用的字汇论，写得不算坏。写这篇文字时，是与新教堂正在建造中的那些日子的情形联想在一起的。

另一页是写一只蜜蜂因采蜜而招焚身之祸。有一张画，上面画着一个可以携带的小泥火炉。课文今已忘记。也是同样道德教训的意味。

我也以发明中国药粉治疗外伤为戏，名之为"好四散"。当时童年的幻想使我对这种药粉的功效真是深信不疑。几位姐姐因此常跟我开玩笑。

我曾写过一副对子，讽刺老师给我作文的评语。老师给我的评语是"如巨蟒行小径"，此所以言我行文之拙笨。我回敬的是"似小蚓过荒原"。现在我想到这副对联，还颇得意。

我还想起来，我十几岁时的头脑，常常想到别人想不到的事。在很早的时候，我就问上帝是否无所不在，若是的话，那一定是"头上三尺有神明"。还有，为什么我们每逢吃饭前先要感谢上帝。我很早就推出了结论，那就是，虽然我们吃的米不见得是上帝赐予的，我们总是要谢谢那位原始的赐予者，犹如在历史有一段太平的岁月时，老百姓要感谢皇帝一样。

二姐比我大四岁，是我的顾问，也是我的伴侣。但是我们一块儿玩起来，还是和她玩得很快乐，并不觉得她比我大。

我们俩的确是一块儿长大的，她教我，劝我，因为我是个可爱的孩子，又爱淘气。后来她告诉我，我既顽皮，又爱发脾气。我一听见要挨一顿棍子时，脸就变得惨白。父亲一见，手一松，棍子就掉在地上了。他的确是很爱我。他在十点左右吃点心时，往往是猪肝细面，他常留下半碗，把我叫进去吃。我从来没吃过味道那么美的猪肝面。

　　有一次，家里关上门，不许我回家，我往家里扔石头。母亲不知道该拿我怎么办。我再三纠缠母亲。我忽然想出一条妙计。我知道二姐必须洗衣裳，就躺在泥里说："现在你得给我洗衣裳了吧。"

　　二姐的眼睛特别有神，牙又整齐又洁白。她的同学都把她看做学校中的美女，不过对于这一点我不想说什么。她的功课很好，应当上大学。但是我父亲要供给几个儿子。供给儿子上大学，可以；供给女儿，不行。福州的女子大学一学期学费要七八十块钱。我父亲实在办不到。我深知二姐很想受高等教育。她已经在鼓浪屿上完了中学，那时是二十二岁，正是女孩子有人提亲的时候。但是她不管。在夜静更深时，我母亲就找个机会和她说亲事。她总是把灯吹灭，拒绝谈论此事。

　　最后，她看到别无良策，只好应允婚事。那年，我就要到上海去读圣约翰大学。她也要嫁到西溪去，也是往漳州去的方向。所以我们路上停下去参加她的婚礼。在婚礼前一天的早晨，她从身上掏出四毛钱对我说："和乐，你要去上大学了。不要糟蹋了这个好机会。要做个好人，做个有用的人，做个有名气的人。这是姐姐对你的愿望。"我上大学，一部分是因为我父亲的热望。我又因深知二姐的愿望，我深深感到她那几句话简单而充满了力量。整件事使我心神不安，觉得我好像犯了罪。她那几句话在我心里有极重的压力，好像重重地烙在我的心上，所以我有一种感觉，仿佛我是在替她上大学。第二年我回到故乡时，二姐却因横痃性瘟疫亡故，已经有八个月的身孕。这件事给我的印象太深，永远不能忘记。

第三章　与西洋的早期接触

　　我母亲有两张挂在墙上的画,挂在一个大客厅里。那个客厅是由一个旧教堂的房子改为牧师住宅的。一张画上画的是一个西洋少女,有一张甜美的脸,手里拿着一顶无檐的女人帽子,里面装着几个鸡蛋。母亲一定是从很好的西洋杂志上剪下来的,大概是《星期六晚邮报》(*The Saturday Evening Post*),她常用这本杂志夹针线和小的针线活计。另一张画画的是清朝的光绪皇帝。他在光绪二十四年发动了维新运动,"百日维新"是人人知道的,圣旨一道一道地颁布,废科举,建铁路,开矿产,后来忽然被他的伯母西太后监禁于中南海瀛台,直到十年后不明不白地死去。他和西太后死在同一天[①],因为西太后知道自己死期已至,使人把光绪皇帝毒死,原因是她怕她死后光绪皇帝要在她的名声和政策上报复,她认为那是不能容忍的。

　　家父没有什么政治关系,但是一心赞成主张维新的光绪皇帝和他的新政,这和当时那些在日本的中国领导人物如孙中山先生他们一样。虽然慈禧太后在八国联军击败"拳匪"进入北京之时已经仓皇狼狈地逃到西安,这时仍然算是在位当权。由于与列强议和,她才得以重握政权,但直到一九一一年(宣统三年)清室被推翻,中华民国建立之前,她依然是顽固不改,作威作福。

　　本章的主题为从思想方面到工业技术方面西洋文明对中国的冲击,牵扯到一连串的适应与整个问题的检讨。但是检讨这项繁难的重任是在中国方面,以后事实可以证明,在文化交流上,中国是负债方面。那种交流的进行至今尚未停止。

————————

① 光绪死在慈禧的前一天。

　　范礼文博士后来为伦敦纽约国际协会秘书。他为人胸襟开阔，目光远大，通情达理，又多才多艺，实远超过当时一般的传教士。不知道由于什么好运气，西溪得以有这么一位好牧师派来此地，这里离坂仔很近。范礼文博士大约六英尺高。使我们接受到西洋学问的，就是这位牧师。在"上海基督教文学会"，在由林乐知主持之下，当时发行一份一张纸的周报，叫《通问报》，油墨纸张甚劣。今日手下若还保存一份就太好了。范礼文博士不但把这份周报寄给我们，另外还寄上海基督教文学会出版的很多书和小册子。家父遇到了他，算是找到了知音，不久与他成了莫逆之交。

　　我们与西方最早的接触，是范礼文博士留下的一个领扣，因为他夫妇住在我家最上的一层楼，我家也就是那个老教堂。孩子们对于那个光亮的领扣到底是什么东西，猜测了半天。他夫妇又留下了几个罐头筒，那一定是盛牛油的。我们中国人闻起来，简直全家里都是牛油味道。我记得他们走后，姐姐曾把所有的窗子敞开，好让屋里散掉那种气味。我相信家母用来夹针线的那本《星期六晚邮报》刊物，一定是来自范礼文太太之手。

　　这些虽然是我与西方接触的一些不相干的事情，但是我认为对我很重要。家父知道圣约翰大学，就是在《通问报》上看到的，因此又梦想到牛津大学、柏林大学。家父的月薪是二十块，后来增为二十四块，收入虽极微薄，仍然不能打消他把自己的儿子送到上海基督教的高级学府求学的愿望。

　　在坂仔建筑一个新教堂时，我大概是十二岁。那时有一件很重要的事发生了。在三四十英尺宽的房顶的重压之下，可以看得见教堂的墙壁被压得越来越歪。范礼文博士向美国购买钢筋。在钢筋渐渐束紧之下，把墙又拉正，大家可以看得见房顶的鹰架立起来。范礼文又在教堂入口处的钟楼上增加了一口钟。与基督教相竞争的佛教寺院里，也安装上一面大鼓。那个寺院也在那条街上，相距六十英尺远近。

在礼拜天，教堂的钟鸣，寺院的鼓也响。

对于教会，有两个敌对者。一个是教徒的儿子，已然过了中年，大家叫他金老伯。他的房子坐落在河对面的木桥下面，那个桥通到当地唯一的一条有商店的街市。每数年之内，那座桥必然为洪水所毁，每毁一次，金老伯就发一次财。因为他又要募捐，再修造一座木桥。木板不平不直，过桥人可以透过桥上的裂隙看见脚下的流水。我们都知道，修桥就是他维生之计。那条有小商店的街道不断被洪水侵蚀，等我长大时，那些小商店只剩下一半了。

有一天，在清凉的月夜，家父一时兴起，途经这座木板桥去布道。别人告诉我，我降生那一年，父亲四十岁。有一次，外出之时，他染患了感冒，几乎丧命。讲道之时，他曾出大汗，回家之后又没换衣裳，得了很严重的肺炎。母亲非常焦虑。母亲那时正要生第五个儿子，她只好想办法自己接生。至于她怎么忍痛生产，就不得而知了。父亲则把他怎么样出去在房子后面那条小溪中洗产后那些脏东西，对我不知说了多少次。

我第二次接触西方文明，是我第一次看见从 Chioh-be 和厦门之间汽船上蒸汽机的动作。我当时看得着了迷，呆呆地默然不语。后来在学校，我看见一个活塞引擎图，自然充分了解了。从那时起，兴趣始终是在科学上，我很想以后做个物理教员。有人问我长大之后要入哪一种行业，我的回答是：（一）做一个英语教员，（二）做一个物理教员，（三）开一个"辩论"商店。最后这一条是当地的一种说法，而不是指一个真正的行业。普通地说，你开一个商店，参加论战的一边，向对方挑战，你称一件白东西为黑，或称一件黑东西为白，这样向人挑战。我当时显然是以有此辩才而为人所知，因而兄弟姐妹们都叫我"论争顾客"。

我的中等教育完全是浪费时间。学校连个图书馆也没有。在厦门的寻源书院和非基督教学校之间的差别，就是非基督教学校看日报，而我们学校不看。我们有地理、算术、经典，一薄本的地质学。课后，我们只是玩耍游戏。踢毽子，玩由一个哑铃斫下来的两个木球，这就是我们最得意的游戏。我们都穿木屐，所以每逢踝骨被一个木球打着，实在疼得很。

我们捉弄老师的鬼办法之中，有一件是背书，很好玩，每个学生都很得意。我们当年都站在走廊下等候，有的人被叫进屋去背书，通常是在两三页之内。他背完之后，就以开门为信号叫另一个人进去背，他做个信号，表明要背的那段文字是在前一半或后一半，由于把门开了三四次，别人就知道要背的是哪一部分了。

我记得清楚的，只有校长的珠算盘。校长是一个贪得无厌的人。当时鼓浪屿很繁荣，做房地产是好生意。我听见他那不停的打算盘声。他的办公室在第一层楼，正面对着楼梯口，因此他可以管理学生的出入。但是这并不能阻止我们出去买消夜食物，我们会用竹篮子把东西吊上楼去。

至于学校用的书，我既不喜爱，也不厌恶，太容易，太简单了。

我对西洋音乐着实着了迷。我是受了美国校长毕牧师夫人的影响。她是一位端庄淑雅的英国女士，她说话的温柔悦耳、抑扬顿挫，我两耳听来，不啻音乐之美。传教士女士们的女高音合唱，在我这个中国人的耳朵听来，真是印象深刻，毕生难忘。

我们也看见过法国、美国的水手，大都是在鼓浪屿街上喝得醉醺醺，东倒西歪的。偶尔也有一个英国足球队在一个有围墙的球场赛足球，他们不喝茶，喝别的饮料，有时有军乐队演奏，由中国的仆役端送饮料。我夹杂在别的儿童之中，由围墙的缝隙中往里窥探，对他们洋人好不羡慕。

俱乐部若有舞会，我们寻源书院的学生常常立在窗外，看里面男男女女穿着晚礼服，在大庭广众之中互相拥抱，那种令人难以置信的人间奇观，真是使人瞠目。

在光绪三十三年，美国老罗斯福总统派美国舰队来到澳门，那时日俄战事刚刚结束不久。因为来的是教会学校的学生，我们应邀前往参观。那是伟大武力最好的展览。这些都刺激我向西方学习的愿望。

第四章　圣约翰大学

我很幸运能进圣约翰大学，那时圣约翰大学是公认学英语最好的地方。由于我刻苦用功，在圣大预备学校的一年半，我总算差不多把英语学通了，所以在大学一年级时，我被选为 ECHO 的编辑而进入了这个刊物的编辑部。我学英语的秘诀就在于钻研一本袖珍牛津英语词典。这本英语词典，并不是把一个英语单词的定义一连串排列出来，而是把一个单词在一个句子里的各种用法举出来，所以表示意思的并不是那定义，而是那片语，而且与此单词的同义词比较起来，表现得生动而精确；不但如此，而且把一个词独特的味道和本质也显示无遗了。一个英语单词，或是一个英语短语的用法，我不弄清楚，决不放过去。这样 precarious 永远不会和 dangerous 混淆。我对这个单词心中就形成一个把握不牢可能失手滑掉的感觉，而且永不易忘记。这本词典最大的好处是里面含有英国语文的精髓。我就从这本词典里学到了英语中精妙的短语。而且这本词典也不过占两双袜子的地方，不论我到何处旅行，都随身携带。

当时学习英语的热情，持久不衰，对英语的热衷，如鹅鸭趋水，对中文的研读，竟全部停止，中国毛笔亦竟弃而不用了，而代之以自来水笔。在此以前，我已开始读袁了凡的《纲鉴易知录》。此时对中文的荒废，在我以后对中国风俗、神话、宗教做进一步钻研时，却有意外的影响，详情当于次章论及。在圣约翰大学，学生的中文可以累年不及格而无妨害，可照常毕业。

当时有一位中国教师，是老派的秀才，不知道如何上课。将近一百页的民法，他持续不断地读，然后解释，这样一点钟上大约十行，这样一本如此薄的书就可以拖着讲上一学期，每点钟讲完那十行，便如坐禅沉思，凝神注视着我们学生，我们也同样望向那位老先生。因为学生不能在完全真空中将头脑镇静，我们大都乘机带进别的书偷看，借以消磨时间。我分明记得当时暗中看达尔文、赫克尔的著作，还有张伯伦的《十九世纪的基础》，这本历史书对教历史的教授的影响是很大的。那位老秀才有一次告诉我们可以坐汽车去美国，他于是成了学生们的笑柄。在民国十九年之后，圣约翰大学改成中国式的大学，里面的情形也就与以前大不相同了。

诚然，圣约翰大学能举出优秀的毕业生，如顾维钧、施肇基、颜惠庆等，他们都曾任驻美大使，但是就英语而论，圣约翰这个大学似乎是为上海培养造就洋行买办的。

一直等我进了哈佛大学，我才体会到在大学时代我所损失的是什么。圣约翰大学的图书馆有五千本书，其中三分之一是神学书。我对整个图书馆，态度很认真，很细心，其中藏书的性质，我也知道，我在这方面是颇为人所称誉的。来到中国做传教士的洋人之中，有些好教授，如巴顿·麦克奈（Barton McNair）教授，还有一位瑞迈尔（Remer），学识都很好。还有一位美国布鲁克林口音很重的教授，因为对圣约翰大学极其热心，自动义务来教书。

校长卜舫济博士娶了一位中国淑女为妻。他治事极具条理，据说他固定将一本长篇小说每周读一章，一年读毕。在他的图书室里，我看见一卷 Bradley 的著作。他有三个儿子。幼子后来为 Elmira 学院的院长。我永远不能忘记他在大会后每日早晨在校园步行一周。在大会与全体祷告之后，带着他的黑口袋，由宿舍的舍监陪同，他去各处察看，要在回到办公室之前注意一下哪些事要做。我相信，伦敦伊通学校校长阿诺德博士对学校的理想是认为学校是训练品格的地方，就好像天津南开大学校长张伯苓对学校的理想一样，阿诺德博士总是和学生一同做早晨的斋戒。现在中国许多有地位的领导人物是天津南开大学的毕业生。

我在圣约翰大学将近二年级时，学校又增加了一块私产，与原校产相接，有乔木，有草坪，极为美丽。我就在此美丽的环境中度过了愉快的时光。倘若说圣约翰大学给我什么好处，那就是给了我健康的肺，我若上公立大学，是不会得到的。我学打网球，参加足球校队，是学校划船队的队长。我跟随夏威夷的男生根耐斯学打棒球，他教我投上弯球和下坠球。最出色的是，我创造了学校一英里赛跑的纪录，参加了远东运动会，只是离获胜还远得很。学校当局认为这种经验对我很有益处。我记得家父当时在上海，到运动场去看我，很不赞成我参加比赛，认为这与智能的比赛毫不相干。

我从来没有为考试而填鸭死记。在中学和大学我都是毕业时考第二，因为当时同班有个笨蛋，他对教授所教的各种学科都看得十分正经。在大家拼命死记准备考试得高分时，我则去钓鱼消遣。因为圣约翰大学濒苏州河湾，所以可以去捉鳗鱼、鲦鱼和其他小鱼，以此为乐而已。在二年级时，休业典礼上，我接连四次到讲台上接受三种奖章，并因领导讲演队参加比赛获胜而接受银杯，当时全校轰动。邻近的女子大学圣玛丽大学的女生，一定相当震动。这与我的结婚是有关系的。

我曾经说过，因为我上教会学校，把国文忽略了，结果是中文仅仅半通。圣约翰大学的毕业生大都如此。我一毕业，就到北京清华大学去。我当时就那样投身到中国的文化中心北京，您想象一下我的窘态吧。不仅是我的学问差，还有我的基督教教育性质的影响呢。我过去受限制不得看中国戏，其实大部分中国人都是从中国戏里得以知道中国历史上那些名人的。使巴勒斯坦的古都耶利哥城陷落的约书亚将军的号角，我都知道，我却不知道孟姜女哭倒了一段长城。而我身为大学毕业生，还算是中国的知识分子，实在惭愧。

为了洗雪耻辱，我开始认真在中文上下工夫。首先，我看《红楼梦》，借此学北京话，因为《红楼梦》上的北京话还是无可比拟的杰作。袭人和晴雯的语言之美，使多少想写白话的中国人感到脸上无光。

我该怎么办呢？我无法问别人杜诗评注的问题，因为许多拥有哲学博士学位的教授或是电机系的教授，对中国文学的知识的贫乏，与我是伯仲之间。我找到了卖旧书出名的琉璃厂，那条街上，一排一排的都是旧书铺。由于和书商闲谈，我发现了我在国学知识上的漏洞，中国学者所熟知的，我都不知道。与书商的随便攀谈，我觉得非常有趣，甚至惊异可喜。我们的对话比如："这儿又有一本王国维的著作《人间词话》。"其实我是生平头一次发现他的这本著作。又如："这儿又有一套《四库全书》。"后来，我也学会谈论书籍，甚至谈论古本。

在民国六年到民国七年，是中国的新文化运动期间，文学革命的风暴席卷全中国，我是民国五年在圣大毕业的。中国那时思想上正在狂风急浪之中。胡适博士在纽约已经开始提倡"文学革命"，陈独秀则领导对"孔家店"的毫不妥协的激烈攻击，攻击儒家思想如"寡妇守节不嫁""贞节"、两性标准、缠足、扶箕等。胡适向中国介绍自由诗，提倡用白话写新诗，易卜生剧本《玩偶之家》，以及王尔德的唯美主义、萧伯纳的戏剧。他更进一步指出中国的落后，不仅在科学、工艺领域，而且在现代政治组织，甚至文学、戏剧、哲学领域。所有的青年学生都受到鼓舞。这就好像吹来一阵清风。其实吴稚晖早已提出了警告，他说"把线装书扔进厕所里去"。周树人后来也随着说"所有中国的古书都有毒"。

胡适在民国七年回到北京时，我也以清华大学教员的身份在场欢迎他。他由意大利返国，当时引用荷兰神学家伊拉斯谟的话说："现在我们已然回来。一切要大有不同了。"我在北京的报上写文章，支持用白话写作，理由是欧洲各国文学在十五、十六世纪兴起时都是用当时的白话，如意大利的但丁和薄伽丘都是如此。我的文章引起了胡适的注意，从那时起，我们一直是朋友。

第五章　我的婚姻

我以前提过我爱我们坂仔村里的赖柏英。小时候，我们一齐捉鲦鱼，捉螯虾，我记得她蹲在小溪里等着蝴蝶落在她的头发上，然后轻轻地走开，居然不会把蝴蝶惊走。我们长大之后，她看见我从上海圣约翰大学返回故乡。我们俩都认为彼此相配，非常理想。她的母亲是我母亲的教女。她已经长成，有点瘦，所以我们叫她"橄榄"。橄榄是一个遇事自作主张的女孩子，生得鹅蛋脸，目似沉思状。我是急切于追求新知识，而她则坚持要孝顺祖父。这位祖父双目失明，需要她伺候，片刻不能离。她知道在漳州什么都有，最好的水果、鱼、瓜，美丽迷人的山。后来，长衫流行了，我姐姐曾经看见她穿着时兴的衣裳，非常讨人喜欢。我记得她平常做事时总是穿黑色的衣裳。到了礼拜天，她穿浅蓝色的，看来很迷人。她祖父眼睛没瞎时，她总是早晨出去，在一夜落雨之后去看看稻田里的水有多么深。我们俩十分相爱。她对我的爱非常纯正，并不是贪图什么，但是我们俩终因情况所迫，不得已而分离。后来，我远到北京，她嫁了坂仔当地的一个商人。

我这个青年，家虽贫，我自己则大有前途，我妻子则是个富有银行家之女。比起我来，她是高高在上的。幸而她不是在富有之家娇纵惯养之下长大的。依照旧传统，女孩子是为男子的需要而教养的；女孩子要学会烹饪、洗衣裳、缝纫，事实上，要教养她能做普通的家事，以便长大后嫁到丈夫家有过日子的本领。除去偶尔的拜神祭祀到坟茔寺庙之外，她们是不到前院，不在大庭广众之间出现的。对女孩子的这种歧视，因而造成一个显著的结果，就是使她们成了贤妻良母，而男孩子则娇生惯养，纵容坏了，结果，缺乏进取奋斗的意志，很少有什么成就。

我从上海圣约翰大学回家之后，常到一个至交的家里，因为我非常爱这个朋友的妹妹 C。他们家与后来我的妻子家是邻居。我也与后来成为我妻子的那位小姐的哥哥相交甚善。我应邀到他们家吃饭。在吃饭之时，我知道有一双眼睛在某处向我张望。后来我妻子告诉我，当时她是在数我吃几碗饭。另外我知道的，我路途中穿的那脏衬衣是拿到她家去洗的。却从来没人把我向她介绍过。

在大学二年级时，我曾接着三次走上礼堂的讲台去领三种奖章，这件事曾在圣约翰大学和圣玛丽女校传为美谈。那时我这位将来的妻子还没进圣玛丽，但是一定听说过这件事。我由上海回家后，正和那同学的妹妹 C 相恋，她生得确是其美无比，但是我俩的相爱终归无用，因为我这位女友的父亲正打算从一个有名望之家为他女儿物色一个金龟婿，而且当时即将成功了。在那种时代，男女的婚姻是由父母之命媒妁之言决定的。我们结婚之后，我一直记得，每逢我们提到当年婚事的经过，我的妻子就那样得意地哧哧而笑。我们的孩子都知道。我妻子当年没有身在上海，但是同意嫁给我，这件事一直使她少女的芳心觉得安慰、高兴。她母亲问她说："语堂是个牧师的儿子，但是家里没有钱。"她坚定而得意地回答说："穷有什么关系？"

我姐姐在学校认得她，曾经告诉我她将来必然是个极贤德的妻子，我深表同意。

我知道不能娶 C 小姐时，真是痛苦万分。我回家时，面带凄苦状，姐姐们都明白。夜静更深，母亲手提灯笼到我屋里，问我心里有什么事如此难过。我立刻哭得瘫软下来，哭得好可怜。因为 C 小姐的父亲决心将她嫁与别人，我知道事情已经无望，我母亲也知道。

我的婚礼在民国八年举行，蜜月是到哈佛去旅行。婚礼是在一个英国的圣公会举行的。

我要到新娘家去"迎亲"，依照风俗应当如此。新娘家端上龙眼茶来，原是作为象征之用，但是我全都吃了下去。举行婚礼时，我和伴郎谈笑甚欢，因为婚礼也不过是个形式而已。为了表示我对婚礼的轻视，后来在上海时，我取得妻子的同意，把婚书付之一炬。我说："把婚书烧了吧，因为婚书只是离婚时才用得着。"诚然！诚然！

我必须把新婚前夜的情形说出来。新婚的前夜，我要我母亲和我同睡。我和母亲极为亲密。那是我能与母亲同睡的最后一夜。我有一个习惯，玩母亲的奶，一直玩到十岁。就因为有那种无法言明的愿望，我才愿睡在她身边。那时我还是个处男。

　　我们的孩子说过好多次："天下再没有像爸爸妈妈那么不相同的。"妻是外向的，我却是内向的，我好比一个气球，她就是沉重的坠头儿，我们就这么互相恭维。气球无坠头儿而乱飘，会招致灾祸。她做事井井有条，郑重其事，衣裳穿着整齐，一切规规矩矩。吃饭时，她总拣切得周正的肉块吃，如鸡胸或鸡腿，她避免吃鸡肫、鸡肝。我总是爱吃翅膀、鸡肫、鸡脖子，凡是讲究吃的人爱吃的东西，我都喜欢吃。我是没有一刻安静，遇事乐观，对人生是采取游戏人间的态度。一切约束限制人的东西我都恨，诸如领带、裤腰带、鞋带儿。

　　妻是水命，水是包容万有，惠及人群的；我是金命，对什么事都伤害克损。

　　换句话说，我和我太太的婚姻是旧式的，是由父母认真挑选的。这种婚姻的特点，是爱情由结婚才开始，是以婚姻为基础而发展的。我们年龄越大，越知道珍惜值得珍惜的东西。由男女之差异而互相补足，所生的快乐幸福，只有任凭自然了。在年轻时同艰苦共患难，会一直留在心中，一生不忘。她多次牺牲自己，作断然之决定，都是为了我们那个家的利益。

　　在结婚五十周年纪念时，我送给她一枚勋章，上面刻了 James Whitcomb Riley 的那首《老情人》(*An Old Sweetheart*)：

When I should be her lover for ever and a day,
And she my faithful sweetheart till her golden hair was gray,
And we should be so happy when either's lips were dumb,
They would not smile in heaven till other's kiss had come.

同心相牵挂，一缕情依依。

岁月如梭逝，银丝鬓已稀。

幽冥倘异路，仙府应凄凄。

若欲开口笑，除非相见时。

我出国时，我们已经走上轮船的跳板，这时父亲送我们的那种景象，我始终不能忘记。父亲双目凝视着我们，面带悲伤。他的心思似乎是："现在我送你们俩到美国去，也许此生难以再见。我把儿子交托这个做媳妇的。她会细心照顾你。"

我后来在德国莱比锡城听到了父亲去世的消息。

第六章　哈佛大学

我一向认为大学应当像一个丛林，猴子应当在里头自由活动，在各种树上随便找各种坚果，在枝干间自由摆动跳跃。凭他的本性，他就知道哪种坚果好吃，哪些坚果能够吃。我当时就是在享受各式各样的果子的盛宴。对我而言，卫德诺图书馆就是哈佛，而哈佛也就是卫德诺图书馆。

我的房东太太告诉我，若是将卫德诺图书馆的书一本顶一本那样排起来，可以排好多英里长。我住在赫石街五十一号，正在卫德诺图书馆后面。只要不上课，我就到图书馆去。当时我很穷，竟没钱买票去看哈佛对耶鲁的足球赛，两校谁胜谁败，自然不得而知。

由于在北京清华大学教书，我获得了一个"半额奖学金"，每月四十美元。清华是"中美庚款"办的学校，把毕业生都送往美国留学。那些留学生除去由清华供给学费外，每月另有八十美元津贴。

但是，不管怎么样计算，我也不应当到美国留学。可是当时我年轻，年轻就是勇气。那时战后一块中国墨西哥银洋比美元略贵一些。我太太出嫁时，家里给了她一千银圆做嫁妆。因为有这笔存款，我们才踏上出洋的旅途。总之，我们总算维持了四年，其间包括法国和德国那两段日子。当然，由于北京大学胡适先生和我有个约定，我一直和他保持联系。我对新文化运动是坚定支持的。利用和胡先生的约定，我曾两次打电报给胡先生，每次请寄给我一千元。其实胡先生寄给我的是他自己的钱，不是北京大学的公款。等我回国之后，这个秘密才被发现。因为我去见校长蒋梦麟，为两千元的事向他道谢。蒋校长感到意外，问我："哪两千块钱？"后来他说："那是胡适私人的钱。"于是我才明白胡适先生对我的友情。在年底之前，我就把钱还给了胡先生。我现在正式记下这件事，用以显示胡先生这个人的慷慨和气度。这件事我从没有公开向外人说过。

　　和上面可作明显对比的是，我必须要提一下留美学生监督施秉元。我在哈佛读完了一年，各科成绩都是 A。这时使我感到诧异的一件事是，我的半额奖学金忽然被取消了，有关方面也并没提出理由。这位施秉元等于砍了我的头。等后来我听到他死亡的消息时，我闻人死而感到欢喜雀跃，未有如此次之甚者，后来才知道他是自杀身死的。他原是清华大学的校医，由于他叔父是驻美大使施肇基这项人事关系，他才弄到这个多人觊觎的差事。他大概是做股票投机生意失败而自己上吊死的。他若不把我的奖学金取消，我就不致因为一般的货币贬值而被迫到法国去半工半读，后来又到德国去。我有三次连续获得《中国学生月刊》的一等奖。后来，我是自动退出，把二十五美元的奖金让给别人，我就这样成了一个穷学生。

　　在哈佛，我进的是比较文学研究所。当时我的教授是 Bliss Perry, Irving Babbitt, Von Jagemann（他教我"歌德研究"），Kittredge（教莎士比亚），还有另外一位教授意大利文。Bliss Perry 教授最孚众望，学生人人喜欢他。他有几个漂亮女儿。我写了一篇文章，题目是《批评论文中语汇的改变》。他给这篇文章的评语很好，说这篇可写成硕士论文，因为不久我被迫离开哈佛，终于没写那篇论文。

Babbitt 教授曾在文学批评方面引起轩然大波。他主张保持一个文学批评的水准，和 J.E.Spingarn 派的主张正好相反。Irving Babbitt 是哈佛大学里唯一持有硕士学位的教授。因为他学识渊博，他常从法国的文学批评家圣柏孚的 *Port Royal* 和十八世纪法国作家著作中读给学生，还从现代法国批评家的 *Brunetière* 著作中引证文句。他用"卢梭与浪漫主义"这一门课，探讨一切标准的消失，把这种消失归诸卢梭的影响。这门课论到德·斯达勒夫人（Madame de Staël）以及其他早期的浪漫主义作家，如 Tieck，Novalis 等人。

Irving Babbitt 对中国现代文学批评的影响，是够深的。娄光来和吴宓把他的学说传到中国。吴宓，看起来像个和尚，但其风流韵事可以写成一部传奇。吴、娄二人的中文都很好，对文学的观点都是正统的，因此与当时正风行的白话多少有点格格不入。他二人和我在班上坐一条长凳子。我被迫去借 *Port Royal* 浏览一下。我不肯接受 Babbitt 教授的标准说。有一次，我毅然决然为 Spingarn 辩护，最后，对于一切批评都是"表现"的缘由方面，我完全与意大利哲学家克罗齐的看法相吻合。其他所有的解释都太浅薄。我也反对中国的文体观念。因为这会把好作品都打落在一连串文章句法严格的"法规"之中，不论是"传"，还是"颂"，或是"记"，或者甚至于一部长篇小说。殊不知苏东坡写作时，他别无想法，只是随意写来，如行云流水，"行于不得不行，止于不得不止"。他心里并没有什么固定的文体义法。

我无耐性读 Kittredge 教授开的莎士比亚的伊丽莎白时代的英

语，他的课我只听了一两次。他穿着灯笼裤，身子笔直，看他这位活百科全书在哈佛校园里漫步，倒还不错。

一场灾难来了。我太太得了急性盲肠炎，我把她送交一位天主教的医生。他一定是把我太太的内脏仔细搜索了三个钟头，一定以为这是观察中国妇女脏器的好机会。我认为割盲肠原算不了什么，所以当时我仍在看盎格鲁撒克逊文字的文法，后来才觉得手术的时间未免太长了。此后不久，我太太显示受了感染，要第二次开刀。钱都已经花光，我只落得用一罐老人牌麦片做一周食粮之用，又急着给她哥哥打电报，请惠借一千美元。我太太以为我以艰苦卓绝的精神渡此难关，颇有英雄气，后来常喜谈论此事。钱寄到了，我算得了救。第二次手术后，在医院住了很久。我记得那年的二月满街是雪，我是设法弄了一辆雪橇把妻接回家的。她康复还家，家人又行团聚，我们庆祝了一番。

在前面我应当已经提到在我们横渡太平洋时，妻曾经发作过盲肠炎。因为我们正在蜜月之中，清华同学发现我们老是在船舱里不出来，就向我们开玩笑。殊不知我们的痛苦之甚。我们须作个决定。是不是要在夏威夷上岸去把盲肠割除呢？这么一来，妻的嫁妆那笔钱我就要用尽了。但是，痛苦终于慢慢减轻了。我们决定冒险继续前进，没料到大约六个月之后，这个病又犯了。

妻和我两个人在一起，时光好甜蜜。这一段时间，我正是理性高度发展，但是感情尚未成熟。直到如今，吃西餐时，我还不知道用哪个勺喝汤，用哪个叉子吃鱼。横渡太平洋时，妻对西餐桌上的礼貌规矩已经完全精通，我弄错时，她常常纠正我，这真出乎我的意料。

吃西餐时，我常把我的酒杯和邻人的酒杯弄乱，不知哪个是我的，因而常喝错了酒。因为犯错出于无心，我还是一样心安理得。

大学里教授夫妇惯于照顾外国学生。绥尔太太是被指定照顾我们的社交生活的。她自己的名字是杰茜·威尔逊，是威尔逊总统的女儿，她丈夫是哈佛的教授。一个礼拜天，十二点钟，有人告诉我们绥尔夫妇要来看我们。那时，前面说过，我们正住在赫石街。那时我太太已经从医院回到家里。我们和房东太太共用一个厨房，我们住两间房。另外还有一位拳击教师，一位未嫁的小姐，他们二人都在和大学有关的一家饭馆里做事。有一次，我负责清理厨房，从厨房门后的一个口袋里倒出一只死老鼠，慌忙之下，我把那只死老鼠扫到地板的一角儿，而没有藏在垃圾桶里。对这件事，我觉得很丢脸。

我们已经去过绥尔夫妇家。他一定是个北极探险家，因为他家客厅里摆着北极熊的牙，还有威尔逊总统很宝贵的画像，像上他三个女儿围桌而坐。有一天傍晚，我们去吃饭，结果弄错了日子。我们并没有急速返回，反倒硬赖着吃了一顿饭。当时，绥尔教授出来欢迎我们。绥尔太太赶紧准备饭。那是我们社交上的一次失礼。

在哈佛读书一年之后，系主任看了看我在圣约翰大学的成绩单。因为我各科的成绩都是 A，他要我到德国的耶拿去修一门莎士比亚戏剧，不必出席上课，即可获得硕士学位。这是我终于得到这个硕士学位的经过。

第七章　法国勒克鲁佐

我一决定离开美国，立刻就向法国的勒克鲁佐美国主办的中国劳工青年会申请一个职位。那是一九一九年，第一次世界大战结束后的一年。那个青年会接受了我的申请，并且愿付我夫妇的旅费，我一时简直快乐得迷糊了，天下会有这样的好事？在一九一七年，也许是一九一八年，中国加入了协约国，并且派了十万劳工到欧洲去，工作是运送并葬埋死尸。在《凡尔赛和约》上，日本攫夺了中国的山东省和若干租界，因此在学生参加爱国运动声中引起中国全国的罢工罢市的抗议。不过在勒克鲁佐的青年会与这件事毫无关系。

我为中国劳工编了一本千字课。我们有四五个人在一张饭桌上吃饭，这几个人里有一个中国厨子，他的一只手老是哆嗦，所以每次他手里端着一碟子菜时，你不知道他是要送给你呢，还是要从你手边拿回去。青年会里的中国男人可以和法国小姐缔结良缘，因为当时法国太缺少男人了。我和妻住在青年会外的一栋房子里。我们睡的床非常高，而床垫子又非常厚。这栋房子的缺点是厕所在后花园外。不过我们住得很舒服。

在那时，我既不会法语，也不会德语。自己下工夫自修德语，我居然能自己动笔写德语信去申请入耶拿大学，颇为自得。妻从一位法国太太那里学法语，她们二人成了很要好的朋友。妻在波士顿买的一件浅褐色的大衣，穿着看来蛮神气，我和妻在勒克鲁佐照的相片上，她就是穿着那件大衣。

后来直到我们过了德国，才看见巴黎，所以我们对卢浮宫，或是香榭丽舍大街，或是协和广场等地，都是一无所知，过了相当久，我们才从火车上向外望了望。我们倒是看见了凡尔登，那就是法德两国打沟壕战往复冲杀打了三四年的战场，结果双方都没得到那一片土地，那片土地打得不剩一棵树，没有一片荫。多少团的军队战死，他们的刺刀那时还依然乱抛在地面上。后来法国的马其诺防线就是在那里兴建的，被认为是百攻难破的坚强堡垒。我们经过时，谁都可以从地上拾取遗留下的刺刀。

在勒克鲁佐时，我很希望能找到我那失踪的祖父。我祖父在咸丰十年太平天国之乱时，漳州大屠杀中，被太平军夫拉走，去扛东西，后来始终音信杳然。我父亲当时藏身床下，仅以身免。祖母带着我父亲和另外一个才一两岁大的婴儿逃到鼓浪屿，后来把婴儿给了一个有钱的吕姓医生，我家和那位医生一直相交甚好。他们的住宅很大。我们三兄弟在鼓浪屿读书时，都是他们吕家女人的教子。我被给与曼娘，我在《京华烟云》里写的曼娘就是她的影子。她的未婚夫死了，她就成了未嫁的寡妇，她宁愿以处女之身守"望门寡"，而不愿嫁人。吕医师挑选了两个孩子，打算抚养长大。在我看来，这位处女寡妇不愧为中国旧式妇女中的理想人物。我到她屋里去时，她常为我梳头发。她的化妆品极为精美，香味高雅不俗。她就是我所知道的"曼娘"。平亚的死，在《京华烟云》里记载得很忠实。曼娘和木兰二人常常手拉着手。在《京华烟云》这本小说里，我最熟悉曼娘。

在两三岁时送给姓吕的那位叔叔，后来中了举人，我颇以有如此显贵的亲戚为荣耀，因为他是我们林家的血统。我姑母的儿子，在江苏也是很有名气的学者。我到鼓浪屿时，那位林叔叔死了。他死前曾把一个儿子送到英国去，后来做了工程师。我祖母再嫁给一个姓卢的，我们家还有他的一张照片。但是祖母仍然算我们林家人，我父亲也是一样。我在法国时，心里抱着一线希望，希望在那些华人劳工之中找到祖父。这种希望自然不大，我可是曾经仔细找，毫不放松，看看是否年龄上有相似的。我觉得这个想法也很有趣。

第八章　耶拿镇和莱比锡大学

在耶拿镇，我们过的日子很快乐。耶拿镇是歌德的故乡，是个小型的大学城，和海德堡一样，是个颇有古风遗俗的市镇。这个小镇的活动以在俱乐部里的学生为主，还有他们的女房东、学生的郊游、出去看决斗等事。他们的功课就是皮肤上的伤留下的瘢痕，似乎是瘢痕越多，学位越高。我和妻手拉着手去听课，一同去郊游，第一次尝到德国大学生的生活滋味。我们都已成年，不再有点名和小考的麻烦。我们何时把功课准备好，就随时自动请求考试，三年、五年，甚至十年都可以。我们没有请假这回事。春天，我们可以到布拉格去，然后给教授寄一张明信片表示问候即可。生活何等自由！虽然有此自由，上课的人数还是依然如常，每个人都照旧苦读，因为是出乎本心想求学。

我们住在公寓里，有沿着墙造的砖炉子。有人教我们调整火的大小，用灰埋火保持火种，使火整天保持温暖，并没有冷热水管子，我们要用壶和盆洗浴。我忽然想起来，歌德和席勒也是用同样的壶和盆洗浴，却写出那么好的诗。每天，我们享受愉快的散步。真是天上人间的生活。我从美国的哈佛大学而来，在此，我的生活观也改变了，我爱上了这旧大陆的风光和声音，它和新大陆是那么明显的不同。在美国，不管是在纽约，或是在旧金山，看见的是同样的冷饮柜台里同样的牙刷，同样的邮局，同样的水泥街道。欧洲则变化甚多，在法国卢瓦尔河流域，有旧式古城堡、狭窄的街道，有布鲁塞尔的大教堂，比利时列日城繁华的市街，圣莫里茨和因特拉肯的灿烂风光。我对一切古老的东西，古老的风俗、衣着、语言，都是极其爱好，极其着迷。

我们看见歌德的房子，很受感动，尤其他收集的物种演化的资料，还有他自己零零星星的杂物。我很受他所著《少年维特之烦恼》的感动，也深爱读他的《诗与真》。但是我读之入迷的是海涅的作品，诗之外，应以他的政论文字为最可喜。

不久，我就因为莱比锡大学是印欧文法的比较哲学的重镇，而被它吸引住了。Siebold 的语音学是很杰出的。他曾发明了一套方法，用声调去分析一本古籍。我又读到 Passy 的语音学，它是一部极具参考价值的书。这些都与区分中国古音的"等韵"研究有关。区分古韵对于决定古音是极有价值的。这要根据陈兰甫和黄季刚的根本研究入手。不过清儒王念孙、段玉裁，还有近来瑞典的学者高本汉（Bernhard Karlgren），都已经有很大的成就。

关于 Dürerbund 文学书目顾问学会，我认为大有用处。这个学术机构向读者提供忠告，使读者知道对应某一个专题当读某些书籍。Jagemann 教授是教我后期德国浪漫主义的讲师。我不能去找他打听相关的参考书目，也不能去问别的学生。后来，在纽约我帮助编了一本供大学生阅读的书，销售了一百多万册。一本好的导读类书，对自己研究的学生而言就如同锁的钥匙一样。有这样导读的书在手，让学生自己去研究，对这项专题方面，你等于已经提供他浩繁的材料。这是我针对大学生研究一项专题所采用的方法。关于这一点，容后再予详论。

妻与我一同去上 Max Forester 的英语课。我们俩就犹如兄妹一样。从那时起，妻就注意到我必须衣着整齐，这是她对丈夫的要求，至于我个人，倒认为无所谓。在食物方面，她使我一定要营养适当；可她对自己则自奉甚简，绝不讲究。后来，一个和很出名的音乐批评家离婚的美国女士，是我们的朋友，对我说："林博士，你们婚姻上没有什么问题吗？"我回答说："没有。"她甚为诧异，她于是知道了中国婚姻是与美国婚姻不同的。

在德国莱比锡我们没有朋友。若是到附近的地方去郊游，我们就到莱比锡的 Denlsmol。每周我们也到火车站的浴池去好好儿洗个澡，买些好点心回家。我们渐渐和 Schindler 博士夫妇成了好朋友，这位博士后来成了 *Asia Major* 杂志的出版人。另一位特别要好的朋友是 Frau Schaedlich，她一度是我们的房东。妻和这位太太无事时一同嚼鳕鱼。她有一个好漂亮的儿子，是在希特勒兴起时被杀死的，那时他才二十岁的光景。这位太太是犹太人，逃到了伦敦。后来我听说，她又回去取东西，正赶上她的房子坍塌，她就被活生生埋在里面。那是一九四五年。

在莱比锡工业展览时，所有欧洲的出版商都去参加。那时，我们正住在郊外。我们的女房东是一个孤独寂寞的寡妇，同时又患有色情狂。她无时不在喝啤酒，吃咸肉，抽烟。她把自己作的诗给我看，存心引诱我。她有一个女儿，已到适婚年龄，很厌恶她这位母亲的行为。有一次我从她门口经过，她正在发作，一阵病来就昏倒，要我过去把她扶起来。我叫我太太过去，她假装苏醒过来。在工业展览期间，她有一个常来的客人和她一起住。她告诉我们那位男子像歌德一样，还告诉我们他们俩在一起相处的乐事。

我前面曾说过我在清华大学时决心读中文，可是后来却以学校的教授身份来到莱比锡大学。在莱比锡大学有一位中文教授 Conrady，他的文言文很可以，但是读现代中国的报章杂志却有困难。他开了一门泰国文法，班上有四五个学生。我觉得德国人遇事讲求绝对认真，居然有学生精研泰语文法。Conrady 博士认为他有一位从北京大学来的我这位同事，颇以此为荣，因此对我热诚欢迎。中国研究室的中文书真是汗牛充栋。我也能够从柏林借到中文书。那时我才开始认真研究中国的音韵学。不久，我就沉迷于《汉学师承记》《皇清经解》，尤其是《皇清经解续编》，这都是清朝末叶体仁阁大学士阮元刻的。我这才熟悉了诸名家的考证注释的著作，其中大家如高邮王氏父子、段玉裁、顾炎武。概括言之，整个清朝的学术趋势是一反明朝的哲理研究，而回到汉朝的经籍考证，而且对经书是相信今文，反对古文，因此引起中国经典研究上一个轩然大波，也引起自唐代以来伪经的争论，如《诗经》是源自"毛诗"和《左传》。若是根据西方的语言学来说，认为只有一个版本才正确，是很武断的。在汉初，由秦禁经典之后，一定发掘出来好多版本。国学大师章太炎还是相信经典的古文本为真本。钱穆曾写了一长篇文章，证明喊叫"伪造"经典是不肯细心读汉书的文人的道听途说。这种邪说至今日而愈甚，甚至梁启超不相信有老子其人。胡适认为《红楼梦》后四十回为伪造。康有为可算这种怀疑伪造之最大胆者，他竟说六经皆孔子伪造，因而写出"新学伪经考"。我深幸还不为之动摇。认为《庄子》的前七篇真为庄子所作，其余各篇疑系伪作，而不说明若非庄子所作，《秋水》《马蹄》《胠箧》究系何人所作？证明古书真正可靠与否，需要更审慎的研究，如此始能符合西方语言学的标准。高本汉的《论〈左传〉的真伪和性质》是应用现代方法的一例。

第九章　论幽默

西方人，对"幽默"这一词，当然是毫无疑问，是人人接受的。可是对中国读者而言，一个报章杂志的编者会留一页用以登载生活的轻松方面的文字，是不可想象的。中国的高级官员在新闻记者招待会上说句幽默的话，也是一样不可想象的。美国前总统肯尼迪，在记者问他何以选他弟弟充任首席检察官时，他运用他的急智回答说——做了首席检察官之后，他再做律师就更有经验了。Russell Baker 主办的《纽约时报》是尽人皆知的，而包可华专栏更是获得万千读者的欢迎。他有见识，也有良知，也有机智，敢把普通社论所不敢说的话以滑稽诙谐的态度说出来。美国作家马克·吐温的幽默完全不离常人的淳朴自然。一次，他到伦敦参加一个重要的会议，因为迟到而正式道歉，说原因是他必须去租一件无尾的燕尾服，好符合那种文物衣冠上流社会的派头儿，但是此种礼服都已被参加此宴会的文明绅士租去了。当时马克·吐温到宴会上，故意做违背礼俗之事，开了个玩笑说："我已经吃过了。"而其他绅士先生则假装他们还不曾吃过。

我们平常往往夸大其词，谈论断然行仁行义，做这做那，其实应当脚踏实地，返璞归真，切合实际才有实效。

"幽默"一词与中国的老词"滑稽"，颇多混乱之处。"滑稽"一词包括低级的笑谈，意思只是指一个人存心想逗笑。我想"幽默"一词指的是"亦庄亦谐"，其存心则在于"悲天悯人"。我在上海办《论语》大赚其钱时，有一个印刷股东认为这个杂志应当归他所有。我说："那么，由你办吧。"我那位朋友接过去。这份杂志不久就降格为滑稽笑话的性质，后来也就无疾而终。我后来又办了《人间世》和《宇宙风》，同样以刊登闲适性的小品文为特色——一直办到抗战发生，甚至日本占领上海之后，还继续维持了一段时间。

在我创办的刊物上，我曾发表了对幽默的看法。题为"论幽默"，我自己觉得那是一篇满意的文章，是以乔治·梅瑞迪斯（George Meredith）的《论喜剧》为依据的。

虽然现代的散文已经打破了过去主张"文以载道"的桎梏，但那种硬性的义法还是对中国的散文家有支配的力量。苏东坡持有一种宽容的看法，程伊川则持武断硬性的看法。宋时，朝臣为司马光举行过严肃的丧礼之后，所有的朝臣又应当去参加一个节日典礼。那位理学家就引用孔子说的"子于是日哭，则不歌"那句话。这引起苏东坡对理学家激烈的批评。我们有很多这种悖乎情理的事例。有一个理学家不去探视卧病在床的儿子，而去探视他的侄子，用以符合"孔孟之礼"，因为探问侄子比探问亲儿子更合乎古礼。

我创办的《论语》这个中国第一个提倡幽默的半月刊，很容易便成了大学生最欢迎的刊物。中央大学罗家伦校长对我说："我若有要在公告栏内公布的事，只须登在你的《论语》里就可以了。"我发明了"幽默"这个词，因此之故，别人都对我以"幽默大师"相称。而这个称呼也就一直沿用下来。但并不是因为我是第一流的幽默家，而是，在我们这个假道学充斥而幽默极为缺乏的国度里，我是第一个招呼大家注意幽默的重要的人罢了。现在"幽默"一词已经流行，而"幽他一默"这句新的说法就是向某人说句讽刺话或是向他开句玩笑的意思。

有一次，我参加台北一个学校的毕业典礼，在我说话之前，有许多长长的讲演。轮到我说话时，已经十一点半了。我站起来说："绅士的讲演，应当是像女人的裙子，越短越好。"大家听了一发愣，随后哄堂大笑。报纸上登了出来，成了我说的第一流的笑话，其实是一时兴之所至脱口而出的。

另外我说的笑话已经传遍了世界的是："世界大同的理想生活，就是住在英国的乡村，屋子装着美国的水电煤气管子，请个中国厨子，娶个日本太太，再找个法国情人。"这话我是在巴西一个集会上说的。

在《读者文摘》上我看到的一个笑话是："女人服装式样的变化，不外乎她们的两个愿望之间：一个是口头说明的愿望——要穿衣裳；一个是口头上不肯说明的愿望——要在男人面前或自己面前脱衣裳。"

第十章 三十年代

　　北京大学的教授出版了几种杂志，其中有《现代评论》，以胡适为中心的若干人办的；一个是颇有名气的《语丝》，由周作人、周树人、钱玄同、刘半农、郁达夫等人主办的。胡适那一派之中包括徐志摩、陈源（西滢）、蒋廷黻、周鲠生、陶孟和。说来也怪，我不属于胡适派，而属于语丝派。我们都认为胡适那一派是士大夫派，他们是能写政论文章的人，并且适合做官的。我们的理想是各人说自己的话，而"不是说别人让你说的话"。这对我很适宜。我们虽然并非必然是自由主义分子，但把《语丝》看做我们发表意见的自由园地，周氏兄弟在杂志上往往是打前锋的。

　　我们是每两周聚会一次，通常是在星期六下午，地点是中央公园①来今雨轩茂密的松林之下。周作人总是经常出席。他，和他的文字笔调一样，声音迂缓，从容不迫，激动之下也不会把声音提高。他哥哥周树人（鲁迅）可就不同了，每逢他攻击敌人的言辞锋利可喜之时，他会得意地大笑。他身材矮小，尖尖的胡子，两腮干瘪，永远穿中国衣裳，看来像个抽鸦片烟的。没有人会猜想到他会以盟主般的威力写出辛辣的讽刺文字，而能针针见血。他极受读者欢迎。在语丝派的集会上，我不记得见过他那位许小姐，后来他和

――――――――

① 今中山公园。

那位许小姐结了婚。周氏兄弟之间，人人都知道因为周作人的日本太太，兄弟之间误会很深。这是人家的私事，我从来没打听过。但是兄弟二人都很通达人情世故，都有绍兴师爷的刀笔功夫，巧妙地运用一字之微就可以陷人于绝境，置人于死地。他们还有一位弟弟周建人，是个植物学家，在商务印书馆默默从事自己本行的学术工作。

在《语丝》集会中给那个团体增加轻松快乐气氛的，是郁达夫，他那时已然是因诗歌、小说的成就而文名确立了。郁达夫一到场，全席立刻谈笑风生。郁达夫酒量好，是鲁迅的至交。我们坐在低矮的藤椅上，他总是以放浪形骸、超然独立而自满自足的精神，手摸索着他那留平头的脑门。他那美丽的妻子王映霞后来和某巨公许绍棣发生了暧昧关系，而抛弃了他，郁达夫的婚姻便成了悲剧。他孤独而悲伤，只身逃到印尼，在日本军阀占领之下，隐姓埋名，但终被日本宪兵查出他的身份，据说最初他曾颇受礼遇。但日本战败撤退前，依照当时日本军方的政策，把他和其他一些人一起枪毙了。

其他《语丝》作家有钱玄同和刘半农。钱玄同是《新青年》杂志的编辑之一。刘复（字半农）也是力主改革的思想家。前者专攻的学术是语言学。他倾全力提倡中文的拼音和中国文字的简化。在他反对儒家的一切思想，而且对一切都采取极端的看法这方面，我觉得他是个精神病患者。我认为在提倡社会改革上，应当采取中庸之道，但是在争论"把线装书都扔进厕所里去"时，一般人听了确是心惊胆战，因此自然在宣传上颇有力量。钱玄同两眼近视，常常脸红，据我的记忆，他一直住在孔德学校，和太太分居。

刘半农教授则是另一类型。他在法国巴黎图书馆和英国大英博物馆对敦煌古物做过很重要的研究。他的研究成绩获得了国际的声誉。陈源那时也在伦敦，曾经把他向别人介绍，说他"也算是"北京大学的教授。他当时对这句话甚为敏感，从此以后，对陈源始终存有芥蒂。

北京当年人才济济，但《语丝》社和《现代评论》社诸同人各忙于自己的事。我们都是适之先生的好朋友，并且大家都是自由主义者。在外人看来，这两个杂志之间那种似乎被夸大的对立，事实上，只是鲁迅和陈源的敌对而已。对三月十八日段祺瑞北洋政府的屠杀学生一事，《现代评论》是采取亲北洋政府的态度，《现代评论》这种只顾自己利害的态度激怒了我们，才对他们发动抨击。后来我们之中有人喊出"不要打落水狗了"。鲁迅却说："落了水的狗也要打。即使是学会向主人摆尾巴的北京狗也要打。"他的原文已记不清楚，大意如此。

我不妨顺便提一下民国十五年从北京大学的大逃亡。在奉军张宗昌占领北京之后，军方抓去了两个报的编辑邵飘萍和林白水，在当夜十二点钟之前就将他们拉出去枪毙了。我们知道北洋政府开始下毒手了。当时军阀手中平时坦直批评政府的左翼教授名单上，共有五十四个人的名字，包括共产党员李大钊。这个人倒是很老实，谁都对他有好评。毛泽东曾在北京大学做了一段图书馆管理员，那时已经离职去组织共产党了。他们都藏在东交民巷的法国大使馆。我家在东城船板胡同。当时我也预先作了准备，必要时跳墙逃走。我做好一个绳梯子，紧急时可以拉入阁楼。我后来以为不够安全，于是藏在林可胜大夫家。那时我有两个孩子，小的才三个月大。在林大夫家藏了三个星期，我决定回厦门去。由于朋友联系，我和鲁迅、沈兼士，还有北京大学几个很杰出的人物，和厦门大学签订了聘约，我们前去教书。北京大学这批教授一到，厦大的国文系立刻朝气蓬勃，向第十一世纪兴建的那座古老的木造巨厦"东西塔"送上了一项研究计划。这却引起了科学系刘树杞博士的嫉妒。鲁迅那时单独住在一处，他的女友许小姐已经单独去了广州。我住在海边一栋单独的房子里，我觉得身为福建人，却没尽到地主之谊。由于刘树杞的势力和狠毒，鲁迅被迫搬了三次家。他那时正在写他的《小说旧闻钞》。他和他的同乡——报馆的朋友孙伏园——一起开伙。他们吃的是金华火腿，喝的是绍兴酒。他在这种情形之下，当然无法在厦门待下去。他决定辞职，到广州去。他要离去的消息传出后，国文系学生起了风潮，要驱逐刘树杞。我也离开了厦大，到革命政府外交部长陈友仁部下去做事，我对陈是一向佩服的。他曾和英国交涉，收回了汉口租界。做了六个月之后，我对那些革命家也感到腻烦。从民国十六年起，我就开始专心写作了。

在别的文章里，我提过蔡元培，他是北京大学校长，把北京大学变成了全国的改造中心。我们大家都敬称他为"蔡先生"。在国民党元老当中，他是唯一真正了解西方的。他中了进士，又是翰林院的翰林，这是人所争羡的。他也是国民党党员，在成立兴中会时，他和中山先生关系很密切。在康有为、梁启超保皇党瓦解之时，他到法国、德国求学。他归国做北京大学校长之时，把学术自由奉为第一要事，在北京大学里，教授的新旧派兼容并包。他聘请旧派名儒刘师培、黄侃、大名鼎鼎的辜鸿铭。辜鸿铭在人人都已剃去了辫子之后，他还依然留着，表示忠于清朝。著名的英国小说翻译家林纾，他仍然称白话文为"引车卖浆者之言"。他曾写过洋洋万言的长文为文言辩护。另一方面，蔡元培也为胡适、陈独秀、沈兼士和《新青年》那一派敞开了大门。蔡元培平易近人，不斤斤于细节。蔡夫人曾经说"米饭煮得好他也吃，煮焦了他也吃"，但是对重要的问题则严格认真，绝不妥协。我记得反对《凡尔赛和约》割让山东半岛给日本时，蔡元培站起来说话，他的声音很柔和，他说："抗议有什么用？我是要辞职的。"第二天，他神不知鬼不觉地搭上蓝色的京沪快车离开了北京。

他吃饭时总是喝绍兴酒，就像法国人边吃边喝一样。

中央研究院在上海成立时，他任命我为英语主编。我每天早晨和他同乘一辆汽车，因为我们俩住得距离不远。我恐怕当年是个爱说话的青年人，但是他总是很客气地说："是，是，你的说法不错。"

当时有一位杨杏佛，是蔡先生的助手，此人有非常之才，能一边与人闲谈一边写信，确实能如一般人所说的一目十行。他告诉我，蔡先生对人的请示从不会置之不理。若是有人求他写一封介绍职业的信，他立刻就写。政府要人知道是他写的，反而置之不理。

蔡先生和宋庆龄、杨杏佛、艾格尼丝·史沫特莱（Agnes Smedley）、鲁迅、我，一同成立了一个自由保障委员会，若有个人自由受到威胁，就予以保障。后来 Noland 的案子发生了。他是共产党员，被捕后监禁起来。我们这个委员会遂起而行动。宋庆龄和史沫特莱一同坐夜车由沪入京，向有关方面请求释放。国民党和共产党正在上海交恶。杨杏佛因为曾说要把绑架共产党女作家丁玲的那辆车牌照号码宣布出来，因而遭人谋害。此事之后，蔡先生主持的自由保障委员会便无疾而终了。

萧伯纳——民国二十年一个晴朗的冬天，英国大名鼎鼎的作家萧伯纳到了上海。他十分健康，神采奕奕，身后映衬着碧蓝的天空，他显得高硕而英挺。有人表示欢迎之意说："大驾光临上海，太阳都出来欢迎您，萧先生果然有福气。"萧伯纳顺口答道："不是我有福气在上海见到太阳，是太阳有福气在上海看见我萧伯纳。"

在上海宋庆龄的寓所，有一个小聚会。我那时已经认识史沫特莱很久。另有一个截然不同的共产主义作家 Frome 夫人，是一个古怪而虔诚的理想主义者，Vincent Sheen 的 *Personal Biography*（Modern Library 版）一书中曾有记载。在民国十六年国民革命北伐之前，国共合作之时，虽然我始终不是国民党党员，她和我用英语展开一次笔战。后来，在汉口再度相遇。她和宋庆龄过从甚密，后来随宋与陈友仁到莫斯科。

我在这儿必须把宋庆龄和印度潘迪特夫人（Mrs.Pandit）相会的情形说一下。共产党成立新中国不久，潘迪特夫人应邀赴中国大陆访问，用的语言当然是英语，她和宋庆龄都预期在别后重逢时畅谈一番。印度的代表团在十点钟有个约会，潘迪特夫人安排在九点半和宋庆龄见面。宋还是穿着平常的服装，身边站了一个翻译。两位夫人见面照例问候完了，宋庆龄竟无话可说，因为，其实她们俩关于印度洋问题已经通信谈论多年。后来，潘迪特夫人也觉得无话可说。潘迪特夫人一看钟，时间已经是九点四十五，于是转达她哥哥尼赫鲁的问候之后，很热情地告别，回到印度代表团那里去了。后来，我在 Ada habad 和潘迪特夫人相见，相处三日，她把那次会见的情形亲口告诉我的。尼赫鲁气派宏伟的府第曾为我而开，招待我的菜是特别的法国菜。那时我才幸得机会在潘迪特夫人陪同之下在夜晚出去瞻仰恒河，她那时还不是统治亿万印度人的领袖。潘迪特夫人有三个女儿，我们都认识，现在都已结婚。她做联合国安全理事会主席时，我们常相见。有一次，尼赫鲁来和我们一同进餐，他在一整天的工作之后，吃完饭，转眼就睡着了。

第十一章 论美国

我之成为一个超然独立的批评家，是从我给英语刊物《中国评论》的《小评论》专栏（Little Critic）写稿开始。我既不是国民党党员，那时我又不拥护蒋先生，有时写的批评文字苛酷无情。小心谨慎的批评家为讨人人高兴而所不敢言者，我却敢写。同时，我创出一种风格，这种风格的秘诀就是把读者引为知己，向他说真心话，就犹如对老朋友畅所欲言毫不避讳一样。所有我写的书都有这个特点，自有其魔力。这种风格能使读者跟自己亲近。

如果时机需要，我有直言无隐的习惯。民国十九年，丹麦王储将到南京访问。有一带穷人住的破房子，这位贵宾必须从那儿经过。南京的刘市长慌忙之下要把那些破烂房子拆除，否则围起来，却不在别处为那些穷苦农人提供栖身之处，这样，贵宾就好像神仙一样驾一阵清风一直到达南京富丽堂皇的高楼大厦了。这件事，没有人在乎，也没有人注意。我在《中国评论》上呼吁大家要想到穷人在寒风苦雨中的苦难。这篇文字触怒了当时给予这本杂志津贴的机关，怪我居然敢揭露其不仁民爱物之"德政"。此本刊物的经理人（K.P.Chu）立刻坐夜车赶往道歉，答应此后绝对身为良民以国家利益为前提。

这若比起民国十五年三月十八日北洋政府的屠杀学生，则又微不足道了。北洋的段祺瑞执政府，在准许游行示威的学生进入北京铁狮子胡同的执政府大门之后，由当时教育总长章士钊下命令，执政府的卫士挥动七节钢鞭把学生打倒在地。

我当时在场。各学校伤亡的学生都用洋车运走，头和身上血迹斑斑，一连串的洋车在东直门大街排成了一大行。我以女子师范大学的教务长身份到现场时，看见两口棺材，里头装的是我们学校的两个学生。北洋政府真的考虑周到，居然还没忘记给他们打死的学生预先准备棺材。这种残忍的行动，在美国任何城市，都足以引起暴动的。第二天，在九个大学学院校长的会议席上，五个校长赞成支持北洋政府当局，四个打算表示以温和的态度向政府抗议。

那九所大专院校，因为是向北洋政府领经费，所以不宜于提出抗议，有人这样推断，不知算不算理由。遇到这种情形，我在《语丝》上肆无忌惮地说了话。

《中国评论》这份英语杂志得到赛珍珠的注意。在她和理查德·华尔舍环游世界时，她催我赶快把我的第一部书《吾国与吾民》写出来。这本书一出版，立刻成了美国的畅销书，也建立了我在美国读者心目中的地位。这本书在美国的畅销书目上成了第一名，其地位可谓空前的显要。Clifton Fadiman 主编的《纽约客》（New Yorker），因为对本书评论稍迟，赶紧向读者道歉。在后来的版本中，我把认真痛论中国问题的取消，改为评论中日战争的爆发，这是极为读者所需要的。

那时，我是唯为蒋中正先生效力的。当时我把喉咙都喊哑了。那是"戴维斯和塞维斯"（Davis and Sorvice）和史迪威时期。那时史迪威来到中国，犹如到印度去对一个印度酋长作战一样。史迪威这个人粗暴而傲慢。他要求在湖南控制人力而自己充任超级统帅时，实在超出了他的权限。蒋委员长要求美国政府撤换他。

因为有美国力量为后盾，史迪威就像独裁暴君一样，他不是来帮助国民党蒋介石的，他把枪炮和弹药全留给共产党用。倘若他很有效地"恪尽其职责"，就像罗斯福总统派油轮到开罗去援助蒙哥马利一样，结果会大不相同吧？当然他有他的理由——根据他对民主的意见。不过不论怎么说，一国的使者企图干涉另一国的内政，我对这个深为气愤。美国的中央情报局不赞成韩国的李承晚总统，于是根据美国所谓的"民主"，便将他推翻。美国中央情报局不赞成越南的吴庭艳政府，又根据所谓美国式的"民主"而把他推翻。美国中央情报局推翻了越南的吴庭艳政府，还企图枪杀吴庭艳和他的政党。结果如何，是有目共睹的。……无论如何，美国派到中国来的应当是个外交家，不要派个粗野的庄稼汉，要派一个中国人认为具有绅士风度的人来。

民国三十三年，我问军政部部长何应钦，在过去几年史迪威给了中国的国民党什么，他的回答是，只有够装备一个师的枪弹而已。在民国三十三年，我看见中国的驴由中国西北甘肃玉泉的油田，驮着宝贵的石油到西南的昆明，我真要为中国哭起来。何应钦胸怀愤怒，我也颇有同感。

史迪威的外交政策，只是赞同把"戴维斯和塞维斯"的报告限于对中国共产党的极力称赞。参议员 Judd 告诉我，他曾经到过中国，他带回五份报告，都是对中国共产党有利的，而没有对蒋先生有利的，他把这些文件给美国大使馆看。大使馆的人只对共产党的友人才伸出友善的手。在这种情形之下，蒋先生在一年之内完成了滇缅公路，那是美国政府估计要三年才能完成的。布鲁克・阿金森（Brooks Atkinson）同史迪威返回美国时，汇报了蒋先生对抗日没有兴趣，只是对打共产党有兴趣。

这是第一件事。第二件事是，苏俄在原子弹轰炸广岛三天之后参战，中国共产党进入东北接受日本军队的投降和整理其在东北掠夺的物资。国民党中央军把进入东北的门户张家口封闭了。当时，在中央政府军与共产党军队之间有一个暂停战火的协定。马歇尔命令中央政府军自张家口撤退。此后，共产党军队进入东北的路因而畅通。这一步之差，对以后的影响实在太大。共产党军队去时带的是大口径的短枪，后来却有了全新的大炮做攻击之用。马歇尔只是使共产党军队乘机集中起来。马歇尔将军被国共双方的战事弄得心烦意乱，铩羽而归。有一个对我中伤的谣言，在一派人之间流传。我写的书一直本本都成功而畅销，但是到民国三十三年我的《枕戈待旦》（*The Vigil of a Nation*）出版，情形有了改变。我突然备受冷落。传言何应钦付给了我两万美元。这谣言是我听见赛珍珠，J.J.Singh，史沫特莱三个人说的。在纽约市政厅的集会上，艾格尼丝·史沫特莱在大众之前提到这件事，我立刻质问她，要求她当众再公开说明。

福尔曼（Foreman）到云南游历了三个月，于是自命是中国通。他问我："林先生，你到过云南吗？"我说："没有。可是共产党这些年一直在中国，我这些年一直和他们打交道。"在会场上，史沫特莱有意不再提这件事。我敢说，我在蒋委员长侍从室那些年只是挂了个名儿，我并没向中央政府拿过一文钱，只是为拿护照方便一点而已。

我在中国漫游一番，回到美国，当时的情形，我自然明白。我一回去，就在广播电台上说："现在在重庆的那批人，正是以前在南京的那批人，他们正在捋胳膊，挽袖子，为现代的中国而奋斗。"第二天，我接到我的出版商理查德·华尔舍一个严厉的警告，告诉我不可以也不应当再说那样的话。我当时不利的环境是可想而知的。我只是把那件事看做一场失利的战役，我只是战场上的一名伤兵，对这事并不很放在心上。

我们这个时代几个杰出的作家是：

托马斯·曼（Thomas Mann）。他从日内瓦回来之后，我在纽约的国际笔会上遇见过他。他说英语，他的英语是复杂的德文结构，没法儿听，也没法儿懂。当时还有 Eve Curie 和另外几个人，大家一同在讲演人的台子上。我讲的是明朝的太监魏忠贤的事，他在世之时各县就给他立生祠。在与赛珍珠同坐的台子上，有一个客人问我："太监是什么？"

我和 Carl Van Doren 也见过多次，他对我很和善。他的妻子Irita——后来与 Wendell Wilkie 交往，还有他哥哥 Mark Van Doren（哥伦比亚大学教授），都是我很好的朋友。我最喜爱活泼愉快、斯文典雅的学者 Irwin Edman，他是美国的哲学家，他的英语极为简练。他搜集了些很长的留声机片子，那是他业余的嗜好。

罗素，虽然年事已高，还机敏灵活，目光有神。我记得是在朋友的公寓住宅里遇见他的。不幸的是，他娶了一个美国菲列得尔菲亚城的小姐（大概是他第三个，也许是第四个妻子），这位妻子太以她的"爵士罗素"为荣而时时炫耀。每逢说话，她就一个人包办。很多朋友愿向罗素提问题，这位太太便插嘴代答。大家感兴趣的是听罗素说话，没人喜欢听她的。所以朋友们见面也是人人感到失望。

在 Knopf Sartre 夫人的公寓住宅里和萨特相见，也是件新鲜事。萨特坐在一把椅子里，我们大家都坐在地板上。我们都很轻松。他的英语说得很好。他的措辞用字极其精确，犀利而动人，但是有时他会前言不搭后语。我能想象到他在 Raspail 大道，一边喝咖啡，一边和许多崇拜他的"自觉存在论派"的小姐们闲话的神情。这些自觉存在论者创始了不擦口红不抹粉的时尚。这种时尚后来被观光的嬉皮游客所采取，就成了美国现代文化的特色。他们认为万事不如在佛罗伦萨或是在罗马仰身而卧，或是伏卧在地，阻碍通往大教堂的道路，使人无法通过。

萨特否认人生有何意义，却力言我们为何而生活，以何为目的，全由我们自己决定。他的主张也不完全是否定一切。

由于赛珍珠和她丈夫理查德·华尔舍，我才写成并且出版了我的《吾国与吾民》（My Country and My People），这本书的推广销售也是仰赖他们夫妇。我们常到他们宾夕法尼亚州的家去探望。我太太翠凤往往用国语和赛珍珠交谈，告诉她中国过去的事情。赛珍珠把《水浒传》翻译成英语时，并不是看着原书英译，而是听别人读给她而边听边译的，这种译法我很佩服。就像林琴南不通英语，译司各特的《艾凡赫》和《天方夜谭》时的情形一样。赛珍珠对收养美国父亲韩国母亲生的孩子，很感兴趣，后来又收养印度婴儿。她有一个农场养牛。收养婴儿与扣减所得税有关系。

赛珍珠懂中国话，说得也流利，她父亲曾在中国做传教士，她是随同她父亲 Knicker bocker 在中国生活，先是在安徽，后来到南京，她算是在中国长大的。后来她嫁给卜凯教授，所以她对中国老百姓和中国的风俗，还有相当的了解。但是我发明中文打字机，用了我十万多美元，我穷到分文不名。我必须借钱度日，那时我看见了人情的改变、世态的炎凉。人对我不那么殷勤有礼了。在那种情形下，我看穿了一个美国人。后来，我要到南洋大学去做校长，给赛珍珠的丈夫发了一份电报，告诉他我将离美去就新职。他连麻烦一下回个电报也不肯。我二人的交情可以说情断义尽了。我决定就此绝交。那是在我出版了《枕戈待旦》之后。在 Prentice Hall 出版公司向我接洽，说我写什么他们都愿出版之时，赛珍珠这位丈夫正在出版我的《朱门》(The Vermilion Gate)。我断了二十年的交情，写出了小说《奇岛》(The Unexpected Island)，这出乎每个人的意料。在外国我出书，John Day 出版公司一般都是保持百分之五十权利，但经朋友 Hank Holzer 夫妇帮助，我把一切权利都收了回来。有一次赛珍珠去看我，其实主要是看我何以度日，我们的友情没再恢复。

赛珍珠从未来过台湾，我想台湾也不欢迎她。在一九七二年，她想办护照前往中国去看看中国大陆。但是共产党拒绝她前往。此后不久她就去世了。赛珍珠毕竟还是保持中立的态度，她并不是共产党员。

第十二章 论年老
——人生自然的节奏

　　自然的节奏之中有一条规律，就是由童年、青年、老年、衰颓以至死亡，一直支配着我们的身体。在安然轻松地进入老年之时，也有一种美。我常引用的话之中，有一句我常说的，就是"秋季之歌"。

　　我曾经写过在安然轻松之下进入老境的情调。下面就是我对"早秋精神"说的话。

　　在我们的生活里，有那么一段时光，个人如此，国家亦复如此。在此段时光中，我们充满了早秋精神，翠绿与金黄相混，悲伤与喜悦相杂，希望与回忆相间。在我们的生活里，有一段时光，青春的天真成了记忆，夏日茂盛的回音在空中还隐约可闻。这时看人生，问题不是如何发展，而是如何真正生活；不是如何奋斗操劳，而是如何享受自己拥有的那宝贵的刹那；不是如何去虚掷精力，而是如何储存这股精力以备寒冬之用。这时，感觉到自己已经到达一个地点，已经安定下来，已经找到自己心中想往的东西。这时，感觉到已经有所获得，和以往的堂皇茂盛相比，是可贵而微小，虽微小而毕竟不失为自己的收获，犹如秋日的树林里，虽然没有夏日的茂盛葱茏，但是所据有的却能经时而历久。

　　我爱春天，但是太年轻。我爱夏天，但是太气傲。所以我最爱秋天，因为秋天的叶子颜色金黄，成熟，丰富，但是略带忧伤与死亡的预兆。其金黄色的丰富并不表示春季纯洁的无知，也不表示夏季强盛的威力，而是表示老年的成熟与蔼然可亲的智慧。生活的秋季，知道生命的极限而感到满足。因为知道生命的极限，在丰富的经验之下，才有色调的调谐，其丰富永不可及，其绿色表示生命与

力量，其橘色表示金黄的满足，其紫色表示顺天知命与死亡。月光
照上秋日的林木，其容貌枯白而沉思；落日的余晖照上秋日的林
木，还开怀而欢笑。清晨山间的微风扫过，使颤动的树叶轻松愉快
地飘落于大地，无人确知落叶之歌，究竟是欢笑的歌声，还是离别
的眼泪。因为是早秋的精神之歌，所以有宁静，有智慧，有成熟的
精神，向忧愁微笑，向欢乐爽快的微风赞美。对早秋的精神的赞美，
莫过于辛弃疾的那首《丑奴儿》：

> 少年不识愁滋味，
> 爱上层楼。
> 爱上层楼，
> 为赋新词强说愁。
>
> 而今识尽愁滋味，
> 欲说还休。
> 欲说还休，
> 却道天凉好个秋。

我自认为很有福气，活到这么大年纪。我同代好多了不起的人
物，已早登鬼录。不管人怎么说，活到八十、九十的人，毕竟是少
数。胡适、梅贻琦、蒋梦麟、顾孟余，都已经走了。斯大林、希特
勒、丘吉尔、戴高乐，也都没了。那又有什么关系？至于我，我要
尽量注意养生之道，至少再活十年。这个宝贵的人生，竟美到不可
言喻，人人都愿一直活下去。但是冷静一想，我们立刻知道，生命
就像风前之烛。在生命这方面，人人平等，无分贫富，无论贵贱，
这弥补了民主理想的不足。我们的子孙也长大了。他们都有自己的

日子过，各自过自己的生活，消磨自己的生命，在已然改变了的环境中，在永远变化不停的世界上。也许在世界过多的人口发生爆炸之前，在第三次世界大战当中，成百万的人还要死亡。若与那样的巨变相比，现在这个世界还是个太平盛世呢。若使那个灾难不来，人必须有先见，预作妥善的安排。

每个人回顾他一生，也许会觉得自己一生所作所为已然成功，也许以为还不够好。在老年到来之时，不管怎么样，他已经有权休息，可以安闲度日，可以与儿孙在亲近的家族里享天伦之乐，享受人生中至善的果实了。

我算是有造化，有这些孩子，孝顺而亲爱，谁都聪明解事，善尽职责。孙儿，侄子，侄女，可以说是"儿孙绕膝"了，我也觉得有这样的孩子，颇有脸面。政治，对我并不太重要。朋友越来越少，好多已然作古。即使和我们最称莫逆的，也不能和我们永远在一起。我们一生的作为，会留在我们身后。世人的毁誉，与我们不啻风马牛，也毫不相干了。无论如何，紧张已经解除，担当重任的精力已经减弱了。即使我再编一本汉英词典，也不会有人付我稿费的。那本《当代汉英词典》的完成，并不比降低血压更重要，也比不上平稳的心电图。我为那本汉英词典，真是忙得可以。

我一写完那好几百万字的巨册最后一行时，那最后一行便成为我脚步走过的一条踪迹。那时我有初步心脏病的发作迹象，医生告诉我要静养两个月。

第十三章 精查清点

我必须清查一下我的作品。我的雄心是要我写的小说都可以传世。我写过几本好书，就是《苏东坡传》《庄子》；还有我对中国看法的几本书，是《吾国与吾民》《生活的艺术》；还有七本小说，尤其是那三部曲，即《京华烟云》《风声鹤唳》《朱门》。因为过去我在美国多年，这些书还没译成中文。但是上海和香港的出版商擅自翻译出版，所出的书中，有的根本不是我写的，也有的不是我翻译的，未得我允许，就硬归我的，其中不管有删节或译与未译，这类书至少有十几种。

在冬天，我打算把我用中文写的文字印行一个可靠的版本。

1. 无所不谈集——所有我写的分作第一、第二和最后三集。

2. 林语堂选集——（两卷）一九三六年以前的中文写作，包括在《语丝》《论语》《人间世》《宇宙风》内写的文章。

3. 平心论高鹗——是对认为《红楼梦》后四十回为伪作的回答，一九六六年印行，文星出版。原登《传记文学》杂志。

英语著作：

1.*Kaiming English Grammar*（《开明英语语法》），一九三〇年，上海开明书店印。

2.*Letters of a Chinese Amazon and Narrative Essays*，谢冰莹原著《女兵自传》，一九三〇年，上海商务印书馆出版。

3.*The Little Critic*（一、二集，一九三五年—一九三六年）。

4.*Confucius Saw Nancy and Other Translations*（《〈子见南子〉及其他译文》），一九三六年，上海商务版。

5.*A Nun of Taishan and Other Translations*（《〈老残游记〉续集及其他译文》）一九三六年，上海商务版。

以下在美国出版。在伦敦则由 William Heinemann 出版。

6.*A History of Chinese Press and Public Opinion in China*（《中国新闻舆论史》），一九三六年由 University of Chicago 出版。

7.*My Country and My people*（《吾国与吾民》），一九三五年由 John Day 出版，一九三六年二版由 Reynal & Hitchcock 出版。

8.*The Importance of Living*（《生活的艺术》），一九三七年由 John Day 出版。

9.*The Wisdom of Confucius*（《孔子的智慧》），一九三九年由 Random House 出版。

10.*Moment in Peking*（《京华烟云》，小说）。一九三九年由 John Day 出版。

11.*With Love and Irony*（《爱与刺》，又译《讽颂集》，幽默随笔），一九四〇年由 John Day 出版。

12.*A Leaf in the Storm*（《风声鹤唳》，抗日时期一个中国女孩子的故事），一九四一年由 John Day 出版。

13.*The Wisdom of India and China*（《中国印度之智慧》），一九四二年由 Random House 出版。

14.*Between Tears and Laughter*（《啼笑皆非》，第二次世界大战期间我们的理想），一九四三年由 John Day 出版。

15.*The Vigil of a Nation*（《枕戈待旦》），一九四四年由 John Day 出版。

16.*The Gay Genius: Life of Su Tung–Po*（《苏东坡传》），一九四七年由 John Day 出版。

17.*Chinatown Family*（《唐人街》，小说）一九四八年由 John Day 出版。

18.*The Wisdom of Laotse*（《老子的智慧》），一九四八年由

Random House 出版。

19.*On the Wisdom of America*（《美国的智慧》），一九五〇年由
John Day 出版。

20.*Widow，Nun and Courtesan*（《寡妇，妾与歌伎》，三本中国
小说的英译），一九五一年由 John Day 出版。

21.*Famous Chinese Short Stories*（《重编中国传奇小说》），一九五二
年由 John Day 出版。

22.*The Vermilion Gate*（《朱门》，与《京华烟云》和《风声鹤唳》
合为林氏三部曲，）一九五三年由 John Day 出版。

23.*Looking Beyond*（《远景》，又名 *The Unexpected Island*，《奇
岛》），一九五五年由 Prentice Hall 出版。

24.*The Secret Name*（《匿名》，有关苏共政权问题），一九五八
年由 Farrar, Straus and Cudahy 出版。

25.*The Chinese Way of Life*（《中国的生活》，学校用书），
一九五九年由 The World Publishing Co. 出版。

26.*From Pagan to Christianity*（《从异教徒到基督徒》，儒学，
佛学，道家思想，基督教思想概论），一九五九年由 The World
Publishing Co. 出版。

27.*The Importance of Understanding*（《中国著名诗文选译》，共
一百零一篇），一九六〇年由 The World Publishing Co. 出版。

28.*The Red Peony*（《红牡丹》，小说），一九六一年由 The
World Publishing Co. 出版。

29.*Imperial Peking: Seven Centuries of Peking*（《帝国京华》：北
京七百年的历史），一九六一年由 Crown Publishing Co. 出版。

30.*The Pleasures of a Nonconformist-South American Lectures and
Other Reflections*（《南美讲演及其他杂感》），一九六二年由 World

Publishing Co. 出版。

31.*Juniper Loa*（《赖柏英》，传记小说·），一九六三年由 The World Publishing Co. 出版。

32.*The Flight of the Innocents*（《逃向自由城》，小说），一九六四年由 Putnam's Publishing Co. 出版。

33.*Lady Wu*（《武则天正传》），一九六四年由 Putnam's Publishing Co. 出版。

34.*The Chinese Theory of Art*（《中国画论》，汉文英译，附导言），一九六七年由 Putnam's Publishing Co. 出版。

35.*Anglo-Chinese Dictionary of Current Usage*（《当代汉英词典》，附英语索引），一九七二年由 Chinese University of Hongkong and Mc Craw Hill 出版。

36.*Red Chamber Dream*（《〈红楼梦〉英译本与论文目录》，自一九二八年至一九七三年）。

以上所列包括所有我所写的书及在《纽约时报》《时代》（*Times*）《亚洲》杂志（*Asia*）《新共和》（*New Republic*）《读者文摘》（*Reader's Digest*）《哈普》杂志（*Harpers*）《论坛》（*The Forum*）《纽约时报杂志》（*New York Times Magazine*）等出版物上的文字。

现在我将我所写小说全集，共七种，交与台湾美亚图书公司在台湾出版。

1.*Moment in Peking*（《京华烟云》）

2.*A Leaf in the Storm*（《风声鹤唳》）

3.*The Vermilion Gate*（《朱门》）

4.*Chinatown Family*（《唐人街》）

5.*Looking Beyond*（*The Unexpected Island*）（《远景》，又名《奇岛》）

6.*The Red Peony*（《红牡丹》）

7. *Juniper Loa*（《赖柏英》）

人间的东西都有来有往。能引起一般读者兴趣的是书里的人物，道家是何等人物，都在《京华烟云》中木兰的父亲姚老先生、《风声鹤唳》中的老彭、《红牡丹》中的梁翰林身上表现出来了。

图书在版编目（CIP）数据

从异教徒到基督徒 / 林语堂著. —长沙：湖南文艺出版社，2012.1
ISBN 978-7-5404-5241-4

Ⅰ.①从… Ⅱ.①林… Ⅲ.①林语堂（1895~1976）—自传
Ⅳ.① K825.6

中国版本图书馆 CIP 数据核字（2011）第 235211 号

上架建议：名家经典·传记

从异教徒到基督徒

作　　者：林语堂
出 版 人：刘清华
责任编辑：丁丽丹　刘诗哲
监　　制：吴成玮
策划编辑：丛龙艳
装帧设计：利　锐
出版发行：湖南文艺出版社
　　　　　（长沙市雨花区东二环一段 508 号　邮编：410014）
网　　址：www.hnwy.net
印　　刷：北京盛兰兄弟印刷装订有限公司
经　　销：新华书店
开　　本：880mm×1230mm　1/32
字　　数：210 千字
印　　张：9
版　　次：2012 年 1 月第 1 版
印　　次：2012 年 1 月第 1 次印刷
书　　号：ISBN 978-7-5404-5241-4
定　　价：28.00 元

（若有质量问题，请致电质量监督电话：010-84409925）